Hermann Weinhauer

Imperium Germanicum –

Alternativweltgeschichte Zweiter Weltkrieg Band 4

Tiger-Panzer rollen nach Leningrad

EK-2 Militär

Verpassen Sie keine Neuerscheinung mehr!

Tragen Sie sich in den Newsletter von *EK-2 Militär* ein, um über aktuelle Angebote und Neuerscheinungen informiert zu werden und an exklusiven Leser-Aktionen teilzunehmen.

Link zum Newsletter:
https://ek2-publishing.aweb.page

Über unsere Homepage:
www.ek2-publishing.com
Klick auf *Newsletter*

Via Google: EK-2 Verlag

Als besonderes Dankeschön erhalten Sie **kostenlos** das E-Book »Die Weltenkrieg Saga« von Tom Zola.

Deutsche Panzertechnik trifft außerirdischen Zorn in diesem fesselnden Action-Spektakel!

Ihre Zufriedenheit ist unser Ziel!

Liebe Leser, liebe Leserinnen,

zunächst möchten wir uns herzlich bei Ihnen dafür bedanken, dass Sie dieses Buch erworben haben. Wir sind ein kleines Familienunternehmen aus Duisburg und freuen uns riesig über jeden einzelnen Verkauf!

Mit unserem Label *EK-2 Militär* möchten wir militärische und militärgeschichtliche Themen sichtbarer machen und Leserinnen und Leser begeistern.

Vor allem aber möchten wir, dass jedes unserer Bücher **Ihnen ein einzigartiges und erfreuliches Leseerlebnis** bietet. Daher liegt uns Ihre Meinung ganz besonders am Herzen!

Wir freuen uns über Ihr Feedback zu unserem Buch. Haben Sie Anmerkungen? Kritik? Bitte lassen Sie es uns wissen. Ihre Rückmeldung ist wertvoll für uns, damit wir in Zukunft noch bessere Bücher für Sie machen können.

Schreiben Sie uns: info@ek2-publishing.com

Nun wünschen wir Ihnen ein angenehmes Leseerlebnis!

Heiko, Jill & Moni
von
EK-2 Publishing

Das Oberkommando der Wehrmacht gibt bekannt

Das Oberkommando der Wehrmacht vermeldet den erfolgreichen Abschluss des Unternehmens »Hannibal«. Die Masse der Heeresgruppe Afrika wurde über den Luft- und Seeweg sicher nach Sizilien und auf das italienische Festland überführt. Alle Verwundeten wurden rechtzeitig evakuiert. Dem Feind fielen keinerlei kriegswichtigen Güter in die Hände.

An Verlusten sind Marine- und Luftwaffenkräfte zu verzeichnen, die noch gesondert genannt werden, doch ist festzustellen, dass der Feind durch den Einsatz modernster Kampfmittel weitaus größere Verluste an Mensch und vor allem an Material beklagen muss. Zu nennen sind vor allem die britischen und amerikanischen Flugzeugträger HMS Furious und USS Ranger sowie die britischen Schlachtschiffe HMS Warspite und HMS King Georg V. Auch die amerikanischen Schlachtschiffe USS New York, USS Texas und USS Massachusetts wurden dank deutschen Heldenmuts versenkt.

Über den Verlauf der Operation »Hannibal« wird noch gesondert berichtete werden.

Die Heeresgruppen Nordland und Mitte melden weiterhin keine nennenswerten Gefechtstätigkeiten.

Im Bereich der Heeresgruppe Nord kommt es zu stärkeren Spähtrupptätigkeiten durch den sowjetischen Gegner.

Die Heeresgruppe Süd meldet die erfolgreiche Räumung des Brückenkopfes bei Kuban. Im Kampfraum um Rozhok setzt die deutsche Wehrmacht ihre Offensive mit dem Namen »Frühlingsgewitter« erfolgreich fort. Die rumänischen und slowakischen Verbündeten erzielen nennenswerte Geländegewinne. Dies auch, weil starke deutsche Infanterieverbände und Sturmgeschützabteilung ihnen Waffenhilfe leisten.

20. Februar 1943

Morgens, Neue Reichskanzlei

Das klirrende Geräusch von zerspringendem Glas ist noch nicht verklungen, da ruhen alle Blicke allein auf dem jungen Oberstleutnant, der noch den Griff der Tür in der linken Hand hält.

Die feierliche Stimmung ist verflogen.

»Wie war das bitte?«

Es ist der Kaiser, der als Erster seine Sprache wiederfindet.

»Die Sowjets greifen unsere Verbände mit überlegenen Kräften an!« Er überreicht dem Monarchen einen Zettel. Dieser überfliegt ihn rasch und gibt ihn an Generalfeldmarschall von Witzleben weiter.

Eisige stille beherrscht den Raum. Vizeadmiral Canaris rückt näher an von Witzleben heran, um ebenfalls einen Blick auf den Zettel zu werfen.

»Laut Feldmarschall von Manstein meldet Generalfeldmarschall von Küchler, dass die Sowjets mit der *Leningrader Front* in Richtung Mga angreifen, um den Versorgungskorridor zu erweitern. Darüber hinaus greift die *Wolchow-Front* in Richtung des *Oranienbaumer Kessels* an. Auch die dortige *Operative Gruppe Küste* ist zum Angriff angetreten. Dabei werden sie massiv von roten Luftstreitkräften unterstützt. Einzelne Verbände sind bereits eingekesselt oder befinden sich auf dem Rückzug. Von Manstein geht davon aus, dass Mga noch heute fallen wird. Das Hauptaugenmerk liege, so der Feldmarschall, darauf zu verhindern, dass der *Oranienbaumer Kessel* entsetzt wird.«

Der Kaiser kratzt sich nachdenklich am Kinn.

»Feldmarschall von Witzleben, welche Optionen sehen Sie, um die Heeresgruppe Nord zu unterstützen?«

Der altgediente Generalfeldmarschall strafft seinen Leib und erwidert entschlossen: »Eure Majestät, ich werde mich sofort mit von Manstein in Verbindung setzten; auch mit Feldmarschall von Rundstedt werde ich so schnell wie möglich telefonieren, um zu erfahren, wie es um die Einsatzbereitschaft der Divisionen der 6. Armee, aber auch um die der russischen Verbände steht.«

»Sehr gut, Herr von Witzleben. Halten Sie mich über die Sachlage auf dem Laufendem und auch Feldmarschall Rommel soll mir umgehend seinen Bericht über das *Unternehmen Hannibal* zukommen lassen. Auch erwarte ich eine Aufstellung über alle Soldaten, die sich eine Auszeichnung erkämpft haben!«

Der Chef des Oberkommandos der Wehrmacht grüßt mit seinem Marschallsstab und begibt sich auf den Weg. Die Uhr tickt.

»Herr von Neurath und Herr Goerdeler, Sie machen sich bitte sofort auf den Weg zur Burg Hohenzollern, um sich auf das Treffen mit Marschall Pétain und Herrn Laval vorzubereiten. Ich selbst werde noch ein kurzes Gespräch mit Admiral Canaris führen und wir treffen uns dann auf der Burg.«

Auch die beiden Politiker verabschieden sich, im Gegensatz zum Militär von Witzleben allerdings mit einem festen Handschlag. Kaum haben sie den Raum verlassen, wendet sich der Regent an seinen Geheimdienstchef.

»Herr Admiral Canaris, wie kann es sein, dass die Sowjets uns an der Leningrader Front so überraschen konnten?« In seiner Frage schwingt ein Vorwurf mit.

Canaris blickt den Monarchen verwundert an.

»Eure Hoheit, dazu kann ich keine Auskunft geben. Dies ist Sache der Abteilung *Fremde Heere Ost* unter Oberst Gehlen!«

Nun ist es der Kaiser, der den Marineoffizier erstaunt taxiert.

»Aber es muss doch Aufgabe des militärischen Geheimdienstes sein zu ergründen, wann, wo und in welcher Stärke der Feind angreifen wird?«

Der Vizeadmiral atmet tief durch, ehe er seinem Monarchen Struktur, Aufbau und Aufgabenbereiche der Abteilung *Fremde Heere Ost* erläutert. Louis Ferdinand und seine Gattin Kira wechseln einen vielsagenden Blick. Beide sind konsterniert, um das Mindeste zu sagen.

Es ist Kira, die letztlich das Wort ergreift: »Aber ist das nicht kontraproduktiv, Herr Admiral? Ich meine, die unterschiedlichen Abteilungen, die zu allem Überfluss auch noch verschiedenen Oberkommandos unterstehen, können doch keinesfalls gewinnbringend zusammenarbeiten, oder irre ich mich da?«

Vizeadmiral Wilhelm Canaris nickt zustimmend. »Sie haben natürlich Recht, Eure Hoheit. Durch diese Aufteilung und die Kompetenzüberschneidungen entwickelt sich so mancher Nachteil.«

Nun ist es der Kaiser, der sich zu Wort meldet: »Dann wird das ein Ende haben. Ich wünsche, dass die verschiedenen Geheimdienstteile in den drei Wehrmachtsarmen unter Ihrer Leitung zusammengefügt werden! Einen entsprechenden Befehl werde ich umgehend ausfertigen lassen.«

20. Februar 1943

Morgens, Kampfraum Mga

Paul Adomeit robbt durch den tiefen Schnee, rings um ihn herum schlagen Granaten ein. Er soll zu einer Artilleriestellung gelangen, zu der die Verbindung abgerissen ist. Doch immer, wenn er sich erhebt, steht er sofort unter Beschuss.

Glücklicherweise mildert der Schnee die Wirkung der Geschosse ab. Doch ist es nicht mehr die sowjetische Artillerie, die ihn aufs Korn nimmt, sondern gegnerische Kampfpanzer. Sie pflügen unaufhaltsam durch den Schnee. Und selbst die Panzer sind in diesem Sektor nicht der gefährlichster Gegner für die Deutschen … Beinahe lautlos und blitzschnell gleiten Rotarmisten auf Skiern und Männer mit Schneeschuhen zwischen den T-34 und KW-1. Sie bewegen sich problemlos durch die hüfthohe, weiße Pracht, die für so manchen Landser zu einem tödlichen Hindernis wird.

Aus versteckten, gut getarnten Stellungen feuern immer wieder 7,5-Zentimeter-Panzerabwehrgeschütze auf die im tiefen Schnee herumkurvendem Panzerkampfwagen.

Adomeit hört, wie eine der Granaten über ihn hinweg fetzt und Sekunden später in einen T-34 einschlägt. Der schwere Kampfpanzer bleibt ruckartig stehen und Augenblicke später zischt eine hohe Stichflamme aus dem Motorraum. Die Turmluke wird aufgeschlagen und der brennende Tankist klettert ins Freie, um sich sofort in den kalten Schnee zu werfen.

Doch nun haben drei Tanks eine der Paks ausgemacht und decken sie mit Sprenggranaten ein. Das Panzerabwehrgeschütz mitsamt Bedienung wird zerrissen.

Die sowjetische Infanterie bricht bereits in die deutschen Stellungen ein. Die Rotarmisten springen in die Laufgräben, schnallen ihre Schier oder die Schneeschuhe ab und stürmen voran. Immer wieder stoßen sie auf Gruppen deutscher Soldaten. Es kommt zu erbarmungslosen Nahkämpfen, doch die Rotarmisten verfügen über eine erdrückende Übermacht. Dort, wo sich stärkerer Widerstand regt, wird er durch die roten Panzer gebrochen. Sie schalten ein MG-Nest nach dem anderen, eine Pak-Stellung nach der anderen aus.

Wieder sausen Schwärme von IL-2 *Sturmowik* und Pe-2-Bombern über die Frontlinie hinweg. Die Il-2 drehen ein und stürzen sich auf die zum Gegenangriff angetretenen deutschen Panzerkampfwagen, die sich nur noch wenige Kilometer vom Schlachtfeld entfernt befinden.

Kaum ein Panzer IV entkommt den sowjetischen Schlachtflugzeugen. Wer den Angriff überlebt, braust unter Vollgas zur Kontaktlinie und stemmt sich mutig wie zwecklos gegen die rote Flut.

Die Pe-2 derweil fliegen weiter ins Hinterland und beharken dort rückwärtige Artilleriebatterien der Wehrmacht. Flugabwehrgeschütze belfern. Bevor sie von den sowjetischen Maschinen niedergekämpft werden können, gelingt es ihnen, mehrere der leichten Bomber abzuschießen.

Doch trotz aller Gegenwehr und Tapferkeit ist der sowjetische Angriff in diesem Abschnitt durchschlagend. Die verstärkte Panzerbrigade 100 erleidet schwerste Verluste und die wenigen Resteinheiten ziehen sich nun zurück. Doch auch bei den Rückzugsgefechten erweisen sich die roten Skijäger-Einheiten als den deutschen Truppen in ihren Marschstiefeln weit überlegen.

Paul Adomeit zählt zu den wenigen Glücklichen, denen es gelingt, sich ins Hinterland abzusetzen und so dem Griff der sowjetischen Truppen zu entgehen.

20. Februar 1943

Mittags, Flugplatz Catania

Unteroffizier Helmut Dengl sitzt auf einem Liegestuhl vor einer kleinen Holzbaracke und beobachtet die Wolken. Es ist ein sonniger Tag; die Quecksilbersäule steht bereits bei angenehmen 15 Grad Celsius.

Auf dem Flugplatz Catania liegen neben der I. Gruppe des Jagdgeschwaders 51 zudem Einheiten von Schlachtgeschwadern, Kampfgeschwadern und Sturzkampfgeschwadern.

Jene Staffel, der Unteroffizier Dengl angehört, ist an diesem Tag für keinen planmäßigen Einsatz vorgesehen. Während der *Operation Hannibal* wurden die deutschen Jagdflieger arg gefordert. Auch wenn den alliierten Fliegern starke Verluste zugeführt werden konnten, mussten auch die deutschen Geschwader einen immensen Blutzoll entrichten. Seit dem 19. Februar jedoch ist es zu keinen nennenswerten Luftkämpfen mehr gekommen.

An diesem Tag sollen sich die deutschen Jäger erholen. Die Flugzeuge müssen zudem dringend gewartet werden.

Dengl genießt die warme Wintersonne. Die Landschaft grünt bereits – in Süditalien schüttelt die Natur die Entbehrungen des Winters viel früher ab als in der Heimat.

Dengls Rottenflieger, der Obergefreite »Hajo« Steiner, schlendert zu ihm herüber.

»He, du fauler Sack. Der Leutnant will uns in einer halben Stunde im Besprechungsraum sehen.«

»Ja ja, der kann einem auch keine Stunde Ruhe gönnen. Haben doch in den letzten Tagen genug rangeklotzt.«

»Ach, du weißt doch, wie er ist. Aber du musst zugeben, dass auch er richtig fertig aussieht. Die Verluste scheinen ihn doch ganz schön mitgenommen haben.«

Dengl steht auf und streckt sich.

»Ja, wir haben auch ganz schön bluten müssen. Von unserer Staffel sind jetzt nur noch wir beide, der Leutnant und sein Kaczmarek und der Fromm sowie der Wäsch übrig.

Hohenstein und Kolander liegen im Lazarett, der Rest im Mittelmeer – zum Kotzen. Da hilft es auch nicht, dass 18 Abschüsse auf unser Konto gehen.«

Langsam begeben sich die beiden Kameraden in Richtung des flachen Gebäudes, in dem die Besprechung stattfinden soll. Vor dem Gebäude haben sich bereits einige Flugzeugführer der Gruppe versammelt und rauchen. Dengl und Steiner gesellen sich zu ihnen und genehmigen sich ebenfalls eine Zigarette. Schnell stehen die Männer unter einer blaugrauen Wolke aus Tabakqualm.

Als sie Leutnant Hottinger herankommen sehen, werden die Glimmstängel auf den Boden geworfen und ausgetreten. Die Flugzeugführer nehmen so etwas wie Haltung an.

»Lasst es gut sein, Männer. Drinnen wartet unser Geschwaderkommodore auf uns, da unser Gruppenkommandeur wohl vor dem Feind geblieben ist, denn bisher hat die Seenotrettung noch nichts von ihm gefunden.« Nach einer Pause betretenden Schweigens fügt er hinzu: »Na, dann lasst uns reingehen.«

Im Innern des Gebäudes wurde bereits ein Raum für die Besprechung vorbereitet. Anhand der vielen leeren Plätze geht Dengl davon aus, dass nicht nur seine Staffel, sondern auch die Gruppe und wahrscheinlich das gesamte Geschwader enorme Verluste erlitten hat.

Zwischen einem kleinen Schreibtisch und einer großen Tafel an der Wand sehen die Flugzeugführer ihren Geschwaderkommodore Major Karl-Gottfried Nordmann stehen. Er blättert in einer Akte. Als die Männer eintreten, sagt er jovial: »Seien Sie gegrüßt, meine Herren, und nehmen Sie Platz. Wir wollen gleich beginnen.«

Unteroffizier Helmut Dengl und der Obergefreite Hans-Joachim Steiner suchen sich Plätze, die weiter hinten im Raum angesiedelt sind. Nach kürzester Zeit herrscht Stille, so dass Normann mit der Besprechung beginnen kann.

»Meine Herren, als Erstes möchte ich Ihnen allen für die Einsätze der letzten Tage meinen Dank und meine Anerkennung aussprechen. Für Vorschläge bezüglich Beförderungen und Auszeichnungen bin ich jederzeit offen. Das Geschwader im Ganzen konnte 51 feindliche Flugzeuge verschiedenster Typen abschießen, ein großer Erfolg – trotz der schmerzlichen Verluste, die wir zu beklagen haben.

Doch der Krieg lässt uns keine Zeit zum Trauern und auch nicht zum Verschnaufen.

Schon morgen wird die Gruppe ins Reichgebiet verlegt, um neu ausgerüstet zu werden. Für sie geht es nach Augsburg. Dort erhalten sie fabrikneue Jäger und verlegen nach der Ausrüstung in den Norden der Ostfront, genauer in den Bereich der Luftflotte 1. Die Sowjets sind dort nämlich ganz schön aktiv geworden. – Kurz: Eine neue rote Offensive rollt! Die hiesigen Maschinen werden den anderen Gruppen zur Verfügung gestellt.«

Einige Punkte werden noch geklärt und die Zeiten abgestimmt.

Nach einer Dreiviertelstunde dürfen die Flugzeugführer den Raum wieder verlassen. Sie bereiten sich umgehend auf die geplante Verlegung vor.

20. Februar 1943

»Ja, Feldmarschall von Witzleben, wir arbeiten selbstverständlich an Optionen, um die Lage um Leningrad zu bereinigen. Natürlich haben wir bereits Maßnahmen getroffen! Zum Beispiel habe ich angeordnet, dass die frei gewordene 9. Armee der Heeresgruppe Mitte zur Heeresgruppe Nord zu verlegen ist. Was uns jedoch tatsächlich fehlt, sind Luftwaffenkräfte! Das, was mir Generaloberst Keller an Stärke gemeldet hat, ist ein schlechter Scherz! Für den gesamten Operationsraum verfügt die Luftflotte 1 gerade einmal über eine Jagdgruppe! Eine! Der Rest wurde entweder zugunsten der südlichen Ostfront oder für den Mittelmeerraum abgezogen. Bei den Kampffliegern sieht es nicht besser aus! Das führt dazu, dass die sowjetischen Flieger schalten und walten können, wie sie wollen. Die roten Schlachtflieger zerschlagen die gepanzerten Verbände und unserer rückwärtigen Truppen. Und Stalins rote Falken drängen unsere wenigen Kampfflieger ab, ohne auf Gegenwehr zu stoßen. Wenn das so weiter geht, können wir keinen erfolgversprechenden Gegenangriff durchführen!«

Generalfeldmarschall Erwin von Witzleben erwidert etwas, das die umstehenden Stabsoffiziere jedoch nicht hören können. Das Gesicht des Oberbefehlshabers Ost verfinstert sich zusehends. Nach einer Weile unterbricht er von Witzleben auf der anderen Seite der Leitung: »Bei allem Respekt, Feldmarschall von Witzleben, aber die Heeresgruppe Nord hat mit sehr hoher Wahrscheinlichkeit nicht die Zeit, wochenlang auf Verstärkungen zu warten! Und ganz gewiss sollte bei Feldmarschall von Reichenau angefragt werden, wie weit die russischen Divisionen gediehen sind. Auch das russische Geschwader sollte so bald wie möglich hierher verlegt werden! Es ist mir auch sonderlich egal, ob General Wlassow dies propagandistisch begleitet oder nicht!«

Verärgert knallt Generalfeldmarschall Erich von Manstein den Hörer auf die Gabel. Die umstehenden Stabsoffiziere schauen verlegen zu Boden.

»Was soll ich Generaloberst Keller und Feldmarschall von Küchler sagen, Herr Feldmarschall?«, erkundigt sich Generalmajor Friedrich Schulz.

Ein tiefer Seufzer ist zu hören.

»Sagen Sie Keller, dass er vorerst mit dem auskommen muss, was er hat. In den nächsten Tagen wird eine Gruppe des JG 51 und wahrscheinlich das Jagdgeschwader 1 und das Schlachtgeschwader 1 der russischen Luftwaffe in seinen Befehlsbereich verlegt. Zu Feldmarschall von Küchler können Sie melden, dass ihm die 9. Armee unterstellt wird. Dazu kommen in näherer Zukunft die 1. und 2. Schützendivision der Russischen Volksarmee. Genaueres folgt, wenn wir Rückmeldung von Feldmarschall von Reichenau und General Wlassow haben.«

Generalmajor Schulz fertigt eifrig Notizen an. Als von Manstein geendet hat, verlässt er flugs das Arbeitszimmer, um die entsprechenden Nachrichten aufzusetzen.

Der Generalfeldmarschall selbst stützt sich mit den Armen auf dem großen Tisch ab, auf dem eine Lagekarte der gesamten Ostfront ausgebreitet ist. Er besieht sich die vielen taktischen Zeichen und muss mit Schaudern feststellen, dass jene in roter Farbe sich stündlich vermehren. Von Manstein erkennt, dass es unweigerlich zu einer entscheidenden Schlacht um Leningrad kommen wird – ihr Ausgang allerdings ist vollkommen offen.

20. Februar 1943

Später Nachmittag, Burg Hohenzollern

»Eure Majestät, die Herren Marschall Pétain und Laval!«
Die Stimme des Adjutanten Louis Ferdinands I. hallt laut durch den Grafensaal der Burg. Die beiden französischen Gäste sowie Oberstleutnant Maximilian von Reichenbach schreiten durch den langen Saal, vorbei an den acht rötlichen, freistehenden Marmorsäulen und den spitzbogigen Fenstern sowie den Grisaillen und Malereien, die dem Saal einen beeindruckenden, erhabenen Eindruck verleihen. Die Schritte der Männer hallen am spitzbogigen Deckengewölbe und dem Mosaikboden wider.

Kaiser Louis Ferdinand und seine Gemahlin kommen den beiden hohen Gästen einige Schritte entgegen – eine kleine, aber bedeutende Geste.

Trotz seines fortgeschrittenen Alters strahlt der 86-jährige Marschall Frankreichs eine natürliche Autorität aus. Seine Uniform unterstreicht diesen Anschein umso mehr. Direkt hinter ihm befindet sich Pierre Laval, gekleidet in einen eleganten schwarzen Anzug.

Freundschaftlich reichen sich die Männer die Hand. Die Kaiserin wird – typisch französisch – mit Handkuss begrüßt. Hinter dem Kaiserpaar wartet der Chefdolmetscher des Auswärtigen Amtes Paul, Otto Schmidt, auf seinen Einsatz. Seine Aufgabe lautet, das folgende Gespräch simultan zu übersetzen, weshalb ihm schon jetzt der Schweiß auf der Stirn steht.

Nach der freundschaftlich ausgefallenen Begrüßung nehmen die beiden Parteien an einer reich gedeckten Tafel Platz. Nachdem einige Höflichkeiten ausgetauscht worden sind, ergreift Marschall Pétain das Wort: »Eure kaiserliche Hoheit, es ist uns wichtig festzustellen, dass wir uns ausschließlich mit den westlichen Alliierten im Kriegszustand befinden. Feindseligkeiten gegen die Sowjetunion werden von uns nicht angestrebt.«

Nachdem Schmidt dies übersetzt hat, nickt der Kaiser zustimmend und erwidert: »Dies wird von uns selbstredend vorbehaltlos akzeptiert. Dennoch würden wir die *Grandeur de la France* sehr gern an unserer Seite wissen!«

Ein schmales Lächeln huscht über das Gesicht des alten Marschalls und auch über das von Herr Laval.

Auf einen Wink hin legt Oberstleutnant von Reichenbach eine Akte auf den Tisch. Die in ihr befindlichen Dokumente beschreiben wichtige Eckpunkte eines möglichen Bündnisses. Die beiden Franzosen beschäftigen sich umgehend mit den Schriftstücken.

Diese besagen unter anderem, dass die Beschränkungen zur Größe der französischen Streitkräfte aufgehoben und keinerlei Einschränkungen auferlegt seien, ferner dass sämtliche Wehrmachts- und Zivilstellen aus Paris abziehen würden mit Ausnahme eines Verbindungsstabes zur Koordinierung. Die besetzten Teile Frankreichs sollen unmittelbar nach dem Krieg geräumt werden, dem Reich jedoch zwei Marine-, Luftwaffen- und Heeresstützpunkte zur Pacht überlassen werden. Auch wird aufgeführt, dass in den noch von der Wehrmacht besetzten Landesteilen französische Truppen stationiert werden dürfen, der Ausbau und die Besetzung des *Atlantikwalls* beiden Streitkräften gleichermaßen obliege und eine sofortige Rückführung der noch unter deutscher Obhut stehenden französischen Kriegsgefangenen koordiniert werden solle. Zudem noch einiges mehr.

Die beiden Franzosen lesen die Schriftstücke Punkt für Punkt sehr aufmerksam durch. Sie lassen sich Zeit.

Schließlich sagt Pierre Laval: »Eure kaiserliche Hoheit, Ihr Angebot erscheint mir auf den ersten Blick sehr positiv und durchaus akzeptabel, doch werden Sie sicher verstehen, dass wir dies zuerst beraten müssen.«

»Aber natürlich, meine Herren. Sie können sich gern zur Beratung zurückziehen. Wir haben Ihnen beiden ein Zimmer mitsamt Telefonleitung nach Vichy bereitgestellt. Nötigenfalls steht auch eine Funk- und Fernsprechleitung bereit. Darüber hinaus haben wir Ihnen beiden je ein Zimmer zur Nächtigung vorbereitet, denn ich denke, dass Sie nicht mitten in der Nacht wieder aufbrechen wollen.

Ich glaube ferner, Sie werden nichts dagegen haben, wenn uns zum Abendmahl die Herren Generale Gamelin, Weygand, Flavigny, Bruneau und Winkelmann Gesellschaft leisten? Darüber hinaus werden der Herr Reichsmarschall von Preußen, Generalfeldmarschall von Witzleben und die Herren von Neurath und Goerdeler anwesend sein. Ich denke, dass wird Ihnen nichts ausmachen.

Des Weiteren kann ich Ihnen mitteilen, dass Ihre Flotteneinheiten sicher in die italienischen Häfen eingelaufen sind und versorgt werden. Admiral de Laborde hatte sich dazu Konteradmiral Weichold, welcher in La Spezia zugegen war, zur Verfügung gestellt. Der Admiral nahm tatsächlich an, dass wir ihn aufgrund der Selbstversenkung der Flotte in Toulon im November erneut in Gewahrsam neben würden. Doch Konteradmiral Weichold versicherte ihm, dass die Kriegsmarine und das Kaiserreich im Ganzen für seine Aktion vollstes Verständnis haben. Admiral von Reuter ist immerhin mit der kaiserlichen Hochseeflotte in gleicher Weise verfahren.

Selbstverständlich besitzt Admiral de Laborde volle und uneingeschränkte Befehlsgewalt über die Flotte, welche sich nun in den Häfen von La Spezia, Tarent und Neapel befindet.«

Das Oberkommando der Wehrmacht gibt bekannt

Im Bereich der Heeresgruppe Nordland kam es erneut zu gegnerischen Spähtruppunternehmungen, doch gelang es dem Feind nicht, wesentliche Erkenntnisse über Verteidigungsanlagen oder Gefangene einzubringen. Die bolschewistische Heerschar bezahlte ihre törichten Versuche mit hohen Verlusten an Mensch und Material.

Bei der Heeresgruppe Nord begannen die Sowjets mit ihrer langerwarteten Offensive im Raum Leningrad. Unsere tapferen Truppen halten allerorts dem feindlichen Ansturm stand oder weichen in vorbereitete Stellungen aus. Dem sowjetischen Feind gelangen nur unbedeutende Geländegewinne unter enormen Verlusten. Allein an Panzerkampfwagen verlor er am ersten Kampftag bereits 55 Stück.

Im Bereich der Heeresgruppe Mitte versuchen die Bolschewisten mit Stoßtruppunternehmen unsere Linien auszukundschaften.

Im Raum der Heeresgruppe Süd setzt der Gegner seine Offensive mit unverminderter Gewalt fort. Unsere Verbände in Woroschilowgrad wurden eingeschlossen, doch organisiert Oberst Hähling die Verteidigung bis zum Entsatz mit eiserner Entschlossenheit.

Weitere Einheiten versuchen auf Stalino vorzurücken.

Unsere Gegenoffensive im Raum Rozhok gewinnt weiter an Boden und wird fortwährend von Einheiten der 17. Armee verstärkt.

Die Luftabwehr in Nord- und Nordwestfrankreich meldete zuletzt neuerliche Einflüge britischer Terrorbomber, die Ziele im Großraum Paris und im Ruhrgebiet angriffen. Es gelang unseren deutschen Langstrecken-Nachtjagdverbänden, zahlreiche Bomber bereits über dem Kanal und auf dem Rückflug über den britischen Inseln abzuschießen. Der Feind verlor nach bisherigem Kenntnisstand mindestens 32 schwere Bomber, zumeist vom Typ Short Stirling und Avro Lancaster.

Im Atlantik ...

21. Februar 1943

Früher Morgen, ehemalige SS-Unterführerschule Lauenburg (Pommern)

Der durchdringende Ruf des Offiziers vom Dienst schallt förmlich noch immer durch die Flure der Unterführerschule, an der die russischen Unteroffiziere seit Ende Januar eine Schnellausbildung absolvieren. Dieses Mal ist es kein Probealarm oder eine vorgezogene Unterrichtseinheit. Die russischen Soldaten sollen sich in zehn Minuten auf dem Appellplatz sammeln und vorschriftsmäßig antreten.

Mladschi Unterofizer Nikolai Iwanowitsch Wolkow läuft schnellstmöglich die Treppen und Gänge entlang. Dann tritt er hinaus ins Freie. Sofort greift der eisige Wind der pommerschen Landschaft nach dem jungen Unteroffizier. Einige seiner Kameraden, die so wie er eine beschleunigte Unteroffiziersausbildung erhalten, stehen bereits angetreten auf dem verschneiten Platz.

Wolkow stellt sich neben seinen Kameraden, Mladschi Unterofizier Maxim Koslow.

»Weißt du, was dieses Theater soll, Maxim?«, fragt Wolkow seinen Kameraden auf Russisch.

»Nein, Nikolai Iwanowitsch. Aber wer weiß. Bei den Deutschen und ihrem Drill wundert mich nichts mehr!«

Wenige Augenblicke darauf marschieren der Kommandeur der Schule, Major Richard Schulze-Kossens, und sein russischer Verbindungsoffizier, Kapitan Igor Sokolow, nebeneinander vor die angetretenen Lehrgangsteilnehmer. Der deutsche Major strafft sich und teilt den vor ihm im knöchelhohen Schnee angetretenen Männern mit, dass ihre Ausbildung frühzeitig beendet werden müsse, da ihre Division zum unmittelbaren Fronteinsatz vorgesehen sei. Kapitan Sokolow übersetzt jedes Wort auf Russisch.

Schulze-Kossens schließt mit einer persönlichen Note des Bedauerns über die überstürzte Beendigung des Lehrgangs, doch sei er sich sicher, dass die frischgebackenen Unteroffiziere ihre Pflicht hervorragend erfüllen würden.

Den Rest des Tages bekommen die russischen Soldaten frei, denn bereits am Nachmittag des Folgetages sollen sie sich mit der Division vereinen.

Nachdem die kurze Ansprache der Offiziere geendet hat und die Soldaten wegtreten dürfen, stehen einige der Männer in größeren und kleineren Gruppen zusammen. Überall, wo Wolkow hinhört, vernimmt er die gleichen Äußerungen: »Endlich geht es los! – Endlich gegen die verhassten Sowjets!«

21. Februar 1943

Morgens, Hauptquartier Oberbefehlshaber Ost

»Genau, von Küchler. Sowohl das I. russische Schützenkorps als auch das IV. Armeekorps befinden sich auf dem Weg. Bedenken Sie aber, dass die Russen noch keine Gelegenheit hatten, im Korpsrahmen zu üben, und das IV. AK ist das erste Korps aus den *Stalingraddivisionen*. Dessen Divisionen, die 297. ID und die 371. ID samt Korpstruppen, können als einzige bereits eingesetzt werden!«

»Feldmarschall von Manstein, diese Verbände können jedoch nur ein Anfang sein! Mit den mir zur Verfügung stehenden Kräften vermag ich die massierte Offensive der Sowjets nicht aufzuhalten! Ich habe überhaupt nie auch nur einen adäquaten Ersatz für jene Einheiten erhalten, welche ich im Rahmen der *Operation Wintergewitter* abgeben musste! Genau das rächt sich nun mehr und mehr. Durch diese Maßnahmen konnte zunächst Schlüsselburg nicht gehalten werden und nun ist durch die neuerliche Offensive der Sowjets auch der *Oranienbaumer Kessel* wohl nicht mehr zu retten. Das XXVI. AK muss die 212. ID von der östlichen Flanke des Kessels zurückziehen, um zu verhindern, dass sie abgeschnitten und dann wohl unausweichlich vernichtet wird. Ebenso verhält es sich mit der 1. ID! Das heißt, die Kesselfronten zwischen Oranienbaum und Leningrad sind so gut wie durchstoßen. Von Generaloberst Lindemann musste ich erfahren, dass die Verbindung zur verstärkten Panzerbrigade 100 bereits abgerissen sei!«

Von Manstein atmet tief durch und blickt konzentriert auf die Lagekarte des Leningrader Operationsgebietes.

»Dann ziehen Sie die Front auf die Linie Puschkin-Krasnoje Selo-Lopukhina-Kernowo zurück. Diese Linie muss dann aber um jeden Preis gehalten werden!«

Der Oberbefehlshaber Ost wartet die Antwort des Heeresgruppenchefs nicht ab und knallt den Hörer auf die Gabel.

21. Februar 1943

Morgens, Burg Hohenzollern

Die kaiserliche Familie befindet sich nach einem gemeinsamen morgendlichen Gottesdienst mit der französischen Abordnung in der St. Michaelskapelle im Burggarten und verabschiedet die Gäste, darunter auch den niederländischen General Winkelmann. Als die Fahrzeugkolonne vor dem Schlossgelände hält und die Gardesoldaten der Division Großdeutschland die ausländischen Abgesandten in Empfang nehmen, schaut der Kaiser ihnen mit mildem Blick nach.

»Du siehst sehr zufrieden aus, mein Liebster«, bemerkt die Kaiserin, ohne den Blick von den sich entfernenden Mercedes-Benz 770 W abzuwenden.

»Ich denke, wir können mit dem Erreichten auch zufrieden sein, mein Liebe. Die Franzosen werden ein wichtiger Bündnispartner werden. Auch wenn sie sich offiziell nur am Kampf gegen die westlichen Alliierten beteiligen wollen. Sie werden Divisionen und Geschwader gegen die Anglo-Amerikaner beisteuern, aber auch für Freiwillige im Kampf gegen den Bolschewismus werben. Darüber hinaus werden sie eine wertvolle Unterstützung für den Ausbau des Atlantikwalls sein.«

»Versteife dich nicht zu sehr auf die Franzmänner, mein Sohn. Im Weltkrieg hatten sie keine sehr beeindruckende Leistung gezeigt. Die wären ohne die Hilfe der Engländer und Amerikaner unweigerlich zusammengebrochen und auch ihre Kriegsführung im Jahr 1940 ließ zu wünschen übrig!«

Der Kaiser würdigt seinen Vater, der Reichsmarschall, keines Blickes ob dieser sehr einseitigen Analyse der französischen Kampfkraft und Moral. Noch weniger erweist er der Aussage die Würdigung einer Erwiderung. Stattdessen nimmt er seine beiden um seine Beine herumwuselnden Söhne Friedrich Wilhelm und Michael an die Hand und sagt: »Los, ihr Rabauken, rein ins Warme!«

Kaiserin Kira Kirilowna folgt ihrem Ehemann samt der gemeinsamen Tochter, Marie-Cécile Kira Viktoria Luise, auf dem Arm ins Innere der Burg.

Allein zurück bleibt nur der Reichsmarschall.

21. Februar 1943

Morgens, Truppenübungsplatz Maria ter Heide

Oberfeldwebel Marcus Klaudius hetzt seinen neuen Zug über das Übungsgelände des Truppenübungsplatzes. Er befindet sich zur Stunde auf einen Hügel, von dem aus er das Treiben der Männer überblicken kann. Nach seiner Exkursion zu den Panzergrenadieren ist er zu seiner Truppengattung zurückgekehrt. Endlich, wie er meint.

Dementsprechend lässt er seine Gruppen mit geschulterten Floßsäcken über das verschneite Gelände laufen. Auf seinem kleinen *Feldherrenhügel* weht ein frostiger Wind. Schneeflocken klatschen ihm in das gerötete Gesicht. Ab und an gibt er seinen Gruppenführern einige Anweisungen, doch im Allgemeinen ist er mit den Leistungen seiner Untergebenen zufrieden. Auch dank der Gewissheit, dass sich sein Zug vor allem aus erfahrenen und kampferprobten Pionieren zusammensetzt, ist er zuversichtlich, aus ihnen rasch eine gut funktionierende Kampfgemeinschaft formen zu können.

Die Männer stammen aus dem gesamten Reichsgebiet und aus den verschiedensten Divisionen. Sie sind hier in Maria ter Heide zusammengekommen, um einen neuen Verband mit dem klangvollen Namen *Reichsgrenadier-Division Hoch- und Deutschmeister* aus der Taufe zu heben. Den Grundstock bildet die alte und bewährte 44. Infanterie-Division, die der Knochenmühle Stalingrad ebenso entkommen ist wie ein Großteil der 6. Armee.

Daneben dienen in Klaudius' Zug Soldaten aus der ursprünglichen 44., der 76. Infanterie-Division, der 113. Infanterie-Division und der SS-Division Das Reich.

Klaudius gelangte nach seinem Einsatz in Prag zu seiner neuen Stammeinheit. Erfreulicherweise wurde auch sein guter Kamerad, der nunmehrige Stabsgefreite Friedrich Steinbach, in seinen Zug versetzt. Klaudius, der nun den Rang eines Oberfeldwebels bekleidet, hat Steinbach gleich als Melder in seinen Zugtrupp eingegliedert.

Nun schaut er dem Treiben seiner Männer noch eine Weile zu – hört die Kommandos der Gruppenführer und das Stöhnen der Pioniere. Eine Gruppe übt das Übersetzen über einen schmalen Fluss mit gleichzeitiger Deckung durch zwei leichte MG.

Schließlich erschallt Klaudius' befehlsgewohnte Stimme über das Gelände. Schnellstmöglich eilen die Pioniergruppen zu ihrem Zugführer. Als sie vor ihm antreten, sagt er: »Männer, ich bin sehr zufrieden mit euch. Auch wenn ich euch hart rannehme, so wisst ihr genauso gut wie ich, dass die Front noch härter sein wird. Jeder Tropfen Schweiß, den ihr hier vergießt, spart Blut an der Front! Und nun Abmarsch zum Frühstück!«

21. Februar 1943

Mittags, Fliegerhorst Gilze Rijen

Unterfeldwebel Helmut Schwarz sitzt im Mannschaftsheim und bemüht sich einige Zeilen auf ein Stück Papier zu bekommen.

Der letzte Einsatz verlief wieder einmal erfolgreich für die Besatzung der *Lucie II*.

Dennoch findet Schwarz keinen Schlaf. Die Angriffe der Royal Air Force intensivieren sich immer weiter, die eingesetzten Bombertypen werden immer schwerer.

Auch die Fernnachtjagd wird für die Nachtjäger von Mal zu Mal riskanter. Die Briten, aber auch in zunehmendem Maße die Amerikaner, verstehen sich zunehmend darauf, ihre Flugplätze zu sichern. Die Bomberpulks selbst werden immer öfter von britischen Beaufightern begleitet.

Die Verluste der deutschen Nachtjäger steigen stetig.

Der letzte Brief von Gitta klang immerhin ermutigend. Sie schrieb, dass den Kindern das Dorfleben sehr gut bekomme. Von den beinahe täglich einfliegenden Bombern sei kaum etwas zu sehen. Das alles müsste Schwarz eigentlich beruhigen, dennoch hält ihn irgendetwas wach. Der Unterfeldwebel ist so in Gedanken versunken, dass er gar nicht bemerkt, wie sein Staffelführer an seinen Tisch tritt.

»Mensch Schwarz, was machen Sie denn noch hier? Wieso liegen Sie nicht im Bett?«

Helmut Schwarz schaut erschrocken auf: »Ach, Sie sind es, Herr Leutnant. Ich habe Sie gar nicht bemerkt. Verzeihung.«

Schwarz will sich für die Ehrenbezeigung erheben, doch der Staffelführer winkt ab: »Lassen Sie mal, wir sind nicht im Dienst.«

Sofort lässt Schwarz sich wieder auf den Stuhl sinken.

Der junge Leutnant winkt eine Ordonanz heran und bestellt zwei kleine Gläser Jägermeister.

Als dieser serviert wird, zwinkert er dem Unterfeldwebel zu. »Kleiner Schlummertrunk. Vielleicht wirkt das ja.«

Gemeinsam stoßen die beiden Flieger an und lassen den aromatischen Kräuterlikör die Kehle hinunterlaufen.

Der Leutnant stellt sein Glas ab und meint beinahe beiläufig: »Ihr letzter Einsatz war ja wieder einmal von Erfolg gekrönt, nicht wahr?«

»Ja Herr Leutnant. Zwei Abschüsse.«

»Eine Stirling und eine Blenheim, richtig?

»Jawohl, aber dann wurden wir von einem britischen Nachtjäger abgedrängt. Liebemann konnte ihn uns jedoch erfolgreich vom Hals halten.«

»Wie macht sich denn der Gefreite? Sie hatten ja so einige Probleme miteinander.«

»Er macht sich«, versucht Schwarz das Thema kurz zu halten. Leutnant du Faur aber riecht den Braten natürlich sofort.

»Ich werde zu einer französischen Nachtjagdgruppe versetzt, die sich in Aufstellung befindet. Da ich sehr gut Französisch spreche, soll ich dort als Ausbilder und Berater fungieren.«

Schwarz schaut seinen Vorgesetzten nun verwundert an. Natürlich hat auch er von den jüngsten außenpolitischen Veränderungen erfahren, doch hat er nicht damit gerechnet, dass seine Staffel erfahrene Besatzungen an die Einheiten der neuen Verbündeten abgeben würde.

»Ich habe Sie zur Beförderung empfohlen. Darüber hinaus habe ich Sie und Leder für die Frontflugspange für Nachtjäger in Silber und Liebemann für die Bronze-Spange eingereicht. Ich denke, dass der Kommodore dies alles bestätigen wird.«

Ein dünnes Lächeln huscht über das Gesicht des erfahrenen Fliegers. Beförderungen und Auszeichnungen versprechen fast immer auch Sonderurlaub.

»Ich werde Sie als neuen Staffelkapitän vorschlagen.« Nach einer kurzen Pause fügt er hinzu: »Dafür ist es natürlich unabdingbar, dass Sie mit Ihrer Besatzung richtig zusammenwachsen und funktionieren!«

Schwarz nickt seinem Vorgesetzten zu. Selbstredend versteht er den Wink mit dem Zaunpfahl.

»So, dann lasse ich Sie mal wieder mit Ihren Gedanken allein. Aber denken Sie daran, solange ich noch hier bin, habe ich immer ein offenes Ohr für meine Männer.«

21. Februar 1943

Mittags, südwestlich von Mga

Die sowjetischen Angriffsverbände konnten ohne großen Widerstand durch die deutschen Stellungen brechen. Die Verwüstungen, die dabei in der Hauptkampflinie und im rückwärtigen Raum angerichtet wurden, sind erheblich, die Verluste der deutschen Divisionen erschreckend hoch. Die Artillerieüberlegenheit der sowjetischen Divisionen ist beinahe genauso erdrückend wie die zahlenmäßige Überlegenheit an Kampfpanzern und Flugzeugen.

Schon am ersten Tag gelang es den Sowjets, Mga zu besetzen.

Paul Adomeit vermochte sich zusammen mit zwei Dutzend Kameraden im Chaos des Rückzugs zu retten. Nun irrt der kleine Haufen mit knurrendem Magen durch die Schneehölle südöstlich seiner alten Stellung. Die sowjetischen Stoßverbände haben zum Glück eine andere Richtung eingeschlagen. Dennoch schweben die Männer ohne Kontakt zur eigenen Truppe in großer Gefahr. Weit und breit kein Haus, kein Unterstand, in dem sich die vollkommen erschöpften Landser für kurze Zeit ausruhen oder aufwärmen können. Immer wieder wollen sich einzelne Männer in den Schnee setzen und ausruhen – und schlafen. Doch dies würde den sicheren Tod für sie bedeuten.

»Los, hoch mit euch!«, ruft Feldwebel Hartmut Stein den ausgepumpten Landsern immer wieder zu. In diesem Augenblick empfindet Adomeit eine tiefe Bewunderung für den ansonsten verhassten Vorgesetzten.

»Wollte ihr etwa in Sibirien elendig verrecken? Los, wieder auf die Beine, Männer. Wir müssen weitermachen!«

Die an der Spitze marschierenden Versprengten erhalten nach stundenlangem Herumirren in der Ödnis plötzlich MG-Feuer. Alles wirft sich in den tiefen Schnee. Vom Feind ist nichts zu sehen – er hat sich sehr gut versteckt.

Auch Adomeit liegt im nassen Weiß. Der Schnee fühlt sich wunderbar kühl auf dem erhitzten Gesicht an, denn trotz der Kälte schwitzen die Männer durch den stundenlangen Marsch im hüfthohen Schnee.

Plötzlich hört er das bekannte Ploppen von Granatwerfern und schon kurz darauf das typische Pfeifen der heruntersegelnden Granaten. Die Geschosse schlagen zwischen den Deutschen ein.

Auch wenn die Splitterwirkung durch den Schnee beträchtlich abgemildert ist, werden zwei Männer tödlich getroffen. Rings um die Opfer färbt sich der Schnee rot und schon orgelt die nächste Lage heran. Auch diese schlägt zielsicher zwischen den deutschen Soldaten ein. Wieder wird ein Landser tödlich getroffen, drei weitere werden verwundet.

»Hoch mit euch und vorwärts! Wenn wir hier liegen bleiben, erwischen die uns noch alle!«

Als die Männer vorwärts springen, entdecken sie den Feind. Er hat sich rund um einen kleinen Hügel verschanzt. Die Gruppe der Versprengten entfaltet sich und geht zum Angriff über.

Das einzige MG der Gruppe jagt zwei Feuerstöße hinaus, dann verhindert eine Ladehemmung den weiteren Einsatz der Waffe. Auch die größten Bemühungen und die wildesten Verwünschungen ändern nichts daran.

In der Zwischenzeit erstürmen Feldwebel Steins Männer den Hügel. Würden sie nicht angreifen, würde sie der Gegner einer nach dem anderen mit den Maschinengewehren und Granatwerfern erledigen.

Stein und seinen Männern gelingt das Unvorstellbare und sie können den gut ausgerüsteten Gegner nach einem zähen Nahkampf mit Feldspaten, Seitengewehren und bloßen Fäusten von der Höhe vertreiben. Die Rotarmisten fliehen. Nun sehen die Landser, dass sie mit Schneeschuhen ausgerüstet sind.

Die Deutschen können zwei Granatwerfer mit entsprechender Munition erbeuten, dazu noch ein Maschinengewehr. Alles auf Kufen montiert, damit es im Schnee leicht transportiert werden kann.

Auf die gefallenen Rotarmisten schauen die deutschen Soldaten in ihren dünnen Mänteln ebenfalls voller Neid.

Das ein- oder andere Kleidungsstück wechselt den Besitzer, denn die, die es trugen, brauchen es nun nicht mehr.

21. Februar 1943

Nachmittags, Truppenübungsplatz Mielau

»Los, los, los, Sprung auf, Maaaarrsch!«, hallt es über das Gelände. Die Soldaten der italienischen Legion schnellen hoch und sprinten zur nächsten Deckung. Dort werfen sie sich wieder hin und spähen zur feindlichen Stellung hinüber. Mehrere schwere MGs schießen Deckungsfeuer und halten den Gegner nieder. Wieder springen die Italiener auf und werfen sich hinter die nächste Deckung.

»Handgranaten scharf machen! Geschlossener Wurf und dann in die Stellung einbrechen! Auf Nahkampf vorbereiten!«

Unteroffizier Danielo Tomasi und sein Kamerad, Luigi Salva, greifen jeweils nach einer Stielhandgranate, schrauben den kleinen Metalldeckel am Boden ab und angeln nach der Porzellanperle an der Zündschnur. Ein kurzer Zug an der Schnur, im Geist bis drei gezählt und schon fliegen die Sprengkörper in die feindliche Stellung. Nach wenigen Sekunden erklingen kurz hintereinander erfolgende Detonationen und gleich darauf brechen die Soldaten der Freiwilligen Legion Italia in die gegnerischen Stellungen ein. Sofort schwärmen die italienischen Landser nach links und rechts aus und beginnen den feindlichen Grabenabschnitt aufzurollen.

»Sehr gut! Die Übung ist beendet! Zugführer zur Besprechung zum Kompaniechef!«, schallt es über das Übungsgelände.

Tomasi und Salva schauen einander verschwitzt, aber zufrieden an. Sie sind sich sicher, dass die Übung zur Zufriedenheit der deutschen Beobachter verlaufen ist.

Gemeinsam mit ihren Kameraden begeben sich die beiden Italiener auf den Weg zu ihren Unterkünften, um das Material nachzubereiten, denn sie sind sich sicher, dass die nächste Überraschung ihrer Ausbilder nicht lange auf sich warten lässt.

Das Oberkommando der Wehrmacht gibt bekannt

… Im Norden der Ostfront meldet die Heeresgruppe Nord weiterhin schwerste Gefechte mit den Verbänden des Gegners. Nach äußerst harten Kämpfen ging Mga verloren und dem Feind gelang es, den Kessel von Oranienbaum aufzubrechen. Unsere Truppen leisten weiterhin hinhaltenden Widerstand – Gelände wird bereitwillig aufgegeben, um Menschen und Material zu schonen. Der Heeresgruppe laufen stetig Verstärkungen zu, um den Gegner zu stellen und entscheidend zu schlagen.

Im Operationsgebiet der Heeresgruppe Mitte kommt es weiterhin zu keinen nennenswerten Gefechtstätigkeiten.

Im Bereich der Heeresgruppe Süd setzt der Feind seine Offensive ebenfalls fort. Die mutigen Verteidiger von Woroschilowgrad halten allen Angriffen entschlossen stand. Die feindlichen Angriffsspitzen haben die Stadt größtenteils umgangen und stehen nun wenige Kilometer vor Horliwka.

Weiter südlich hat sich die gegnerische Offensive endgültig festgefahren; die Bolschewisten werden von rumänischen und slowakischen Verbänden gestellt und abgedrängt. Kampfkräftige Verstärkung erfahren unsere Verbündeten durch mehrere Divisionen der deutschen 17. Armee.

Das hinterhältige Vorhaben der Bolschewisten, die Divisionen der Heeresgruppe Süd durch eine Zangenbewegung einzukesseln, wurde durch unsere Führung rechtzeitig erkannt und kann bereits jetzt als gescheitert betrachtet werden, da der südliche Zangenarm nach wohl geführten Gegenangriffen nicht mehr in der Lange ist, den Kessel im Raum Stalino zu schließen.

Über Frankreich kam es erneut zu schweren Luftkämpfen mit britischen Nachtbombern, welche wieder nicht nur Rüstungsbetriebe, sondern auch Wohnviertel rund um Paris angriffen. Unseren Nachtjägern und der Flak-Waffe gelang der Abschuss von insgesamt 21 feindlichen Bombern, meist vom Typ Short Stirling und Avro Lancaster.

Im Kampf um den Atlantik konnten unserer Unterseeboote einen feindlichen Konvoi packen. Die sich entwickelnde Geleitzugschlacht dauert noch an.

…

24. Februar 1943

Bereits bei Tagesanbruch sitzt der Gruppenkommandeur auf dem provisorischen Gefechtsstand vor einer mit Planquadraten überzogene Jägerkarte.

Die Staffel von Leutnant Hottinger befindet sich in Bereitschaft. Die Flugzeugführer fluchen genauso wie das Bodenpersonal. Es ist schwierig, die Flugzeuge und auch die Lande- und Startbahnen freizuhalten. Alle müssen mit anpacken.

Plötzlich ertönt der Alarm. Die Luftmeldestelle gibt bekannt: »Feindlicher Aufklärer – ostwärts Kolpino – Kurs Süd – Höhe 3.500 Meter.«

Die bereitstehende Alarmrotte unter Unteroffizier Dengl startet bereits zwei Minuten später. Die Messerschmitt poltern über die Piste und steigen auf. Die beiden Flugzeugführer sind dick eingepackt, denn die Luft ist klirrend kalt. Die Jagdmaschinen steigen Meter um Meter empor, letztendlich auf 4.000 Meter.

Die Flugzeugführer lassen den Kopf suchend kreisen.

»Hab' ihn – Kurs Südsüdwest – 500 unter uns!«

Dengl erkennt ihn genau dort, wo er angegeben worden ist.

»Hat uns anscheinend noch nicht gesehen. Lass uns ihn von hinten packen, dann haben wir die Sonne im Rücken – Frage Viktor?«

»Viktor!«, kommt es vom Obergefreiten Steiner zurück.

Die beiden Messerschmitt nehmen entsprechend Kurs und bereits nach wenigen Minuten befinden sie sich in Position.

Der feindliche Aufklärer fliegt stur weiter auf seinem ursprünglichen Kurs.

»Es ist eine Pe-2. Nimm du ihn!«, gibt Dengl an Steiner weiter.

Die beiden Maschinen tauschen die Positionen; nun fliegt Dengl auf der Position des Rottenfliegers. Noch immer macht die feindliche Maschine keine Anstalten, den Kurs zu ändern.

Der Obergefreite Steiner lässt seine Me 109 im steilen Sinkflug auf die Petljakow zu jagen. Auch Dengl lässt seinen Jäger sinken, um an Steiner dranzubleiben. Schon schießen feurige Leuchtspuren aus den Bordwaffen von Steiners Jagdmaschine. Zielsicher fressen sich die Geschosse in das sowjetische Flugzeug und lassen den linken Motor aufbrennen. Nun endlich scheinen die Flugzeuginsassen verstanden zu haben, was die Stunde geschlagen hat, denn der Aufklärer kippt steil nach unten weg. Steiners Maschine beschreibt eine Kurve und hängt sich erneut an den Gegner. Die beschädigte Pe-2 hat keine Chance mehr, dem deutschen Jäger zu entkommen. Ein weiterer Feuerstoß frisst sich in die Flugzeugführerkanzel. Steiner kann das Glas zersplittern sehen. Danach kippt der Aufklärer sinkrecht nach unten. Dengl und Steiner beobachten, wie die Petljakow in einem Aufschlagbrand vergeht.

24. Februar 1943

Mittags, Woroschilowgrad

»Los, schnell raus!«, schreit Müller gegen den Gefechtslärm an.

Kurz darauf schlagen mehrere 7,62-Zentimeter-Granaten in das Haus ein. Die Männer eilen geduckt durch den Raum. Mörtel, Staub und Schneepulver rieseln auf sie herab.

Die Fassade bricht langsam und laut zusammen.

Glücklicherweise können sich die Landser der Luftwaffen-Felddivision ins Freie retten, bevor die Ruine in sich zusammenfällt.

»Los, links rüber!« Der Befehl erklingt über das Gefechtsfeld. Dort, wo die Stimme herkam, winkt Leutnant Wilhelm Busch die Männer zu sich. Diese werfen sich sofort in Deckung.

Müller, Stüwe und die anderen lugen über den Mauerrest, der ihnen als Deckung dient. Im Vorgelände können Sie mehrere T-34-Panzer und Su-76-Artillerieselbstfahrlafetten erkennen.

»Ich sehe keine Infanterie!«, ruft der Leutnant.

Immer wieder schlagen die Granaten und die MG-Geschosse in die Ruinen und das Umfeld ein.

»Verdammt nochmal. Diese verfluchten Iwans kommen nicht näher, sondern bleiben immer schön außer Reichweite unserer Waffen!«, schimpft Leutnant Busch.

Müller überlegt kurz, ob es Sinn ergibt, die russischen Tanks mit geballten Ladungen anzugehen. Doch erkennt er sehr schnell, dass dies reiner Selbstmord wäre.

Wieder schlagen mehrere Granaten in eine Hausruine ein und diese bricht berstend in sich zusammen.

»Die versuchen uns die Deckungsmöglichkeiten zu nehmen, so dass wir uns hier im Winter den Arsch abfrieren.«

Plötzlich explodiert eine der SU-76 ohrenbetäubend. Die metallenen Einzelteile fliegen umher. Verwundert beobachten die Männer um Busch, Müller und Stüwe das Spektakel.

Auch die Geschütztürme der T-34 drehen sich in Richtung der unter einer Welle an Explosionen vergehenden Selbstfahrlafette. Nun peitschen Schüsse aus den Bordmaschinengewehren der sowjetischen Kampfpanzer ziellos durch die Gegend. Anscheinend wissen auch sie nicht, wo sich der Verursacher befindet.

Die nun ausbrennende Selbstfahrlafette ändert jedoch nichts daran, dass die Männer der Luftwaffen-Felddivision noch immer über keine Kampfmittel verfügen, um mit dem gepanzerten Gegner fertig zu werden. Etwas ratlos wechseln Stüwe und Busch einen zweideutigen Blick. Da die Sowjets nun abgelenkt sind, können sie sich immerhin weiter in die Stadt zurückziehen. Schnell werden die Reste des Zuges informiert.

»Der Iwan wird uns mit seinen Kampfpanzern nicht verfolgen, nicht hier in den Straßen. Ohne Infanterie tut sich das kein Panzermann an«, meint Leutnant Busch.

Gebückt schleichen sie durch die zerstörten und kalten Straßen von Woroschilowgrad, bis sie zum Kompaniegefechtsstand gelangen. Am Eingang wartet bereits eine kleine Gruppe von dreckverkrusteten Soldaten. Einer der Männer hält einen Karabiner am langen Arm, auf den ein Schießbecher aufmontiert ist.

24. Februar 1943

Nachmittags, nördlich von Gladkoe

Die Temperaturen sinken immer weiter. Fast jeden Tag und jede Nacht misst das Thermometer zwischen 40 und 50 Grad Kälte. Zwischendurch entstehen vermehrt Schneestürme, die mit unbarmherziger Härte über das Land fegen. Sie machen jedes schnelle Vorankommen zu einem unmöglichen Unterfangen.

Immer wieder kommt es zu Ausfällen durch Erfrierungen. Dem einen frieren die Füße ab, dem anderen das Gesicht – speziell die Nase und die Ohren, aber auch die Lippen oder Augenlider. Mit einem Mal wird die Haut kalkweiß. Wieder andere spüren plötzlich ihre Hände nicht mehr. Es ist ein Schreckensmarsch ohnegleichen. Er ist schlimmer als alles, was die Männer bisher an der Ostfront durchlebt haben. Glücklicherweise stoßen sie nicht mehr auf Feindkräfte. Anscheinend haben sie eine Lücke gefunden.

Beinahe mehr tot als lebendig schleppen sich die Landser weiter. Irgendwann funktionieren sie einfach nur noch. Immer wieder müssen sie Tote zurücklassen.

Ohne Vorankündigung werden sie unvermittelt angerufen. Die Männer sind so erschöpft und abgestumpft vom langen Marsch, dass sie nicht sofort reagieren.

Sie stolpern einfach weiter.

Es peitscht ein Warnschuss auf.

Nun stehen die Männer still.

»Stehenbleiben – Passwort!«

»Kennen wir nicht!«

»Gut, kommt ran – aber keine Sperenzchen, sonst …«

Paul Adomeit, obwohl ebenfalls am Ende seine Kräfte, kann sich sehr gut denken, was dieses *sonst* zu bedeuten hat. Der junge Ostpreuße blickt in die Richtung, aus der die Stimme kam, und versucht eine Gestalt im Schneetreiben zu erkennen, doch außer den pausenlos umherwirbelnden Flocken sieht er nichts.

Diejenigen unter den Versprengten, die keine Verwundeten stützen, heben die Hände.

Wie aus dem Nichts springen nun mehrere in weiße Umhänge gehüllte Gestalten aus einer unerkannten Stellung.

»Los, los, los, kommt rein in den Graben!«, werden die erschöpften Männer angetrieben.

Wenige Augenblicke später steht das Häuflein Versprengter im Graben. Die ihnen unbekannten Landser durchsuchen sie grob. Danach geleiten sie die dem Erschöpfungstod nahen Versprengten in einen Unterstand. Adomeit torkelt einem der fremden Landser hinterher. Sein Blickfeld gereicht zum Tunnel und er spürt seine Füße kaum mehr.

Dann umgibt den Gefreiten Adomeit das erste Mal seit Tagen wieder Wärme. Dass es im Unterstand stickig ist und aufgrund menschlicher Ausdünstungen streng riecht, stört ihn in diesem Augenblick überhaupt nicht. Der alte Kanonenofen in der Ecke strahlt eine wohlige Hitze aus.

Adomeit, Müller und Kemp setzen sich auf Munitionskisten.

»Na Kameraden, wo kommt ihr eigentlich her? Von welcher Einheit seid ihr?«, will ein älterer Unteroffizier von ihnen wissen.

Da Kemp von den drei Männern der dienstranghöchste ist, antwortet er mit hauchdünner Stimme: »Wir sind von der Panzerbrigade 100, oder eher das, was von ihr noch übrig ist. Wir waren schon durch Artilleriefeuer stark dezimiert und dann kamen die Panzer. Über uns hinweg donnerten die Flugzeuge und zerschlugen das ganze Hinterland – Artilleriestellungen – Panzerabwehrstellungen – Flugabwehrgeschütze – Panzer – alles zerstört.«

Die drei Landser schälen sich langsam aus ihren Uniformenmänteln, legen die Wollschals ab, die unter den Stahlhelmen den Kopf wenigstens einigermaßen warmhielten.

»Na ja, nun seid ihr erstmal bei uns, der 18. ID«, sagt der Unteroffizier und versucht sich an einem Lächeln.

24. Februar 1943

Nachmittags, Nordmeer

»Alle Mann auf Gefechtsstation!«

Der Befehl gellt durch das Boot, vom Bug bis zum Heck. Innerhalb weniger Sekunden haben sich die Schläfer aus den Kojen geschwungen. Hintereinander hasten sie auf ihre Stationen.

»Frage – Uhrzeit!«, Kapitänleutnant Friedrichsberger beugt sich zum Luk hinüber, aus dem ein paar Sekunden später die Antwort heraufschallt.

»15:33 Uhr!«

»Alles planmäßig, Herr Kaleun! Wenn wir mit langsamer Fahrt weiterlaufen, schaffen wir es wie geplant.«

Das Unterseeboot geht auf Südostkurs und läuft parallel zur Waigatsch-Insel. Wie ein Spiegel liegt die See um das Boot, nur durch leichte Wellen gekräuselt, die der langsam auffrischende Wind aufwirft.

»Umwerfendes Wetter, Kehl! Einfach zu schön, um wahr zu sein.«

»Ich denke jedoch, dass wir dieses Seegebiet bald von einer anderen Seite kennenlernen werden, Herr Klauen«, sagt der IWO.

»Bei 30 Grad Backbord voraus – Masten!«

Der Ruf des Bootsmannsmaat der Wache hallt über den Turm hinweg.

Der Zerstörer, vermutlich ein sowjetischer, läuft beinahe frontal auf U 523 zu. Falls das Kriegsschiff auf Kurs bleibt und auch U 523 seinen Kurs nicht ändert, würden sich die beiden Boote unweigerlich begegnen.

»Verdammt nochmal!«, flucht der Kommandant.

»Backbord 20 Grad – neuer Kurs 45 Grad!«

Das Unterseeboot schwingt langsam herum und entfernt sich mit jeder Schraubenumdrehung von der Insel.

»Zerstörer dreht mit, Herr Kaleu – kommt weiter auf!«

Immer deutlicher können sie die schäumende Bugwelle des Zerstörers erkennen. Der Schätzung nach macht er über 30 Knoten Fahrt. Leider ist er für einen Torpedoschuss zu spitz auf.

»Auf Tauchstation! Alarmtauchen!«

Hintereinander verschwinden die Ausgucke im Luk. Knallend schlägt das Turmluk zu. Friedrichsberger dreht das Handrad dicht.

»Fluten!«, befiehlt der Leitende Ingenieur, als er sieht, dass alle Stationen tauchklar gemeldet haben.

Der Zentralemaat dreht die Ventile. Die See rauscht in die bezeichneten Tauchzellen und U 523 kippt leicht vorlastig in die See. Wie Hummeln singen die E-Maschinen und schieben das Boot in die Tiefe.

»Auf 60 Meter gehen!«

Mit sieben Knoten Fahrt und 20 Grad Vorlastigkeit stößt das Unterseeboot weiter in die kalte Tiefe.

»Boot ist bei 15 Meter – fällt schnell«, meldet Oberleutnant Lasse Fischer.

»Schraubengeräusche aus Lage Null!«, meldet sich der Horchgast aus seinem Schapp. Dieser hat sofort nach dem Tauchen seine Station besetzt.

»Gehen Sie mal rüber, Steiger!«

Der IIWO hastet zum Horchschapp.

»Boot steht auf 60 Meter!«

»Beide langsame Fahrt – Schleichfahrt – keine unnötigen Geräusche – überflüssige E-Geräte aus!«

Mit Schleichfahrt versucht U 523 zur Seite auszubrechen. Die beiden E-Maschinen mit ihren insgesamt 750 PS summen leise. Das Boot vibriert bei dieser Fahrtstufe kaum merklich.

»Schraubengeräusche auswandernd!«, kommt es aus dem Horchschapp.

Eine Minute herrscht Stille in der Zentrale. Voller Anspannung horchen alle Mann im Boot nach oben.

Hören sie gleich das mahlende Geräusch der Zerstörerschrauben über sich? Werden gleich Wasserbomben auf sie herniedersinken?

Doch nichts dergleichen geschieht.

»Abgehängt, Herr Kaleu!«

Noch ist die Freude verfrüht, denn Augenblicke später flüstert der IIWO: »Schraubengeräusche näherkommend!«

Schon können alle sie hören. Sie werden lauter, füllen endlich die gesamte Stahlröhre aus.

»Hart Steuerbord! AK voraus!«

U 523 dreht erneut ab. Die Maschinen reißen das Boot mit sieben Knoten Fahrt aus dem unmittelbaren Bereich des Verfolgers. Die Nerven der Männer vibrieren förmlich. Sie stehen äußerlich unbewegt auf ihren Stationen. Sie sehen nichts, aber sie hören die Gefahr und können nichts dagegen tun. Die Tatsache, dass sie Gejagte sind, ist belastend und wühlt in ihrem Innersten.

»An alle!«, meldet sich nun der Kommandant über das Bordsprechgerät.

»Vollkommene Ruhe im Boot!«

»Schraubengeräusche stärker werdend!«

Also hat der Zerstörer ebenfalls gedreht, denkt sich Friedrichsberger.

»Auf 80 Meter gehen!«

Die Tiefenruder bewegen sich und das Boot sackt weiter in die Tiefe des Nordmeers. Der LI pendelt es auf 80 Meter ein. Mit Hartruderlage läuft U 523 herum. Durch immer neue Rudermanöver versucht der Kommandant, den Gegner zu überlisten und abzuhängen. Der Zerstörer hat einen viel größeren Drehkreis als das U-Boot. Diese Tatsache nutzt Kapitänleutnant Friedrichsberger aus. Die ersten Wasserbomben fallen weit hinter dem Boot. Die nächsten Detonationswellen treffen schwächer auf.

Als die Männer aufatmen wollen, intensivieren sich die Schraubengeräusche wieder. Sie kommen jetzt nicht mehr von achtern, sondern von vorn. Der Gegner hat einen entgegengesetzten Kurs eingeschlagen und dreht auf das Boot zu. Schnell nähert er sich dem Kollisionspunkt, wo er genau über dem U-Boot stehen muss.

Friedrichsberger gibt ein neues Ruderkommando. Doch ehe sein Boot herumgelaufen ist, muss der Gegner schon da sein. Das Rasseln der Schrauben wird zu einem aufpeitschenden, ohrenbetäubenden Getöse. Dann fällt der erste Wabofächer dicht beim Boot.

Viermal in sehr kurzen Abständen krachen die für mittlere Tiefe eingestellten Wasserbomben auseinander.

Die Zeit in der engen Stahlröhre vergeht zähflüssig. Immer wieder befiehlt Friedrichsberger kleinste Kurskorrekturen oder lässt die Geschwindigkeit des Bootes ändern.

Das lebensgefährliche Katz- und Mausspiel zwischen dem deutschen Unterseeboot und dem sowjetischen Zerstörer zieht sich bald drei Stunden hin, doch stets gelingt es Kapitänleutnant Wolfgang Friedrichsberger, dem Feind ein Schnippchen zu schlagen und sein Boot aus dem Gefahrenbereich der Wasserbombendetonationen zu manövrieren.

Als die Schraubengeräusche nun verstummen, lässt er U 523 nach Norden ausbrechen. Doch schon zwei Minuten später ist das entnervende Mahlen der Schiffsschrauben wieder zu hören und das sogar dicht beim Boot.

»Der Lump hat gestoppt gelegen!«, ruft der IWO über das laute Geräusch der Zerstörerschrauben hinweg.

Unmittelbar, noch ehe der Kommandant einen entsprechenden Ruderbefehl erteilen kann, krachen die Wasserbomben so dicht vor dem Bug, dass das Boot hecklastig wegsackt und wie ein Stein in die Tiefe geht.

Kapitänleutnant Wolfgang Friedrichsberger spürt, wie sein Magen ruckartig rebelliert. Er fällt mit dem Rücken gegen den Kartenschrank und klammert sich an einem Ventil fest. Erneut kracht eine Wabo direkt über dem Boot mit flacher Einstellung auseinander. Irgendwo rauscht plötzlich Wasser. Mit gellendem Zischen bläst eine undichte Pressluftleitung. Im gleichen Augenblick handelt der Kommandant.

»Alle Mann Bugraum!«

Die Männer, die nicht auf lebenswichtigen Stationen stehen, rasen nach vorn. Sie zwängen sich durch die engen Schotts, laufen durch die Zentrale und wieder durch die Schotts in den Bugraum. Der Leitende versucht durch Anblasen das Boot aufzufangen.

»Backbord-E-Maschine ausgefallen!«, kommt die Meldung aus dem E-Maschinenraum.

»Abgasklappen undicht!«

Nacheinander treffen die Schadensmeldungen in der Zentrale ein. Jede von ihnen für sich kann für das Boot und dessen Besatzung das Ende bedeuten.

Dem Leitenden Ingenieur ist es mittlerweile gelungen, das Boot abzufangen und einzupendeln. Erst langsam, dann immer schneller steigt das Unterseeboot in Richtung Wasseroberfläche zurück. Wenn es durchbricht, wird der Zerstörer mit Sicherheit zur Stelle sein.

»Boot abfangen, LI!«

»Boot steigt weiter – Tiefenruder klemmt!«

»Handruder! Nehmen Sie Handruder, LI!«

Befehle werden vom Leitenden Ingenieur an die beiden Tiefenrudergänger weitergegeben. Das Blasen und Rauschen der defekten Pressluftleitung, das am Nervenkostüm der Männer zerrte, ist endlich verstummt.

Trotz aller Versuche durchstößt in diesem Augenblick U 523 die Wasseroberfläche.

Als der LI erneut fluten und sogar die Reglerzellen volllaufen lässt, löst sich das Tiefenruder und das deutsche U-Boot sackt abermals in die eiskalte Tiefe des Nordmeers. Rauschend schließt sich die See über ihm. Die Granaten, die der sowjetische Zerstörer abfeuerte, klatschen ins Wasser.

24. Februar 1943

Abends, Neue Reichskanzlei

»Feldmarschall Kesselring. Weshalb wollten Sie mich so dringend sprechen?«

Der Monarch Großdeutschlands hält den Hörer des Telefons in der Hand und während er auf die Antwort des Generalfeldmarschalls am anderen Ende der Leitung wartet, blättert er in einer vor ihm liegenden Akte – die genauen Verlustzahlen der *Operation Hannibal*.

»Eure Majestät, ich muss Ihnen bestimmt nicht sagen, dass die Luftwaffe weiterhin enorm unter Druck steht, auch nach dem Wegfall des Operationsgebiets in Afrika. Die Verlustzahlen müssten Eurer Majestät bereits vorliegen. Sie sind trotz aller Erfolge beachtlich.«

Der Kaiser blättert eine Seite um und begutachtet die Verlustzahlen der Bomberwaffe.

»Ja, Feldmarschall Kesselring. Da haben Sie bedauerlicherweise Recht. Ich sehe sie mir gerade an.«

Ein kurzes Schweigen tritt ein.

»Genau deshalb muss ich mit Ihnen sprechen, mein Kaiser. Ich werde mit Ihrer Erlaubnis detaillierte Pläne ausarbeiten lassen, um unsere verbliebenen Kräfte möglichst schonend einzusetzen.«

»Was schlagen Sie also vor, Herr Kesselring?«

Der Kaiser vernimmt einen tiefen Atemzug, der aus dem Lautsprecher dringt und lange nachhallt.

»Mein Kaiser, ich schlage vor, dass wir alle noch verfügbaren FW 200 unter dem KG 40 vereinigen und dieses unverzüglich an die französische Atlantikküste verlegen. Das Geschwader soll sich dann engstens mit dem OB der U-Boote abstimmen, um wieder den Druck auf die alliierten Konvois zu erhöhen. Ferner schlage ich vor, dass die übrigen Kampffliegerverbände in den Osten verlegt werden, bis auf das KG 26, welches dem Fliegerführer Nord in Stavanger unterstellt wird, um die Nordmeergeleitzüge besser aufklären und gezielter angreifen zu können. Auch dieses Geschwader soll in engster Abstimmung mit der Kriegsmarine agieren.«

»Dann wollen Sie also keinerlei Kampffliegerverbände im Westen belassen, abgesehen vom KG 40 für die Konvoibekämpfung?«

»Jawohl, mein Kaiser.«

»So verfügen wir über keinerlei Kapazitäten, um die zusehends stärker werdenden Angriffe des Feindes auf unsere Städte zu sühnen!«

»Jawohl, da haben Sie vollkommen Recht, Eure Majestät. Aber ich gebe zu bedenken, was unsere Analysen trotz unserer Erfolge über dem Mittelmeer ergeben haben. Der potenzielle Erfolg fortwährender Bomberoffensiven gegen die britischen Inseln steht in keinem Verhältnis zu den zu erwartenden Verlusten. Die Jagdwaffe der Alliierten beweist einen rasanten Aufwuchs und auch die Flugabwehrgeschütze des Gegners gewinnen an Zahl und Effektivität. Dies lässt sich auch aus den steigenden Verlusten unserer Nachtjäger, welche über den britischen Inseln operieren, ableiten. Im Osten hingegen … ja, im Osten träfe eine Bomberoffensive den Gegner unvorbereitet.«

»Aber wo wollen Sie diese Offensive ansetzen? Welche Ziele sollen angegriffen werden?«

»Ich denke, dass wir Verladebahnhöfe, Bahnanlagen und die Rüstungsbetriebe rund um Moskau und Gorki ins Visier nehmen müssen. Eine Liste möglicher Ziele wird mein Stab in Kürze vorlegen.«

Wieder setzt längeres Schweigen ein.

Generalfeldmarschall Albert Kesselring scheint auf eine Antwort seines obersten Befehlshabers zu warten, der Kaiser jedoch grübelt noch über dessen Vorschlag. Schließlich, nach einer gefühlten Ewigkeit, ertönt die klare Stimme von Louis Ferdinand I.

»Was versprechen Sie sich davon? Mit welchen Verlusten rechnen Sie? Sind die sowjetischen Rüstungsbetriebe nicht hinter den Ural verlegt worden?«

»Mein Kaiser, die Verluste werden überschaubar bleiben, denn wie ich bereits erwähnte, die Sowjets unterhalten keine nennenswerte Nachtabwehr, ganz im Gegensatz zu den Westmächten. Was die Rüstungsbetriebe betrifft. Ja, es ist eine große Anzahl hinter den Ural verlegt worden, doch nicht alle. Dies ist auch wohl schwerlich möglich, da man ja nicht nur die benötigten Maschinen braucht, sondern auch die Facharbeiter, die Infrastruktur. Und jeder Schlag gegen diese Unternehmen in unserer Reichweite wird Auswirkungen auf die gesamte Rüstung entfalten, denn viele davon sind Zulieferer für die Produktion von Panzern, Flugzeugen und dergleichen. Schläge gegen die Infrastruktur werden die Rüstungsanstrengungen des Gegners weiter untergraben und auch seine Bemühungen, die Front mit Nachschub zu versorgen.«

Der Kaiser hört genau zu, während sich sein Gedankenapparat in Bewegung setzt. Ihm ist förmlich anzusehen, wie die Zahnrädchen hinter seiner Stirn arbeiten. Schließlich sagt er, nachdem er den Chef der Luftwaffe eine weitere gefühlte Ewigkeit hat warten lassen: »Gut, mein lieber Herr Kesselring, arbeiten Sie entsprechende Pläne aus. Danach erwarte ich Sie hier zum Rapport.«

Ein kurzes »Jawohl« muss als Antwort genügen.

Doch ehe der Feldmarschall auflegen kann, ergänzt Louis Ferdinand I. noch etwas: »Und Kesselring, vergessen Sie Leningrad nicht!« Dann legt er auf.

Besorgt blickt der junge Kaiser wieder auf die vor ihm ruhende Akte. Jedes verlorengegangene Flugzeug ... ein menschliches Schicksal.

Das Oberkommando der Wehrmacht gibt bekannt

... Aus dem Operationsbereich der Heeresgruppe Nordland werden weiterhin keine nennenswerten Kampfhandlungen gemeldet. Der Feind verlegt sich auf Späh- und Störaktionen.

Im Raum der Heeresgruppe Nord wird heftigst gerungen, vor allem an der Leningrader Front. Dem bolschewistischen Gegner gelangen teils regional begrenzte Einbrüche in die Front. Der Stab der Heeresgruppe verlegt bereits schnelle Truppen, um den Gegner an den Einbruchsstellen zu schlagen. Kolpino wurde planmäßig geräumt. Die Bolschewisten stoßen weiter nach Westen Richtung Pushkin vor.

Die Heeresgruppe Mitte meldet keine nennenswerten Gefechtstätigkeiten.

Bei der Heeresgruppe Süd gehen die Kämpfe um Woroschilowgrad mit unverminderter Härte weiter. Kampfgruppen der 8. Luftwaffen-Felddivision haben sich dabei besonders ausgezeichnet.

Starken Kampfverbänden der Roten Armee gelang die Einnahme von Horliwka. Stalino wird zur Verteidigung vorbereitet.

Im Gebiet um Rozhok vermögen unsere Verbündeten unter dem nunmehrigen Oberbefehl der 17. Armee Gelände zu gewinnen. Besonders die 10. rumänische Division hat sich in den schweren Kämpfen hervorragend bewährt.

Über dem Kampfraum der Südfront kam es in Folge der Gefechte zu schweren Luftkämpfen. Es ist unseren Verbündeten dabei gelungen, gegen eine große Übermacht beachtliche Erfolge zu erzielen. Jagdstaffeln, ausgerüstet mit deutschen Flugzeugen der Typen He 112 und Me 109 gelangen zahlreiche Abschüsse. Ein Flugzeugführer der 49. rumänischen Jagdstaffel konnte allein fünf Abschüsse erzielen.

Auch meldet die Heeresgruppe Nord schwerste Luftkämpfe über ihrem Operationsraum. Der bolschewistische Feind hat dabei zwölf Flugzeuge eingebüßt, während unsere Luftwaffe nur zwei abgeschossene Flieger beklagt.

Aus dem Luftraum über dem Mittelmeer werden keinerlei Kampfhandlungen von Bedeutung gemeldet, jedoch flogen anglo-

*amerikanische Bomberverbände erneut Angriffe gegen französische Rüs-
tungszenten und trafen dabei auch Wohngebiete im Raum Paris und
Rouen. Deutsche und französische Jagdflieger stiegen auf, um Schlim-
meres zu verhindern. Diese Helden der Lüfte warfen sich todesmutig der
zahlenmäßigen Übermacht entgegen und durften nach mehreren Eins-
ätzen binnen eines Tages 20 Abschüsse an britischen und amerikanischen Bombern melden. Unsere Flakwaffe konnte weitere 15 Maschinen
vernichten oder schwer beschädigen.*

*In der Schlacht um den Atlantik ist es deutschen und italienischen
Unterseebooten gelungen, dem Feind erneut ...*

25. Februar 1943

Kurz nach Mitternacht, Nordmeer

Die Männer in der engen Stahlröhre liegen teils vollkommen erschöpft in ihren Kojen oder schieben mit letzter Kraft Dienst auf
ihren Stationen.

Der sowjetische Zerstörer brach die Verfolgung irgendwann ab.
Den Grund dafür kannten die U-Bootsfahrer nicht – es ist ihnen
auch gänzlich egal.

Kapitänleutnant Wolfgang Friedrichsberger lässt im Geiste die
vergangenen Stunden Revue passieren. Die Wasserbomben des
Zerstörers haben eine Menge Schaden am Boot hinterlassen. Die
Mechaniker haben alle Hände voll zu tun. Der Gegner fuhr seine
Angriffe mit viel Schneid. Immer wieder kamen die Meldungen
über sein Nahen in die Zentrale, doch letztendlich gelang es Friedrichsberger, das Unterseeboot aus dem Gefahrenbereich zu manövrieren. Die Strichliste mit den gezählten Wasserbombendetonationen weist mittlerweile 69 Striche auf.

»Eine Stunde ist um, Herr Kaleu!«, meldet der IWO.

»Auf Seerohrtiefe!«

Langsam klettert das Boot auf die vorgegebene Tiefe.

Friedrichsberger sitzt im Turm am Sehrohr, das sirrend ausfährt
und schließlich die Wasseroberfläche durchstößt. Konzentriert
beobachtet er die Umgebung, kann jedoch nichts Verdächtiges erkennen.

»Auftauchen!«, kommt letztlich der Befehl.

Nach wenigen Augenblicken durchbricht U 523 den Wasserspiegel.

»Durchlüften!«

Gierig saugen die Männer die frische, salzige Seeluft in die Lunge. Die Wachen bemannen ihre Posten und auch Friedrichsberger steht auf dem Turm und blickt sich mit dem Fernglas um.

Mit Höchstfahrt schieben die beiden auf AK aufgedrehten MAN 9-Zylinder-Dieselmotoren das Boot durch die See zur befohlenen Position.

Gegen 01:18 Uhr sichtet der IIWO Land. Wieder eine halbe Stunde später haben sie jenen Ort erreicht, an dem sie ihren Auftrag ausführen sollen.

»Die Männer sollen sich fertig machen!«, ruft Friedrichsberger vom Turm aus in die Zentrale hinunter. Ein emsiges Treiben setzt im Boot ein. Nach einer halben Stunde ergeht die Meldung, dass sie die befohlene Position erreicht hätten.

Schon kurz danach stehen mehrere Männer an Deck und es wird allerhand Ausrüstung nach oben ins Freie gezerrt. Zwei große Schlauchboote werden vorbereitet und beladen. In jedes der Schlauchboote steigen fünf Mann ein und übernehmen die bereitgestellte Ausrüstung.

Die Männer auf dem Turm beobachten angestrengt die nahe Küste und die Umgebung. Doch sie können nichts Ungewöhnliches erkennen. Wolfgang Friedrichsberger beobachtet, wie sich die beiden Schlauchboote von seiner Röhre entfernen. Innerlich atmet er auf; der gefährlichste Teil der Mission ist beinahe geschafft. Die Männer am 10,5-Zentimeter-Decksgeschütz, der 3,7-Zentimeter-Flak und der 2-Zentimeter-Flak haben ihre Waffe auf das Land gerichtet, um den zehn Kameraden des Kommandos notfalls Deckungsfeuer geben zu können.

Durch das Glas kann der junge Kapitänleutnant erkennen, dass die beiden Schlauchboote bald an Land ankommen müssten.

»Alles zum Ablaufen klarmachen. Wir wollen zusehen, dass wir die freie See erreichen, damit wir wieder anständig Wasser untern Kiel bekommen!«

25. Februar 1943

Oberstleutnant Alfred Becker befindet sich in einer großen Werkhalle des französischen Rüstungskonzerns Hotchkiss et Cie und überwacht die letzten Montageschritte an einer Reihe von Hotchkiss H 35 und H 38, welche mit der deutschen 7,5-Zentimeter-Pak 40 ausgerüstet wurden. Er ist mit der Arbeitsleistung der französischen und deutschen Arbeiter sehr zufrieden. Besonders bei den Franzosen ist die Arbeitsmoral nach dem heimtückischen Angriff auf Versailles und Paris sprunghaft angestiegen. Nur noch wenige Handgriffe und die neuen Pak-Selbstfahrlafetten können aus dem Werkstor rollen.

Soeben trifft Becker auf den Werksleiter, um einige Absprachen zu treffen, da werden sie von einer Gruppe hoher deutscher und französischer Offiziere unter der Führung eines Generalmajors der Wehrmacht angesprochen. Becker grüßt vorschriftsmäßig und ist gespannt, was die Abordnung von ihm möchte. Lange braucht er nicht zu warten.

»Oberstleutnant Becker, aufgrund Ihrer hervorragenden Leistung beim Umbau und der Entwicklung etlicher Beutefahrzeuge hat der Kaiser persönlich verfügt, dass Sie als neuer Verbindungsoffizier zur französischen Wehrmacht fungieren.«

Becker schaut ein wenig verdutzt. Dies bemerkt natürlich auch der deutsche Generalmajor.

»Wer könnte unseren französischen Verbündeten besser die Funktionsweise und den optimalen Einsatz Ihrer Umbauten erläutern?«

Becker kratzt sich mit der Rechten am Kinn. In unmittelbarer Nähe arbeiten zwei Schweißer an einem Fahrzeug. Funken sprühen umher. Der Oberstleutnant und der Werksleiter bitten die Gruppe in einen kleinen Raum, der der Belegschaft als Pausenraum dient. Dort können sie ihre Unterhaltung ungestört fortsetzen. Abwartend mustert Becker den Generalmajor, der sich als Klingenfeld vorgestellt hat.

»Herr Generalmajor, verzeihen Sie meine Nachfrage, doch sollten mit den Umbaufahrzeugen nicht die angeschlagenen deutschen Divisionen schnellstmöglich aufgefrischt werden?«

Ein gewinnendes Lächeln huscht über das Gesicht des hohen Offiziers und auch einer der französischen Offiziere lächelt wissend.

»Da haben Sie vollkommen Recht, Oberstleutnant Becker. Doch ihnen ist mit Sicherheit auch die politische Wetterlage nicht entgangen. Daher hat der Generalstab entschieden, dass es zweckdienlicher ist, die französischen Verbände mit diesen Fahrzeugen auszurüsten, da viele der Soldaten noch im Umgang mit ihnen vertraut sind und nur auf die deutsche Waffe umgeschult werden müssen. Zwei Drittel der Produktion gehen also an die französische Armee. Das übrige Drittel wird den beiden uns zur Verfügung gestellten französischen Freiwilligendivisionen Charlemange und Trikolore zugeführt. Ich denke, Sie erkennen, dass dies endlich eine Entlastung für die schwer ringende Ostfront bedeutet.«

Becker nickt verstehend, hat aber sogleich die nächste Frage auf den Lippen: »Dementsprechend ist es auch überflüssig, dass die noch vorhandenen französischen Beschriftungen und Hinweisschilder gegen deutsche ausgetauscht werden. Sehe ich das richtig?«

Generalmajor Klingenfeld scheint verwundert. »Vollkommen richtig, Herr Becker. Ein sehr guter Einwand und eine Zeitersparnis, nehme ich an?«

»Jawohl, Herr Generalmajor. Doch wie steht es mit den übrigen Fahrzeugen, welche wir aus italienischer und sowjetischer Produktion erhalten haben?«

Der General wendet sich seinem Adjutanten zu und bittet ihn, eine bestimmte Akte aus der mitgeführten Tasche zu angeln. Schnell legt er sie auf den schmutzigen Tisch, so dass sowohl er als auch Becker einen Blick hineinwerfen können. Nach kurzem Blättern haben sie die entsprechenden Seiten gefunden.

»Sehr schön. Wie Sie sehen können, gehen die Fahrzeuge vorerst allesamt zu den entsprechenden Freiwilligeneinheiten beziehungsweise zur Russischen Volksarmee.«

»Demnach gebe ich unverzüglich eine Weisung heraus, dass die Umrüstung der Schilder entfällt.«

Klingenfeld sieht den Oberstleutnant anerkennend an. »Becker, ich sehe, dass der Kaiser den richtigen Mann für die kommenden Aufgaben ausgewählt hat. Ich lasse Ihnen umgehend entsprechende Unterlagen zukommen, so dass Sie vollumfänglich im Bilde sind!«

25. Februar 1943

Mittags, Reichsluftfahrtministerium

Im monumentalen Sitz des Oberbefehlshabers der Luftwaffe in der Wilhelmstraße in Berlin haben sich in einem der großen Sitzungssäle die Größen der Luftwaffe und Luftfahrtindustrie versammelt. Beflissene Ordonanzen wuseln umher, um Kaffee nachzugießen oder auch Mineralwasser bereitzustellen. Es herrscht eine angeregte Stimmung. Jeder ist gespannt, was ihnen der Oberbefehlshaber der Luftwaffe mitzuteilen hat.

Unter anderem sitzen an der großen Tafel Kurt Tank für Focke-Wulf, Willy Messerschmitt, Ernst Heinkel, Heinrich Koppenberg für Junkers, Walter Blume für Arado, aber auch Vertreter von Rheinmetall-Borsig, Ruhrstahl, Henschel, Fieseler und der *Luftforschungsanstalt Hermann Göring*. Selbstredend ist auch der Generalluftzeugmeister, Generalfeldmarschall Erhard Milch, anwesend. Es herrscht eine gebannte, doch konstruktive Atmosphäre voller Aufbruchstimmung.

»Also meine Herren«, sagt der Oberbefehlshaber der Luftwaffe zu den anwesenden Männern, »der Stand der Dinge ist also der, dass wir in nächster Zeit mit einigen neuen Mustern und Ausführungen rechnen können. Namentlich sind das die He 280, die ab dem 1. März in Serie gehen wird. Nach meiner Kenntnis ist das Erprobungskommando 280 in Rechlin bereits aufgestellt und wartet auf die ersten Maschinen der Nullserie, um Einsatzkonzepte zu entwickeln. Darüber hinaus können wir ab April mit der Vorserie der He 219 rechnen; auch hier werden die Experten in Rechlin die Erprobung übernehmen. Beiden Erprobungskommandos werden wir einige fronterfahrene Flugzeugführer beziehungsweise Besatzungen zuordnen. Henschel arbeitet an einer Version der sehr bewährten 129 mit zwei MK 103, Focke-Wulf kann ab 15. März mit der Serienproduktion der C-Ausführung ihrer 190 beginnen. Der Serienbau der Ju 188 ist reibungslos angelaufen und wird die ältere Ju 88 ablösen.

Heinkel hat darüber hinaus die gröbsten Probleme mit der 177 in den Griff bekommen, da die Sturzflugfähigkeit keine Rolle mehr spielt und zudem an einer Ausführung mit vier einzelnen DB-Motoren gearbeitet wird als Ersatz für die DB-610-Doppelmotoren, die sich als sehr unzuverlässig erwiesen haben.

All diese Maßnahmen werden uns einen qualitativen Vorsprung gegenüber den Westmächten sichern.«

Zustimmendes Nicken beherrscht die Runde.

»Aber wir wollen auch nicht vergessen, dass wir Maßnahmen ergreifen müssen, um diesen Vorsprung zu halten und idealerweise auszubauen!«, lässt sich nun Professor Messerschmitt vernehmen.

Kesselring indes hat bereits mit einer Wortmeldung Messerschmitts gerechnet, der anscheinend um seinen Ruf bangt, da er unter der Leitung von Göring und Milch eine Art Sonderstellung genoss.

»Natürlich, Professor. Dies wird jedoch durch Ihre Me 262 im Jägerbereich gesichert«, erwidert daher der Generalfeldmarschall. Und dann ergänzt er: »Zudem ist auch die von Herrn Blume vorgestellte Ar 234 sehr vielversprechend und ich bin auf den geplanten Erstflug Mitte des Jahres gespannt. Sollte dieses Flugzeug die Serienreife erreichen, sehe ich ungeahnte Potentiale für die Verwendung als Bomber und Aufklärer. – Meine Herren … wer möchte zu dieser Sache sprechen?«

» Herr Feldmarschall.« Messerschmitt erhebt sich. »Neben der Me 262 arbeiten wir seit einiger Zeit schon an einem zweiten Projekt, und zwar der Me 163.«

Der Feldmarschall muss sich ob dieses Alleingangs von Willy Messerschmitt beherrschen, ihn nicht vor versammelter Mannschaft zurechtzuweisen.

»Was soll das heißen, Herr Messerschmitt?«, sagt Kesselring und versucht dabei, seine Tonlage zu kontrollieren

Messerschmitt glaubt sich auf sicherem Terrain und erteilt ungerührt Auskunft: »Wie wohl bekannt ist, befinden sich zehn Nullserienmaschinen der Ausführung A beim Erprobungskommando 16 im Einsatz, daneben noch einige B-0-Maschinen, jedoch teilweise ohne Antrieb, da dieser uns einige Schwierigkeiten bereitet. Dennoch sehen wir sehr viel Potential als Objektschutzjäger!«

Kesselring nickt Messerschmitt freundlich zu.

»Das klingt in der Tat spannend, Herr Professor. Doch verfüge ich hiermit, und zwar mit sofortiger Wirkung, dass Sie sämtliche Unterlagen und Prototypen an Junkers weiterzugeben haben. Dort wird die Weiterentwicklung stattfinden. Ich werde auch Lippisch wieder zu diesem Projekt hinzuordern. Ich wünsche, dass sich die Messerschmitt AG voll und ganz auf die 262 und die Serie für die Me 109 T-3 konzentriert! Die Kriegsmarine hat im Übrigen angemerkt, dass die Focke-Wulf aufgrund des breiteren Fahrwerks besser geeignet wäre, um auf einem Trägerdeck zu landen. Also wird der Nachfolger für die 109 T eine 190 T. Ich setzte voraus, dass es einen intensiven Wissensaustausch geben wird! Sobald die T-Ausführung in Serie geht, ist dies dann die einzige 109, die noch vom Band läuft – bis eben zur Serie der 262! Die freien Kapazitäten werden für die He 280 genutzt und ich wünsche darüber keinerlei Diskussionen! Profitieren Sie lieber von den Erfahrungen, die Sie durch die Lizenzproduktion eines Strahljägers sammeln können!«

Willy Messerschmitt wirkt konsterniert – mehr als konsterniert. Nach kurzer Schockstarre will er aufbegehren, doch Kesselring winkt mit einer entschiedenen Geste ab.

»Da diese Angelegenheit nun geklärt ist, möchte ich die Herren an unsere *Hannibal* erinnern. Die Erfahrung mit diesem System lehrt uns die Bedeutung ferngelenkter Waffen für die Kriegführung der Zukunft. Sowohl die Hs 293 als auch die Fritz X hatten einen nicht zu unterschätzenden Anteil an unserem Erfolg im Mittelmeerraum. Auch das Beethoven-Gespann war äußerst erfolgreich. Daher wird beides forciert. «

Mit einer einladenden Geste übergibt Kesselring das Wort an einen unscheinbar wirkenden Mann. Der aus Österreich stammende Wissenschaftler, Professor Doktor Herbert Alois Wagner, strafft sich und beginnt den Anwesenden seinen aktuellen Forschungsstand zu erläutern. Die hohen Herren lauschen dem Gesagten mit großem Interesse, denn einige Erkenntnisse sind unweigerlich auch für die eigenen Projekte von Belang. Wagner stellt schließlich die baldige Serienreife der Hs 293 in Aussicht. Darüber hinaus verlaufe auch die Erprobung der Boden-Luft-Rakete Hs 177 sehr vielversprechend, ergänzt er.

Kesselring bedankt sich bei Wagner und übergibt das Wort an Doktor Kramer, welcher für die Fritz X und andere Projekte verantwortlich zeichnet. Auch er weiß hauptsächlich positive Nachrichten zu vermelden.

Schließlich ergreift wieder Feldmarschall Kesselring das Wort: »Meine Herren, darüber hinaus habe ich von den Herren Fieseler und Lusser die Nachricht erhalten, dass die Entwicklung der Fi 103 ebenfalls gute Fortschritte zeitigt. Gerade diese Waffe wird benötigt, um eine schlagkräftige Offensivwaffe gegen Großbritannien in den Händen zu haben. Sollten sich bei der weiteren Entwicklung Schwierigkeiten einstellen, werde ich nicht zögern, auf Sie zuzukommen, um gemeinsam eine Lösung zu finden. Auch möchte ich Sie darauf vorbereiten, dass die Verlagerung der Entwicklung und Erprobung eben jener Projekte und auch weiterer Entwicklungen zur Luftforschungsanstalt Hermann Göring für Ende dieses Monats geplant ist. Die Serienproduktion wird dann wieder an die jeweiligen Firmen übergehen. Darüber hinaus konnten wir die Herren von Ohain und Pohl gewinnen. Noch erfreulicher ist es, dass wir mit den Italienern und den Ungarn ein Abkommen schließen konnten, so dass namenhafte Herren dieser Nationen zu uns stoßen werden. Namentlich will ich die Herren Secondo Campini, Corradinio D' Ascanio, György Jandrassik, Kálmán Tihanyi nennen, die samt und sonders zur *Luftforschungsanstalt* versetzt werden. Wir hoffen, dass wir mit den Franzosen ebenfalls ein entsprechendes Abkommen unterzeichnen können. – Dies alles lässt jedenfalls hoffen, dass wir es vermögen unsere Ressourcen zu bündeln, um die bestmöglichen Ergebnisse zu erzielen – für unser Vaterland. Denn darum geht es letztlich, meine Herren. Nicht um eine Firma, nicht um einen Wertpapierkurs, sondern um unser Deutschland.«

25. Februar 1943

Nachmittags, Neue Reichskanzlei

Vizeadmiral Wilhelm Canaris und der Regent des Großdeutschen Kaiserreichs sitzen wieder einmal im großen Arbeitszimmer. Der Chef der Abwehr hat einen ganzen Stapel von Akten und Ordnern vor sich ausgebreitet und reicht dem Kaiser hin und wieder einige Dokumente, um seine Erläuterungen zu untermauern.

»Mein Kaiser, die Aktion der Franzosen hat in Großbritannien für reichlich Wirbel gesorgt. Die 1940 dorthin evakuierten und danach für das sogenannte ›Freie Frankreich‹ kämpfenden französischen Soldaten sind in Aufruhr, seitdem sie von der Bombardierung von Versailles, der Pariser Innenstadt und des Elysee-Palastes erfahren haben. Es werden handfeste Zusammenstöße mit Briten und US-Amerikanern gemeldet. Selbst General de Gaulle vermochte seine Mannen nicht mehr zu beruhigen. Die ganze Sache ist ihm letztlich aus den Händen geglitten. Schließlich haben die Briten ihn festgesetzt – meiner Meinung nach eine unüberlegte Reaktion. Bisher wissen wir, dass es zwei Zerstörern mit französischer Besatzung und weiteren französischen Soldaten an Bord gelungen ist, über den Kanal zu kommen. Sie sind unbeschadet in Calais und Cherbourg eingetroffen, nachdem sie uns offen anfunkten. Deutsche Zerstörer und Torpedoboote nahmen sie dann dort in Empfang.

Darüber hinaus gelang es unseren Erkenntnissen nach einigen französischen Fliegern in der Royal Air Force ebenfalls zu uns zu fliehen.

Selbst auf die Ostfront zeitigt der britische Angriff Auswirkungen. Eine Staffel französischer Flugzeugführer, welche in der Sowjetunion ausgebildet wurde, um gegen uns eingesetzt zu werden, ist ebenso samt Flugzeugen und Mechanikern zu uns übergelaufen.«

Wieder schiebt Canaris dem Kaiser eine Akte hin. Während der Regent mit ihrem Studium beginnt, greift er mit der Rechten nach einem Kristallglas, das mit gold-braunem Whiskey gefüllt ist. Auch vor Canaris steht ein entsprechendes Glas, er hat bisher jedoch noch nicht daraus getrunken. Bedächtig blättert der Monarch in der Akte.

»Also können wir davon ausgehen, dass de Gaulle und der Rest seiner Freifranzosen kein ernstzunehmender Faktor mehr sein werden?«

Der Admiral nickt. »Davon ist tatsächlich auszugehen. Es liegt nun an uns, mit kleinen und großen Gesten die Franzosen für uns zu gewinnen, meine ich. Mit dem Rückzug aus Paris und der Freigabe weiterer Gebiete haben wir bereits einen Schritt getan.«

Nun ist es der Kaiser, der nickt.

»Ja, darüber hinaus wollen wir die Freilassung der französischen Generale und von hunderten Kriegsgefangenen nicht vergessen, denen noch viele weiterer folgen werden. Ebenso die Streichung sämtlicher Rüstungsbeschränkungen und die zahlreichen Lizenzvereinbarungen mit mehreren französischen Rüstungsunternehmen, die nicht zuletzt die französische Wirtschaft wieder in Schwung bringen werden.«

Nach diesen Worten erhebt der Regent das Glas und fordert Canaris auf, es ihm gleich zu tun. Nun kommt der Abwehrchef nicht mehr drumherum, einen Schluck Whiskey zu sich zu nehmen.

»Wie steht es mit der Zusammenarbeit mit den Spaniern?«, fragt Louis Ferdinand danach.

»Auch in dieser Sache entwickeln sich die Dinge zufriedenstellend. Schellenberg hält bisher Wort und seine Familie ist in Madrid angekommen. Die *Aktion Bernhard* läuft weiter. Unsere Verbindungsleute in der spanischen Regierung werden üppig mit den gefälschten britischen Pfundnoten bezahlt. Auch finanzieren wir auf diese Weise die geheimen Waffenlieferungen.«

»Was haben wir bisher an Waffen erhalten?«, fragt der Kaiser freiheraus.

Wieder wandert eine Akte über den großen Eichentisch.

»Mit Stand von gestern haben wir rund 5.000 Handfeuerwaffen der Modelle Astra 300, Astra 600 und Astra 900 erhalten, größtenteils direkt aus den Beständen der spanischen Armee und Polizei. Hispano Aviacióne baut die Messerschmitt 109 in Lizenz. Deren Transport nach Frankreich wird sich allerdings noch als eine Herausforderung erweisen. Wir schicken einige Techniker von Messerschmitt nach Spanien, um vor Ort zu unterstützen. Auch einige Franzosen von Dewoitine und Morane-Saulnier werden diese Abordnung verstärken, denn es ist ja geplant, dass beide Unternehmen die Me 109 in Lizenz produzieren. Die Firma Star hat uns 300 Stück von der Maschinenpistole Si 35 geliefert. Darüber hinaus haben wir bisher 3.000 Gewehre erhalten, ebenfalls teils direkt von der spanischen Armee.«

Kaiser Louis Ferdinand I. spürt ein tiefes Gefühl innerer Zufriedenheit in sich aufsteigen.

»Ich werde Feldmarschall von Rundstedt anweisen, diese Waffen an die französische Armee auszugeben, um deren Aufwuchs schnellstmöglich sicherzustellen.«

Sollte Canaris mit dieser Entscheidung nicht einverstanden sein, behält er seine Meinung für sich.

Wieder nimmt der Regent einen Schluck aus seinem Glas. Danach greift er zu einer kristallenen Flasche und gießt sich nach. Als er auch Canaris einschenken möchte, winkt dieser lächelnd ab und beginnt erneut zu erläutern: »Wichtig ist noch zu erwähnen, eure Majestät, dass es zwischen den Alliierten zu Differenzen gekommen ist. Die gewaltigen Schiffsverluste der Westmächte haben sowohl in Großbritannien als auch in den Vereinigten Staaten zu spontanen Kundgebungen gegen die jeweilige Regierung geführt. Wir haben beiden Nationen mit der Versenkung mehrerer Schlachtschiffe, Flugzeugträger und weiterer bedeutender Kriegsschiffe immerhin die schlimmste maritime Niederlage ihrer Geschichte beigebracht. Nach übereinstimmenden Informationen von übergelaufenen Franzosen, abgefangenen Funksprüchen und Agentenaussagen rätseln die Westmächte noch immer, wie uns dieses Husarenstück gelingen konnte. Und sie sind sehr unterschiedlicher Auffassung, wie mit dieser Situation umzugehen ist.«

Der Kaiser kann seine Schadenfreude darüber nicht verbergen. Anscheinend wähnten sich die westlichen Alliierten bereits auf der Siegerstraße und müssen nun einen krachenden Rückschlag verkraften, auch wenn die Achsenmächte einen strategischen Rückzug vornehmen mussten.

Nun ist es der Vizeadmiral, der einen großen Schluck aus seinem Glas zu sich nimmt. Wohltuend fließt die gold-braune Flüssigkeit seine Kehle hinunter.

»Aber auch zwischen den Westmächten und den Sowjets knirscht es gewaltig«, setzt Canaris fort. »Nachdem die französische Flotte überraschend einen amerikanischen Flugzeugträger und ein Schlachtschiff versenken konnte, darüber hinaus in italienische Häfen einlief und damit eindeutig Stellung bezog, hätte es keiner Kriegserklärung der Franzosen mehr bedurft. Doch nun fordern die Westalliierten, dass auch die Sowjets in den Krieg gegen die Franzosen eintreten.«

Der Regent Großdeutschlands reißt verunsichert und überrascht die Augen auf.

»Wissen wir, wie die Sowjets auf diese Forderung reagieren werden?«

Canaris atmet tief durch. »Nun, Stalin sitzt gewissermaßen zwischen Baum und Borke.«

»Wie meinen Sie das, Canaris?«

»Nun, mein Kaiser … Stalin ist sich sehr bewusst, dass er ohne die Lieferungen der Anglo-Amerikaner und deren militärischem Engagement den Krieg verlieren wird. Doch andererseits kann er nicht einfach den imperialistischen Kapitalisten nachgeben und deren Forderungen akzeptieren.«

Wieder huscht ein Lächeln über das Gesicht des Kaisers. Immerhin sandte er an sämtliche Feindnationen Friedensangebote … und sie alle antworteten mit Gewalt.

»Nach unseren Informationen steht Stalin ohnehin durch die Tätigkeiten von Wlassow unter großem Druck. Nun auch noch den verhassten Kapitalisten nachgeben? Er ist sich der Gefahr einer solchen Entscheidung sehr bewusst. Das Sowjetsystem verzeiht keine Schwäche an der Spitze. Doch um ihre Forderung zu unterstreichen, haben die Engländer einen bereits ausgelaufenen Geleitzug wieder zurückbeordert! Wir haben entsprechende Funksprüche abfangen können und haben eine zusätzliche Bestätigung durch ein Unterseeboot, das am Geleitzug operieren wollte.«

Der Monarch streicht sich nachdenklich mit der rechten Hand über das Kinn. »Haben wir noch Leute, die Friedensfühler ausstrecken könnten?«

Wieder wandert eine Akte über den breiten Arbeitstisch.

»Wir haben die beiden Agenten Edgar Klaus und Bruno Peter Kleist in Schweden sitzen. Diese unterhalten Kontakte zu den Sowjets. Ich kann sie anweisen, ihre Bemühungen zu intensivieren.«

»Ja, machen Sie das bitte, Herr Canaris. Ich denke, in dieser neuen Lage haben wir bei den Sowjets bessere Chancen als bei den Anglo-Amerikanern.«

Das Oberkommando der Wehrmacht gibt bekannt

... Im Norden der Ostfront setzt der bolschewistische Feind seine Offensive im Raum Leningrad-Oranienbaum mit unverminderter Härte fort. Unsere treuen Truppen haben sich auf eine bewegliche Abwehrstrategie verlegt, wodurch dem Gegner scheinbar bedeutende Geländegewinne gelungen sind – doch nur scheinbar. Die deutsche Wehrmacht schont dank dieses Vorgehens nämlich Mensch und Material und zwingt dem Gegner zugleich einen enormen Verschleiß seiner Kräfte auf.

Im Raum der Heeresgruppe Mitte kommt es weiterhin zu keinen nennenswerten Kampfhandlungen.

Bei der Heeresgruppe Süd steht die Abwehr der feindlichen Offensivbestrebungen im Zentrum der Aufmerksamkeit. Bolschewistische Angriffsspitzen haben den Ostrand von Stalino erreicht.

Woroschilowgrad hält entschlossen stand.

Aus dem Frontabschnitt bei Rozhok melden unsere Truppen, Natalyewka zurückerobert zu haben.

Über der gesamten Ostfront kam es zu schweren Luftkämpfen. Wiederum konnten sich rumänische und ungarische Jagdverbände gegen die zahlenmäßig überlegenen roten Flieger heldenhaft behaupten. Über Frankreich und den Niederlanden kam es ebenfalls zu schweren Luftkämpfen. Anglo-Amerikanische Bomberverbände griffen Rouen, Antwerpen und Duisburg an. Tag- und Nachtjäger melden den Abschuss von 33 schweren Bombern und 13 Jagdflugzeugen bei 14 eigenen verlustig gegangenen Maschinen. Die Flakwaffe konnte weitere 18 Bomber abschießen oder teils schwer beschädigen.

In der Schlacht um den Atlantik ...

26. Februar 1943

Morgens, Neue Reichskanzlei

»Herr Generalfeldmarschall, ich danke Ihnen für Ihr so rasches und kurzfristiges Erscheinen!«

Generalfeldmarschall von Witzleben wurde von Oberstleutnant von Reichenbach in das riesige Arbeitszimmer geleitet und dem Chef des Stabes im OKW wird nun ein heißer, dampfender Kaffee eingeschenkt. Von Witzleben strafft sich und grüßt seinen obersten Befehlshaber durch das Präsentieren des

Marschallsstabes. Der Monarch nickt und deutet mit einer Handbewegung an, dass der Feldmarschall sich setzen möge.

»Mein lieber von Witzleben, ich möchte Sie bitten, mich über die Wiederaufstellungen der Divisionen aus Afrika und auch der Stalingrad-Divisionen auf den neusten Stand zu bringen.«

Der grauhaarige Stabschef beginnt ohne Umschweife: »Eure Majestät, die Stalingrad-Divisionen melden große Fortschritte. Feldmarschall von Rundstedt hat jüngst berichtet, dass bereits Mitte des Monats mit ihrer Einsatzbereitschaft zu rechnen sei. Gleiches gilt für die Afrika-Divisionen.

Man mag über den Herrn Minister Sperr sagen, was man will … man kann auch über seine politischen Verstrickungen mit den Nationalsozialisten unterschiedlichster Meinung sein, doch er versteht es meisterhaft, die Rüstungsindustrie zu straffen und auf Hochtouren laufen zu lassen.«

Der Regent sitzt dem Feldmarschall mit verschränkten Armen gegenüber und hört aufmerksam zu. Der anregende Duft des Kaffees steigt ihm in die Nase.

»Wie sieht es mit der Offensive bei Leningrad aus?«

»Unsere Truppen tun ihr Möglichstes, aber sie sehen sich mit einer gewaltigen Übermacht konfrontiert. Die Sowjets haben dazugelernt. Zunächst haben sie die Linien der Heeresgruppe Süd getestet, dann aber bedeutende Truppenteile in Richtung Norden verlegt, so dass sie an der Front bei Schlüsselburg eine größere Kräftekonzentration erreichen.«

Der Kaiser kramt eine gefaltete Karte aus einer Schublade seines Tisches und breitet sie auf der Arbeitsfläche aus.

»Können Sie mir dies hier bitte zeigen, Feldmarschall von Witzleben?«

Der hohe Offizier braucht nicht lange, um die entsprechenden Punkte zu finden.

»Nach Rücksprache mit den Oberbefehlshabern von Heer, Luftwaffe und Kriegsmarine favorisiert das Oberkommando der Wehrmacht eine Gegenoffensive mit dem Ziel, Leningrad unter unsere Kontrolle zu bringen, sowie der rote Vormarsch gestoppt worden ist. Ein Operationsplan mit dem Namen *Operation Nordlicht* wird bereits ausgearbeitet. Zwar wurden wir von der feindlichen Offensive überrascht und erlitten zunächst auch schwere Verluste, doch schont unsere bewegliche Verteidigung unsere verbliebenen Kräfte. Kein Festhalten an starren Linien, dafür die

Preisgabe von Gelände riskieren, um den Feind dann auf vorbereitete Pak- und Flaklinien auflaufen zu lassen. Die Sowjets erleiden dadurch bereits exorbitante Verluste.«

Der Kaiser forscht einen Augenblick lang schweigend im Gesicht seines Gegenübers und nippt dann an seinem Kaffee.

»Was ist mit den beiden Divisionen der Russen?«

Auch der Feldmarschall gönnt sich zunächst einen Schluck Kaffee. Daraufhin sagt er geschäftsmäßig: »Sind auf dem Weg und sollen heute Nachmittag entladen werden. Wir werden sie dem sowjetischen Vormarsch in Richtung Kingisepp entgegenwerfen. Auch das erste Jagdgeschwader der Russen wurde bereits an die Front verlegt. Es greift schon in die Luftkämpfe ein und bisher haben wir von Generaloberst Keller recht positive und ermutigende Meldungen über seinen Einsatz erhalten. Sobald die 9. Armee ihren Marsch in den Verfügungsraum der Heeresgruppe Nord abgeschlossen hat, plant Generalfeldmarschall von Manstein diese in Richtung Mga und Kolpino vorstoßen zu lassen mit dem Ziel, beide Ortschaften wieder in Besitz zu nehmen.

Generalfeldmarschall von Küchler ist guter Dinge, dass er mit diesen Kräften die Sowjets aufhalten kann.«

26. Februar 1943

Mittags, nördlich von Gladkoe

Der junge Soldat Paul Adomeit und die wenigen einsatzbereiten Überlebenden seiner Einheit befinden sich noch immer in ihrer vorläufigen neuen militärischen Heimat, das I. Bataillon des Infanterie-Regiments 30 (mot.). Die Landser hocken in improvisierten, dem gefrorenen Grund mühsam abgerungenen Stellungen. Wieder haben sie einen fürchterlichen Raketenhagel überstanden. Das Niemandsland wurde zum tausendsten Mal umgewühlt. Graue und schwarze Krater säumen nun die Schneelandschaft, stumme, dampfende Zeugen der Flächenwirkung sowjetischen Stalinorgeln. Glücklicherweise trafen die Raketengeschosse dieses Mal nicht direkt die Grabenstellungen der Deutschen.

Doch Grund zur Freude haben Adomeit und seine Kameraden dennoch nicht, denn sie können bereits das entnervende

Quietschen und Rasseln von Panzerketten und das Dröhnen schwerer Dieselmotoren hören.

Adomeit klemmt sich, zitternd vor Kälte und Angst, hinter seinen Karabiner und harrt der Dinge, die da kommen. Schon kann er die ersten sowjetischen Panzer im Schneegestöber ausmachen.

»Das sind T-34 und KW-1!«, ruft der junge Ostpreuße überflüssigerweise seinen Kameraden zu. Das Unheil rollt genau auf sie zu. Hinter den schweren Sowjetpanzern erkennen die Deutschen auch andere Panzerfahrzeuge. Es handelt sich um britische Valentine- und Churchill-Panzer. Sie bewegen sich aufgrund ihrer schmaleren Ketten in den Fahrspuren der sowjetischen Muster. Hinter den Stahlfestungen folgen die Fußtruppen. Immer wieder Deckung suchend, springen sie hin und her.

Adomeit zielt auf die Rotarmisten, doch feuert er seinen Karabiner nicht ab. Noch sind die feindlichen Infanteristen in ihrer weißen Tarnuniform zu weit entfernt und geben kein gutes Ziel ab. Immer wieder verschwinden sie hinter Schneewehen oder von den Panzern aufgewirbelten Schneefahnen.

»Es wird noch nicht gefeuert! Wer vorzeitig das Feuer eröffnet, dem reiß' ich persönlich den Arsch bis zum Kragen auf!«, ruft Feldwebel Hartmut Stein und eilt an seinen Männern vorbei. Der fremde Kompanieführer hat Stein übergangsweise als Zugführer eingeteilt, da am Vortag der eigentliche Zugführer gefallen ist.

Weiter und weiter rasseln die Panzerkampfwagen voran. Das Nervenkostüm der deutschen Landser droht zu zerreißen. Meter um Meter machen die feindlichen Streitkräfte gut, ohne dass sie auf irgendwelchen Widerstand stoßen. Suchend wandern die schweren Türme von links nach rechts. Anscheinend fahnden die Kommandanten nach Anzeichen für die deutschen Stellungen.

Unvermittelt steigt an einem der Panzer eine weiße Fontäne in die Höhe – Augenblicke später schallt ein Explosionsknall zu den deutschen Stellungen herüber.

Ruckartig bleibt der Panzer stehen, nur um Sekunden später in einer gewaltigen Feuerlohe zu verglühen. Doch noch ehe die übrigen Panzerkommandanten oder auch die Fahrer reagieren können, ereilt drei weitere Kampfpanzer das gleiche Schicksal. Zwei andere Panzerbesatzungen haben Glück im Unglück. Bei ihnen wird nur die Gleiskette auf einer Seite zerrissen.

Endlich, diese verdammten Mistdinger sind in das vorbereitete Minenfeld geraten, geht es Adomeit durch den Kopf. Sein neben ihm hockender Kamerad Müller kann das leichte Lächeln, das Adomeits Gesichtszüge beherrscht, nicht erkennen, da diese unter einem dicken Wollschal verborgen liegen.

Wieder donnert es zu den deutschen Stellungen herüber und wieder ist ein gegnerischer Panzer außer Gefecht gesetzt, ohne dass die Landser auch nur einen Schuss abgegeben hätten.

»Sie drehen ab!«, ruft nun Stein, der noch immer geduckt durch den Graben eilt, nur diesmal in die entgegengesetzte Richtung.

Tatsächlich, es scheint zu klappen, überlegt der junge Ostpreuße.

Und in der Tat drehen die Sowjetpanzer ab und rollen nun an einem anderen Frontabschnitt auf die deutschen Stellungen zu.

Dort donnern nach wenigen Minuten Geschütze und Handfeuerwaffen los. Auch das Peitschen von Panzerkanonen ist zu vernehmen, ebenso wie das schnelle Tackern von Maschinengewehren.

Doch nach und nach ebbt der Gefechtslärm ab und wandert in die Ferne. Die Kampfpanzer nehmen keine Rücksicht darauf, ob ihre Infanterie noch nachkommt. Diese hat durch den Schnee Schwierigkeiten Schritt zu halten.

»Haltet euch bereit!«, schallt nun wieder die raue Stimme von Stein durch das Grabensystem.

Sofort sind die Landser wieder vollkommen im Augenblick gefangen. Alle Aufmerksamkeit gilt nun der feindlichen Infanterie.

Unvermittelt beginnen mehrere MG 34 und MG 42 zu belfern. Die sowjetische Infanterie ist vollkommen überrumpelt, als sie so plötzlich Feuer erhält, da sie annahm, dass die Front bereits von den Panzern überrollt worden ist.

Zusätzlich ploppen nun auch noch Granatwerfer. In schneller Folge schlagen die Granaten inmitten der Rotarmisten ein. Weiße Fontänen spritzen auf und so mancher Sowjetsoldat krümmt sich unter Schmerzen, wenn er von einem glühenden Splitter getroffen wird. An vielen Stellen färbt sich der Schnee blutrot.

Eine grüne Leuchtkugel steigt in den Himmel.

»Los! Angriff! Huraaaaa!«

Das gesamte Bataillon erhebt sich aus den Stellungen und die Landser stürmen mit »Hurra« auf die Rotarmisten zu.

Die Granatwerfer haben das Feuer eingestellt und die Maschinengewehrschützen müssen nun darauf achten, dass sie nicht die eigenen Kameraden erwischen.

Weit brauchen die deutschen Soldaten nicht stürmen. Immer wieder werfen sie sich in den Schnee und feuern auf einzelne Feinde. Auch Adomeit wirft sich just wieder hin, reißt den Karabiner an die Schulter, zielt und drückt ab. Der Rückstoß presst den Kolben gegen die Schulter, der anvisierte Rotarmist wirft die Arme hoch und fällt mit dem Gesicht voran in den Schnee. Schnell rappelt sich der junge Landser wieder auf und läuft weiter durch den tiefen Schnee. Seine Lunge brennt und zieht die kalte Luft gierig ein. Der lange Wehrmachtsmantel behindert ihn beim Spurt über die Schneedecke.

Neben ihm sieht Adomeit seinen Kameraden Kemp laufen. Dichtauf folgt diesem ein älterer Landser, der ihnen im warmen Bunker von seinen Erlebnissen im Frankreichfeldzug erzählte.

Aus dem Augenwinkel sieht Paul Adomeit, wie Kemp in eine Schneeverwehung gerät und der Länge nach hinfällt. In diesem Augenblick wird der ältere Landser hinter ihm von einer Kugel getroffen und bricht zusammen, als ob ihm jemand den Stecker gezogen hätte. Der junge Ostpreuße erkennt, dass sich der Schnee auf Kopfhöhe rot verfärbt. Kemp schaut hinter sich und kann sich anscheinend nicht von diesem Anblick lösen.

Unwillkürlich geht Adomeit der Text vom *Guten Kameraden* durch den Kopf:

Eine Kugel kam geflogen,
Gilt's mir oder gilt es dir?
Ihn hat es weggerissen,
Er liegt zu meinen Füßen.

Er robbt zu Kemp hinüber, der noch immer wie versteinert auf den toten Soldaten blickt. Derweil fliegen die Kugeln hin und her. Beide Seiten feuern erbittert aufeinander.

»Mensch, Kemp, los! Dem können wir nicht mehr helfen!«

Obwohl Kemp den höheren Dienstgrad innehat, spielt dies augenblicklich keine Rolle. Der Kamerad ist geistig gefangen und versucht den Gefallenen wachzurütteln. Die Hand des Unteroffiziers umschließt die des Gefallenen.

Wieder spukt das altbekannte Landserlied in Adomeits Kopf herum:

Eine Szene, von der sich Paul Adomeit sicher ist, dass er sie im Leben nicht vergessen wird. Doch die grausame Wirklichkeit des Krieges gönnt ihm keine Zeit für solche Sentimentalitäten.

»Paul, das hätte ich sein müssen! Ich muss da liegen! Nicht er! Nicht er! Verstehst du nicht!«, schreit Unteroffizier Erich Kemp wie von Sinnen.

Adomeit weiß sich in diesem Augenblick nicht anders zu helfen. Er holt aus – und mit ganzer Kraft verpasst er dem Vorgesetzten eine schallende Ohrfeige. Entgeistert schaut dieser nun den jungen Landser an.

»Los jetzt, weiter! Die Kameraden sind schon vorgeprescht!«

Jetzt endlich löst sich die Starre im Unteroffizier und beide springen hoch und hetzen den Kameraden hinterher.

Derweil stehen die Kompanien des Bataillons bereits in einem gnadenlosen Nahkampf mit der sowjetischen Infanterie. Spaten krachen gegen Stahlhelme und spalten Köpfe. Bajonette bohren sich in Oberschenkel und Oberkörper. Kräftige Hände umschließen die Kehle des Todfeindes.

Doch die Deutschen haben einen ungeheuren Vorteil, denn aus der anderen Flanke stoßen ebenfalls Landser hervor. Von zwei Seiten attackiert und in die Zange genommen, bleibt den Rotarmisten nichts anderes übrig als sich abzusetzen oder sich zu ergeben. Viele von ihnen entscheiden sich für die zweite Option.

Einigen gelingt die Flucht zu den eigenen Linien und wieder andere versuchen zu den eigenen bereits weiter vorgerückten Panzern durchzubrechen. Doch dort wartet eine böse Überraschung auf sie, denn die sowjetischen Panzer fuhren nach dem vermeintlichen Frontdurchbruch auf eine wohlvorbereitete Pak- und Flakfront auf. Die meisten der Stahlungetüme wurden dort vernichtet.

Kaum haben sich die deutschen Infanteristen gesammelt, da schallen schon wieder Befehle über das Kampffeld: »Stellungen ausbauen und besetzen! Es muss damit gerechnet werden, dass der Iwan mit seinen Panzern hier wieder durchstoßen will, um zu den eigenen Linien zu gelangen! Das wollen wir denen aber ordentlich versalzen!«

26. Februar 1943

Mittags, Kampfgebiet von Leningrad

Unteroffizier Ludwig Bauer sitzt wieder einmal in seiner Henschel Hs 129. Diesmal jedoch blickt er statt auf das weite Blau des Mittelmeers auf das unendliche Weiß einer Schneewüste, die nur von großen Waldflächen durchbrochen wird. Am Horizont erheben sich die Konturen einer Millionenstadt über das Land.

Der Verlust seiner beiden Kameraden nagt noch immer an ihm. Auch das ihm verliehene Eiserne Kreuz 1. Klasse ändert nichts an seiner Gefühlslage. Das Unternehmen *Hannibal* hat ein enormes Blutopfer von den Schlachtfliegern gefordert und Bauer ist sich nur allzu bewusst, dass er keinen besseren Zeiten entgegengeht. Auch »hier oben« bei Leningrad werden sie vom Feind nicht mit Blumen begrüßt.

Als ob diese Gedanken einer Bestätigung bedurft hätten, sieht er nun einige deutsche Jagdflieger zu seinem Verband stoßen. Bei der Einsatzbesprechung wurden sie angekündigt, da die rote Luftwaffe über dem Leningrader Raum massiert auftritt, um deren Bodentruppen effektiv zu unterstützen.

Leutnant Krüger meinte, dass Stalins *Rote Falken* Jagd auf alles machen würden, was keinen Roten Stern trage. Trotz der Trauer um seine Kameraden ist Bauer keineswegs von einer Todessehnsucht erfüllt. Er hat nicht vor, seinen Kameraden in nächster Zukunft nachzueilen.

»Habicht Eins an alle Habichte – Vogelscheuche meldet viele Ziele in 035 – wir gehen auf Hanni 2.500 – Frage Viktor?«

Ein vielstimmiges »Viktor« knarzt aus den Lautsprechern und auch Unteroffizier Bauer gibt sein »Viktor« an Leutnant Krüger zurück.

Langsam steigt der gesamte Verband auf die befohlene Höhe von 2.500 Meter und schwenkt auf den besagten Kurs ein. Bald darauf erkennen die deutschen Flugzeugführer zahlreiche

Rauchpilze aus dem Boden emporsteigen. Ein untrügerisches Zeichen dafür, dass es dort zu schweren Kämpfen gekommen sein muss.

Doch am Horizont sehen die Deutschen auch etwas, dass ihnen weniger gefällt. Denn dort erkennen sie im Dunst des Wintertages unzählige schwarze Punkte, und der Richtung nach zu urteilen, aus der sie kommen, handelt es ich um keine eigenen Flugzeuge.

Der Unteroffizier blickt sich um und auch die Kameraden von der Jagdwaffe scheinen die Gefahr erkannt zu haben, denn sie lösen ihre enge Formation auf und gewinnen an Höhe.

»Habicht Eins an alle Habichte – viele Indianer in Hanni 4.000 – eigene Jäger greifen an – Habichte nehmen weiterhin Kurs 035 – Frage Viktor?«

Erneut erklingt das vielstimmige »Viktor« aus den Hörmuscheln der Fliegerhauben.

Wie es aussieht, sind wir als Erstes über dem Ziel, überlegt der junge Unteroffizier und geht im Geist bereits sein geplantes Vorgehen durch. Schnell überfliegt er das Instrumentenbrett und kann keine Auffälligkeiten erkennen. Dennoch verspürt er ein flaues Gefühl in der Magengegend – intensiver als gewöhnlich.

»Habicht Eins bis Vier greifen von Nordost an – Habicht Fünf bis Acht von Südost – selbstständige Zielwahl!«

Durch die erlittenen Verluste über dem Mittelmeer fliegt die Staffel Leutnant Krügers momentan nur mit acht Maschinen. Der Ersatz besteht hauptsächlich aus Flugzeugführern ohne jegliche Fronterfahrung; nur bei zweien handelt es sich um Genesene und alte Hasen des Geschwaders, die nun in Krügers Staffel versetzt wurden.

Der Funkspruch reißt Bauer wieder aus seinen Gedanken und er lässt seine Henschel herumschwenken, um aus der vorgegebenen Richtung anzufliegen. Aus dem Augenwinkel erkennt er, dass Leutnant Krüger mit seinen Maschinen in die entgegengesetzte Richtung abdreht. Ebenso kann er sehen, dass seine ihm zugeteilten Kameraden an ihm dranbleiben und seine Richtungsänderung mitmachen.

Bauers Hände umklammern den Steuerknüppel. Er spürt, wie sie schweißnass werden.

Schon wenig später kann er die Ziele erkennen. Es handelt sich um mehrere Kampfpanzer, die scheinbar wild in der Gegend herumkurven. Schnell noch ein prüfender Blick zur Seite – die eigenen Jagdflugzeuge stürzen sich soeben auf die roten Jäger. Doch eine weitere Gruppe Flugzeuge nähert sich weiterhin dem eigenen Standort. Kurz überschlägt der Unteroffizier die Entfernung zu den Feindflugzeugen und den feindlichen Panzern als Ziel – für mindestens einen Anflug reicht es allemal.

Ludwig Bauer lässt einen der kurvenden T-34 in das Reflexvisier wandern, drückt die Henschel dabei leicht an und beobachtet, wie die Geschwindigkeit mehr und mehr zunimmt. Immer wieder muss er den Kurs korrigieren, da die Ausweichbewegungen des grünen, mit weißer Farbe notdürftig gestrichenen Panzerkampfwagens völlig unvorhersehbar sind. Immer wieder blitzt es in einigen hundert Metern Entfernung von den Kampffahrzeugen auf. Es ist dies der Grund für die hektischen Ausweichbewegungen – deutsche Flak und Pak.

Wieder wird eines der Fahrzeuge getroffen und eine rotgelbe Stichflamme schießt nach oben. Bauers Ziel entfernt sich in hoher Geschwindigkeit von den Todfeinden der Stahlfestungen.

Der Unteroffizier atmet tief durch – dann drückt er den Auslöseknopf für die MK 103. Er beobachtet das Aufstieben der einschlagenden Granaten im Schnee, doch in den Kampfpanzer schlagen sie nicht.

Verdammt, das kann doch nicht wahr sein! Ich hatte ihn doch genau im Visier!, flucht Bauer im Geiste. Und schon ist er über den Panzer hinweg. Er zieht die Hs 129 an, um Höhe zu gewinnen. Dabei blickt er in den Rückspiegel und sieht, wie der anvisierte Panzer weiterfährt.

Sein Rottenflieger hat ebenso wenig Glück wie er. Doch die beiden nachfolgenden Henschel können Treffer erzielen. Ein T-34 wird vernichtend ins Heck getroffen. Die 3-Zentimeter-Granaten lassen den Dieselmotor aufbrennen. Bei seiner Kehrwende erkennt Bauer zwei brennende Fackeln aus dem Panzerkampfwagen springen. Der letzte Henschel-Flugzeugführer kann Treffer an einem britischen Churchill-Panzer erzielen. Offenbar wurde dessen linke Raupenkette getroffen, denn der 40 Tonnen schwere Kampfwagen dreht sich nun hilflos auf der Stelle.

Nun sind es die vier Schlachtflugzeuge, angeführt von Leutnant Krüger, die sich auf die Feindpanzer stürzen. Krüger legt einen perfekten Anflug hin und es gelingt auch ihm, einen T-34 zu vernichten. Krügers Rottenflieger kann den angeschlagenen

Churchill zerstören und auch die übrigen Flieger erledigen einen Churchill.

In der Zwischenzeit ist die Gruppe der Feindflugzeuge im Luftraum über dem Schlachtfeld eingetroffen, doch es handelt sich keineswegs um Jagdflugzeuge, wie Bauer ursprünglich annahm, sondern um IL-2 Sturmowik.

Die sowjetischen Schlachtflugzeuge schenken ihrem deutschen Pendant jedoch keinerlei Aufmerksamkeit, sondern scheinen die deutschen Abwehrstellungen angreifen zu wollen.

Nun ergibt sich die groteske Situation, dass über demselben Kampfgebiet deutsche Schlachtflugzeuge sowjetische Panzer angreifen und zur gleichen Zeit sowjetische Schlachtflugzeuge deutsche Pak- und Flakstellungen bekämpfen. Verwirrt blickt sich Bauer um. Die Jagdflugzeuge beider Seiten sind noch immer miteinander in Luftkämpfe verwickelt und können sich nicht um die gegnerischen Schlachtflieger kümmern.

»Habicht Eins an alle Habichte – Habicht Fünf bis Acht – Neuer Anflug – Habicht Eins bis Vier übernehmen Deckung gegen Feindflugzeuge – Frage Viktor!«

Wie so oft klingt das blecherne »Viktor« aus den Fliegerhauben.

Bauer und seine drei Kameraden haben ihre Wende beendet und beginnen mit einem neuen Anflug. Sie können sehen, dass sich Krüger und sein Schwarm zwischen sie und die Feindflieger geschoben haben.

Dies gibt Bauer eine gewisse Sicherheit. Diesmal will er es besser machen als beim ersten Versuch. Wieder sucht er sich einen T-34 heraus, wieder drückt er seine Henschel leicht an, so dass sie in einer flachen Sturzbahn auf das Ziel zufliegt. Er spürt den Widerstand des Steuerknüppels und legt Daumen und Zeigefinger auf die Auslöseknöpfe der Waffen. Schnell ein Kontrollblick in den Rückspiegel.

Früher war das nicht nötig, da wusste ich, dass Voigt und Bauerfeind mir den Rücken freihalten, schießt es ihm in diesem Augenblick durch den Kopf. Diese Sekunden der Unachtsamkeit genügen, dass er den Feind nicht mehr richtig ins Visier bekommt. Er drückt den Auslöseknopf der 3-Zentimeter-MK, doch wieder lassen die Granaten nur den Schnee aufspritzen.

»Verdammt nochmal, das kann doch alles nicht wahr sein!«, kann er den Fluch nicht unterdrücken und brüllt ihn förmlich in das Kehlkopfmikrofon.

Auch der Hauptgefreite Paul Schirmer kann keinen Abschuss erzielen, dafür jedoch Unteroffizier Johann Thalheimer, einer der Genesenen. Ihm gelingt es einen schweren KW-1 zu zerstören. Nachdem die 500 Gramm schweren Granaten in die dicke Panzerung des Kliment Woroschilow einschlugen, geschah zunächst nichtss, doch nun steht der Sowjetpanzer als brennende Fackel im verschneiten Gelände – wie so viele andere auch.

»Habicht Eins an alle Habichte – Rückflug zum Horst – Kurs 195 – Hanni 1.500 – Frage Viktor?«

Bauer wartet dieses Mal das obligatorische »Viktor« nicht ab, sondern reißt seine Henschel gleich in die angegebene Richtung, um der grotesken und unberechenbaren Situation zu entgehen, denn sollte es den zwei Dutzend Il-2-Flugzeugführern einfallen, Jagd auf die acht Henschel zu machen, sähe es schlecht für die Deutschen aus.

26. Februar 1943

Mittags, Kampfgebiet von Leningrad

Der Zusammenschluss mit den Schlachtfliegern hat reibungslos funktioniert. Der Verbandsführer, Leutnant Hottinger, hat eine enge Formation befohlen, um die zu begleitenden Henschel zu schützen. Der Anflug zum Ziel verläuft zunächst ruhig und ohne Zwischenfälle, doch schon wenig später künden unzählige schwarze Rauchsäulen von schweren Kämpfen.

Dengl ist fasziniert von diesem Anblick, vom Kontrast des rauchigen Schwarzes und dem schemenhaften Weiß des Dunstes. Doch jäh wird der Unteroffizier aus seiner Traumwelt gerissen. Die verzerrte Stimme des Staffelführers kündet vom Herannahen feindlicher Flugzeuge. Sofort richtet sich Dengls Blick auf die angegebene Himmelsrichtung.

Tatsächlich, und das nicht zu knapp, denkt sich der junge Flugzeugführer beim Anblick der zahlreichen dunklen Punkte am Horizont. Hottinger befiehlt den Messerschmitt-Jagdpiloten, auszufächern und an Höhe zu gewinnen.

Sofort zieht Dengl den Steuerknüppel näher an seinen Bauch und seine Me 109 gewinnt an Höhe. Mit einem kurzen Blick nach hinten sieht der Unteroffizier, dass Steiner an ihm dranbleibt. Die Schlachtflugzeuge bleiben unter den rasch an Höhe gewinnenden Jagdmaschinen zurück und drehen auf ihre Ziele am Boden ein.

Die Messerschmitt fliegen unbeirrt auf den feindlichen Pulk zu. Die Entfernung zwischen den verfeindeten Flugzeugen schmilzt rasant ab.

»Wir greifen an! Pauke – Pauke!«, knarzt es aus dem Sprechfunk. Und schon kippt die Maschine von Leutnant Krüger über den linken Flügel zum Angriff ab. Die anderen Jäger folgen ihm.

Bevor sie jedoch die feindlichen Schlachtflugzeuge vom Typ Il-2 erreichen, greift sie deren Begleitschutz an. Schnell sind die deutschen Jäger in einen Luftkampf verwickelt. Es beginnt eine wilde Kurbelei. Als Dengl den ersten Gegner vor die Rohre bekommt, zieht der gegnerische Flugzeugführer, der eine Jak-1 fliegt, an und stößt im Steigflug in den Himmel empor. Die beiden Jagdmaschinen steigen bis auf eine Höhe von 4.500 Meter, als die Jak-1 wieder in die Horizontale geht, um mit einer Kurve nach unten zu entwischen.

Doch Unteroffizier Helmut Dengl hat dieses Manöver erahnt und kurvt nun auf direktem Weg auf den Gegner ein. Er hämmert eine volle Salve in den Rumpf der sowjetischen Jagdmaschine, die sofort zu brennen beginnt und wenige Sekunden später in einem grellen Feuerball explodiert.

Der Unteroffizier zieht seine Maschine seitlich weg, um nicht durch die Trümmerteile zu fliegen.

Mit einem gekonnten Abschwung steuert er auf die nächste erkannte Feindmaschine zu. Diese stößt in einem scharfen Steigflug nach oben. Schnell kurvt er auf sie ein und trifft sie mit seinem ersten Feuerstoß aus den beiden MG 131 und dem einzelnen MG 151 in den Motor.

Der sowjetische Flugzeugführer dreht seine Maschine aus dem Schussbereich der Me 109 heraus. Eine weiße Fahne bildet sich hinter der Jak-1. Noch einmal setzt sich Dengl hinter den Sowjet. Der zweite kurze Feuerstoß trifft dessen Leitwerk, das förmlich in Fetzen gerissen wird. Der sowjetische Flugzeugführer hat nun anscheinend genug und springt aus circa 4.000 Meter Höhe mit dem Fallschirm ab, während seine Maschine zur Erde trudelt.

Ein Blick in alle Richtungen beweist Dengl, dass auch die Kameraden in wilde Luftkämpfe verwickelt sind. Doch sein Rottenflieger Steiner hängt weiterhin hinter ihm.

Schon hat Dengl den dritten Gegner im Blick. Mit schnellen Steuerbewegungen kurvt er hinter der Jak-1 ein. Der sowjetische Flugzeugführer scheint die Messerschmitt in seinem Rücken nun bemerkt zu haben. Er zieht nach links in eine weitgezogene Kurve.

Dengl ahmt das Flugmanöver nach und drückt unter Berücksichtigung des nötigen Vorhalts die Waffenknöpfe. Genau wie er es erwartet hat, fliegt die Jak-1 in den Feuerstoß seiner Bordwaffen hinein. Die Einschläge sind deutlich zu erkennen und wandern über den Rumpf bis zum Leitwerk. In Flammen und dunklen Qualm gehüllt, neigt sich die Maschine der Erde zu. Dann strömt aus dem Motorraum dicker, weißer Dampf aus. Binnen Sekunden verwandelt dieser sich in eine lange weiße Fahne. Dann gerät die Maschine ins Trudeln und schlägt kurz darauf in einer riesigen Explosionswolke auf die Erde auf.

Mittlerweile ist die Erde über dem Kampfgebiet von zahlreichen schwarzen Rauchpilzen aus Aufschlagbränden gekennzeichnet.

Immer wieder verzahnen sich die Feindmaschinen ineinander. Dengl fließt der Schweiß in wahren Bächen vom Körper. Unzählige glühende Geschoßbahnen kreuzen knapp die Flugbahn seiner Maschine. Doch wie durch ein Wunder gelingt es dem Unteroffizier wiederholt, den tödlichen Projektilen auszuweichen.

Bei einem Prüfblick bemerkt Dengl, dass die rote Kontrollleuchte aufflammt.

Sofort gibt er seinem Katschmarek »Hajo« Steiner Bescheid. Sie müssen sich im Tiefflug zum Feldflugplatz absetzen.

Er schiebt den Steuerknüppel nach unten und verlässt den Trubel des Luftkampfes. Mit einem kurzen Blick erkennt er, dass Steiner hinter ihm ist, aber sonst alles frei zu sein scheint.

Die beiden Messerschmitt huschen über freie Felder und dichte Wälder in Richtung Feldflugplatz.

26. Februar 1943

Im großen Arbeitszimmer der Reichskanzlei haben sich wieder einmal einige der wichtigsten Personen des Kaiserreichs versammelt. Der Raum ist geschwängert vom Rauch der Zigarren und Zigaretten und auch von einem kräftigen Kaffeegeruch durchdrungen. Der Kaiser selbst, zudem Generalfeldmarschall von Witzleben, Vizeadmiral Canaris und der politische Berater des Kaisers, Carl Friedrich Goerdeler, haben sich um eine Karte in einer Aufhängung gestellt, die ganz Europa von der Atlantikküste bis zum Ural abbildet.

»Ich danke Ihnen, Feldmarschall von Witzleben, für die ausführliche Darstellung der jüngsten Ereignisse an den Fronten.«

Schon wendet sich der Regent Vizeadmiral Canaris zu. »Herr Admiral, was gibt es Neues aus Ihren Geheimdienstkreisen zu berichten?« Der Monarch lächelt dazu verschmitzt.

Canaris nimmt noch einen Schluck aus seiner Kaffeetasse, räuspert sich dann und beginnt mit seinen Ausführungen: »Die *Aktion Bernhard* verläuft planmäßig. Neben den üblichen Pfundnoten haben wir damit begonnen, auch 100-Pfund-Noten herzustellen. Vor kurzem gelang es uns sogar, kanadische Dollar zu produzieren. Entscheidend wird es sein, den richtigen Zeitpunkt abzupassen und den richtigen Kanal zu wählen, um die Banknoten nach Großbritannien respektive nach Kanada einsickern zu lassen. Doch daran arbeiten wir. Bis es so weit ist, nutzen wir die Blüten vor allem zur Finanzierung unserer Agenten und für weitere Ressourcen. Ebenso wird ein Großteil der Waffenlieferungen aus Spanien damit finanziert. Ferner planen wir, ausgewählte Franzosen, welche nicht im Reich in der Rüstungsindustrie arbeiten, sondern nach Frankreich zurückkehren möchten, mit einer größeren Menge britischer Pfundnoten auszustatten.

Schellenberg leistet hervorragende Arbeit und vertieft seine Kontakte zu Francos Falangisten. Auf diesen Umstand ist auch die gestiegene Zahl spanischer Freiwilliger für unsere Sache zurückzuführen. Für die nächste Woche ist ein weiterer *Frontwechsel* von Freiwilligen und Materialien vorgesehen.«

Die Anwesenden haben aufmerksam zugehört, doch den Kaiser überkommt das Gefühl, Canaris brenne noch etwas auf der Seele.

Er sieht ihn fragend an, während er die Porzellantasse zum Mund führt. Nach einem kurzen Schluck sagt er: »Nun, Herr Canaris, so wie ich Sie mittlerweile kenne, haben Sie doch noch eine Überraschung auf Lager?«

Der Vizeadmiral nickt und muss kurz auflachen.

»Sie haben mich erwischt, mein Kaiser.«

Im Gesicht von Goerdeler und von Witzleben bildet sich ein großes Fragezeichen.

»Na, dann spannen Sie uns nicht länger auf die Folter.«

»Meine Herren, es ist noch nichts bestätigt … Was ich Ihnen mitzuteilen habe, ist explizit als Gerücht zu behandeln. Aber in der Welt der Geheimdienste ist dies oftmals bereits die halbe Miete.«

Nun wird der Kaiser etwas ungeduldig.

»Na los, Canaris! Reden Sie!«

Der Abwehrchef kostet die Aufmerksamkeit, die diesem kleinen und unscheinbaren Mann nun ungeteilt gilt, voll aus, ehe er endlich sein Geheimnis preisgibt. »In Italien scheint es zu brodeln. Nach den letzten, schweren Verlusten bei *Hannibal*, dem Verlust der afrikanischen Kolonien und der erwiesen Schwäche der italienischen Armee verlieren die Faschisten rund um Mussolini immer mehr an Rückhalt. Nicht nur in der Bevölkerung, sondern auch in der Armee und der Politik.«

Louis Ferdinand I. schlägt mit der Faust erfreut auf die große Tischplatte, so dass die Tassen auf den Untertassen tanzen. Die Männer schauen den Monarchen verdutzt an.

»Das ist ja ausgezeichnet!«

Er wendet sich seinem politischen Berater Goerdeler zu, der wie immer in einem tadellosen schwarzen Anzug gekleidet ist.

»Herr Goerdeler, was halten Sie davon, Herrn von Neurath nach Italien zu entsenden, um dem Wahrheitsgehalt dieser Gerüchte auf den Grund zu gehen?«

Der 58-jährige Politiker kratzt sich am spiegelglatt rasierten Kinn.

»Das könnte man durchaus machen, Eure Hoheit. Doch möchte ich anregen, dass wir unsere italienischen Verbündeten auch dadurch unterstützen, indem wir bei uns endgültig mit den Nationalsozialisten aufräumen. Nach dem Attentat auf Eure Hoheit wird es allemal Zeit!«

Dieser Vorschlag des ehemaligen Leipziger Oberbürgermeisters findet breite Zustimmung.

»Wir haben dank der Ergebnisse aus den Vernehmungen mittlerweile ein recht gutes Bild über die Hintermänner dieser abscheulichen Tat«, meint Canaris.

»In den Wehrkreisen wird es zu keinen Schwierigkeiten kommen. Die Wehrkreisbefehlshaber folgen uns bedingungslos!«, meldet sich Generalfeldmarschall von Witzleben zu Wort.

Der Kaiser wiegt seinen Kopf nachdenklich hin und her. Er ist unentschlossen.

»Ich denke nicht, dass wir den Schlag gegen die restlichen NSDAP-Stellen allein der Wehrmacht überantworten dürfen. Ich möchte der Bevölkerung nicht den Eindruck eines Militärputsches vermitteln.« Damit wendet er sich an Carl Friedrich Goerdeler. »Wie steht es mit den Polizeiverbänden? Bitte wenden Sie sich an Herrn Duesterberg. Er soll sich darum kümmern. Die entsprechenden Polizeieinheiten werden dann für die Dauer des Einsatzes den Wehrkreisbefehlshabern unterstellt, um eine zentrale Koordinierung zu gewährleisten.« An den Stabschef des OKW gewandt sagt er schließlich: »Generalfeldmarschall von Witzleben, bitte veranlassen Sie alles Weitere. Stimmen Sie sich für die Planungen untereinander ab, aber involvieren Sie so wenig Ressourcen wie möglich und auch so spät wie möglich. Wir wollen nicht, dass die feinen Herrschaften Wind von der Sache bekommen und verschwinden.«

Der Kaiser schaut in die entschlossenen Gesichter seiner engsten Vertrauten.

»Meine Herren, ich erwarte, dass mir innerhalb von zwei Tagen Listen mit Organisationen, Verbänden und Gliederungen zukommen, welche zu zerschlagen, aufzulösen oder entsprechend umzuorganisieren sind. Des Weiteren, Herr Goerdeler, wünsche ich den Reichsjugendführer zu sprechen!«

26. Februar 1943

Nachts, Ruhrgebiet

Unterfeldwebel Helmut Schwarz befindet sich mit seiner Besatzung wieder einmal in der Luft. Die Bodenleitstelle meldete einen starken Bombereinflug, voraussichtliches Ziel diesmal – das

Ruhrgebiet. Die Nachtjagdmaschinen wurden auf Höhe 3.500 Meter befohlen, der gemeldete Verband sollte noch 13 Kilometer entfernt sein.

Nach dringt Minuten kommt wieder die blecherne Stimme der Bodenleitstelle durch die Kopfhörer der Fliegerhauben: »Uhu an alle Falken – gehen Sie auf Hanni 4.500 – Caruso Südwest – Kuriere noch zehn Kilometer entfernt.«

Leder schaltet nun das FuG 212 Lichtenstein ein und schon sind die Zacken auf den Röhren zu sehen.

Er weist Schwarz auf den gemeldeten Verband ein.

Die Höhe stimmt.

Unterfeldwebel Helmut Schwarz entsichert die Waffen.

Wieder erklingt die Stimme vom Boden: »Uhu an Falke Drei – Sie stehen direkt vor den Kurieren!«

»Na, das haben wir auch gemerkt«, brummt Leder.

Nach weiteren Minuten zeigt das Gerät an, dass sich die Lucie II mitten im Bomberstrom befinden muss. Schwarz sieht einen Schatten vor sich, der auf eine etwas höher fliegende Maschine hindeutet. Das Doppelleitwerk ist schemenhaft zu erkennen.

»Eine Lancaster!«, sagt der Unterfeldwebel in den Bordfunk.

Nun erkennt er die Maschine ganz klar und hat auch schon den Schatten im Visier. Dann drückt er die Auslöseknöpfe für die Bordwaffen. Noch bevor der britische Bordschütze im Heckstand zum Schuss kommt, platzt der schwere Bomber auseinander.

Schwarz wirft seine Junkers sofort in eine möglichst enge Linkskurve, fliegt nur für Sekunden geradeaus, dann wieder rechtsherum. Da erklingt auch schon die Stimme des Hauptgefreiten Leder.

»Etwas tiefer ist noch einer!«

Helmut Schwarz drückt die Maschine leicht nach unten.

»Gut, noch 400 Meter, direkt vor uns!«

Da erkennt der Flugzeugführer die leichten Auspufflämmchen des Engländers.

Wieder eine Lancaster, denkt er sich.

Schwarz steuert die Junkers weiter nach unten und lässt sie nach links ausschwenken. Die Lancaster befindet sich nun ungefähr 200 Meter rechts über ihnen. Schwarz fliegt den schweren Bomber an, der flugs in sein Visier einläuft. Als er nur noch ungefähr 80 Meter entfernt ist, drückt er wieder die Auslöseknöpfe für die Waffen.

Die leuchtenden Feuerschnüre jagen auf den britischen Bomber zu, schlagen in die Tragfläche und den inneren linken Motor ein und entflammen den Rolls-Royce Merlin XX. Noch einmal feuert Schwarz und damit ist das Schicksal dieses Bombers besiegelt. Auch er stürzt wie ein Komet mit langem Feuerschweif in die Tiefe. Doch nun sind die übrigen Bomberbesatzungen in der näheren Umgebung gewarnt.

Der Unterfeldwebel drückt die schwere Junkers an.

»Haben wir noch viele vor uns?«

»Nein, wir scheinen in der Spitzengruppe zu stecken.«

Augenblicke später kommt der überraschte Ausruf: »He, was haben wir denn da?«

»Was ist los?«, erkundigt sich Schwarz.

»Da scheint sich einer selbstständig zu machen und haut ab!«

»Das ist der Laternenanzünder!«, antwortet Schwarz.

»Den müssen wir haben!«, meldet sich nun zum ersten Mal seit dem Start der junge Gefreite Liebemann. Schwarz spürt, wie ihm der Ärger schon wieder den Magen eindrückt, wenn er nur die Stimme des Kameraden Liebemann vernimmt.

Immerhin wissen die drei jetzt aber, dass das Schicksal einer deutschen Stadt davon abhängt, diesen Bomber abzuschießen, bevor er sein Ziel erreicht.

Jeder im Nachtjäger kann sich ungefähr denken, wie das Ziel des Angriffs heißt. Die Bomberformation steuert direkt auf Duisburg zu – Schwarz' Heimatstadt.

Wenn es ihnen nicht gelingt, den Briten abzuschießen, wird dieser seine Leuchtbomben setzen und das Ziel abstecken. In den sogenannten Laternenanzündern, auch Zeremonienmeister genannt, sitzen die besten Besatzungen der Royal Air Force. Und diese haben auch die fortschrittlichste Technik an Bord, um ihren Auftrag auszuführen. An diese Besatzungen und ihre Maschinen heranzukommen, grenzt für einen Nachtjäger beinahe an Selbstmord. Sie müssen quasi direkt in die Mündungen der britischen Abwehrwaffen hineinfliegen. Doch Unterfeldwebel Helmut Schwarz kennt keine Rücksicht gegen sich oder seine Besatzung.

Leder meldet indes die Werte, die er vom Lichtenstein abliest.

»Noch 800 Meter, noch 700 Meter. Die Maschine ist genau vor uns – gleiche Höhe!«

Obwohl der ganzen Besatzung mulmig zumute ist, pirscht sich Schwarz immer näher an den Gegner heran. Er weiß, dass er wahrscheinlich längst aufgeklärt worden ist, dass die britischen Bordwaffen abschussbereit auf seine Lucie II gerichtet sind.

»Noch 300 Meter … 200 … 150!«

Er hat die Zahl noch nicht ganz heraus, da platzen rings um ihn herum blendende Leuchtbomben. Gleichzeitig klappern die Einschüsse der britischen Abwehrwaffen in die eigene Maschine. Das Ortungsgerät wird zerstört.

Obwohl Schwarz vollkommen geblendet ist, drückt er instinktiv die Maschine an. Die Leuchtspuren der englischen Bord-MG jagen über seine Ju 88 hinweg.

Schwarz reibt sich die Augen. Nur langsam gewöhnen sie sich wieder an die Dunkelheit.

»Die Röhren sind vollkommen zerstört«, meldet der Hauptgefreite Eberhard Leder. Nun steht die Frage im Raum, wie sie den Gegner wiederfinden sollen.

»Vielleicht fliegt er so weiter wie bisher!«, meint Liebemann.

Schwarz zieht die Maschine wieder langsam hoch. Die Anzeigen auf dem Armaturenbrett verkünden allesamt erwartbare Werte, also ist nichts Lebenswichtiges getroffen worden.

Plötzlich werden sie von einer unsichtbaren Faust gepackt und wieder nach unten geschleudert.

»Propellerböen!«, ruft Schwarz.

»Über uns!«, meldet sich Liebemann von hinten.

Sofort schaut der Unterfeldwebel nach oben und nun erkennt auch er keine 50 Meter über sich den Schatten der Lancaster.

Wie greifen wir jetzt an?, überlegt er hektisch. Dann entschließt er sich zu einem waghalsigen Manöver. Er drückt die Maschine wieder an, ohne dabei den Schatten über sich aus den Augen zu lassen, bis dieser gerade noch gegen den sternenfunkelnden Nachthimmel zu erkennen ist.

Und schon donnern die Maschinengewehre und Maschinenkanonen. Schwarz kann die Erschütterungen bis in die Fingerspitzen fühlen. Der britische Heckschütze versucht zu antworten, doch sein Schwenkbereich nach unten ist begrenzt und die Lancaster verfügt über keinen Geschützturm, der den unteren Rumpfbereich abdeckt. Ein höllisches Stakkato entfaltet sich. Augenblicke später scheint es, als ob eine Munitionskammer explodiert. Die Lancaster platzt förmlich auseinander.

Dabei detoniert die ganze Ladung an Leuchtbomben, Fallschirmbomben und was noch alles zur Ausrüstung des

Laternenanzünders gehört. Das alles und die brennenden Wrackteile des Bombers fliegen nun jedoch der Junkers um die Kabine. Immer wieder wird der Nachtjäger von Einschlägen erschüttert.

»Der rechte Motor fängt Feuer!«, ruft Leder.

Schwarz' Kopf ruckt schlagartig nach rechts.

Wenn jetzt einer der Begleitjäger auftaucht, können wir unser Testament machen!, schießt es dem Unterfeldwebel durch den Kopf.

Aber glücklicherweise ist kein britischer Jäger zur Stelle.

Während in der Tiefe die Reste des Feindbombers verglühen, schweben die Fallschirmbomben zu Boden. Man befindet sich etwa 30 Kilometer nordwestlich von Duisburg und die Kameraden des Briten werfen in gutem Glauben an die Ordnungsmäßigkeit der ausgebrachten Leuchtmittel ihre gesamte Bombenlast größtenteils auf Felder nördlich von Neukirchen ab.

Schwarz und seine Besatzung nehmen die Tatsache, dass der Bombenwurf des Gegners fehlging, mit verständlicher Genugtuung zur Kenntnis. Dem kann auch der Umstand nichts anhaben, dass sie nur noch mit einem Motor auskommen müssen.

In diesem Augenblick hört Schwarz das Hämmern von Liebemanns Heckmaschinengewehr. Als er sich zu ihm umwendet, sieht er, wie dieser nach oben in einen riesigen Schatten feuert, der nur 20 Meter über ihnen schwebt.

Wie aus einem Mund ruft nun die gesamte Besatzung: »Er brennt!«

Und tatsächlich züngeln Flammen aus den Flächen der Feindmaschine.

»Sehr gut gemacht, Liebemann!«, lobt Schwarz seinen Bordschützen.

Doch dann wird es höchste Zeit, den nächsten Fliegerhorst anzusteuern, denn mit nur einem Motor fröhlich in einem britischen Bomberstrom herumzukurven ist garantiert keine gute Idee.

Das Oberkommando der Wehrmacht gibt bekannt

… Im Raum der Heeresgruppe Nord gehen die schweren Abwehrkämpfe gegen die bolschewistischen Angreifer weiter. Hier greifen zum ersten Mal auch die Verbände der Russischen Volksarmee in die Kämpfe zur Befreiung der Völker vom sowjetischen Joch ein. Die freiwilligen

Kämpfer für die Zukunft ihres russischen Vaterlandes haben sich sowohl am Boden als auch in der Luft bewährt.

Der Roten Armee konnten wiederum Verluste von mehr als 50 Panzerkampfwagen und hunderten Soldaten zugefügt werden. Die Bolschewisten verzeichnen nur noch dann unbedeutende Geländegewinne, wenn das Oberkommando ihnen diese im Zuge der beweglichen Verteidigung durch Preisgabe überlässt.

Die Heeresgruppen Mitte und Nordland melden keinerlei Kampfhandlungen von Bedeutung.

Im Raum der Heeresgruppe Süd konnte die 17. Armee durch umsichtiges Vorgehen das gewonnene Gelände am linken Flügel konsolidieren und zudem ihre Lage am rechten Flügel verbessern. In diesem Zug wurden Fodorowka zurückerobert und zahlreiche Gefangene eingebracht.

Über dem gesamten Operationsgebiet der Ostfront kam es zu intensiven Luftkämpfen, wobei die Nordfront bei Leningrad und die Südfront im Raum westlich von Taganrog bis Stalino und Woroschilowgrad als Schwerpunkte hervorzuheben sind.

Im Raum Leningrad konnte sich Unterfeldwebel Helmut Dengl, Flugzeugführer in der II. Gruppe eines Jagdgeschwaders, besonders hervortun. Es gelang ihm innerhalb weniger Minuten, sechs Feindmaschinen zu vernichten. Im Namen Eurer Hoheit, des Kaisers, wird ihm das Deutsche Kreuz in Gold verliehen.

Im Südraum gelang es Oberleutnant Walter Krupinski, Flugzeugführer in einem Jagdgeschwader, an einem Tag sieben Feindflugzeuge abzuschießen.

Oberleutnant Otto Krüger, Staffelkapitän in einem Schlachtgeschwader, vernichtete seinen 23. Feindpanzer. Auch zahlreiche zerstörte Artillerie- und Panzerabwehrgeschütze sowie Lastkraftwagen gehen auf sein Konto. Eure Hoheit, der Kaiser, verleiht ihm das Ritterkreuz des Eisernen Kreuzes.

Über Frankreich und dem westlichen Reichsgebiet kam es in der vergangenen Nacht erneut zu schweren Luftangriffen britischer Terrorflieger. Erneut gelang es unserer Nachtjagd 23 schwere Bomber abzuschießen. Unsere Flak schoss 13 feindliche Maschinen ab.

...

28. Februar 1943

Vormittags, Neue Reichskanzlei

Kaiser Louis Ferdinand I. sitzt in seinem bequemen Ledersessel und arbeitet die ihm zugesandten Akten mit den Organisationen, Verbänden und Parteigliederungen durch, welche demnächst in einem konzentrischen Einsatz von Heeres- und Polizeieinheiten zerschlagen und aufgelöst werden sollen. Es sind so auch der Reichsarbeitsdienst, die Deutsche Arbeitsfront, der BDM, aber auch der Reichskriegerbund und natürlich als größter Faktor die Sturmabteilung aufgeführt.

»Es wäre schön gewesen, wenn du an der Besprechung teilgenommen hättest!«, richtet der Kaiser, ohne aufzublicken, das Wort an seinen ihm gegenübersitzenden Vater. »Als Reichsmarschall bist du oberster Soldat des Reiches, Vater.«

Wilhelm von Preußen, der durch Verwicklungen mit den Nationalsozialisten bei der Thronfolge zugunsten seines Sohnes übergangen wurde, saugt an seiner Zigarre und bläst den blauen Qualm in die Luft. Er lässt sich Zeit mit einer Antwort.

»Du lässt dich zu sehr mit Politikern ein, mein Sohn.«

Wieder zieht er an seiner Zigarre und bläst den Qualm in einer dicken Wolke aus. »Und dann noch dein Engagement für die Franzosen. Jetzt willst du gar noch den Polacken und Tschechen ihren eigenen Staat geben – diese Nichtsnutze!«, ergeht sich der ehemalige Kronprinz in einer Schimpftirade.

Louis Ferdinand hört schon gar nicht mehr hin. Ihn überfällt der Gedanke, dass seinen Vater doch mehr mit den Nationalsozialisten verbunden haben könnte als nur die Aussicht auf die Restauration der Krone.

Als es plötzlich an der massiven Eichentür klopft, schaut er verwundert auf. Die Tür schiebt sich auf und Oberstleutnant Maximilian von Reichenbach, der persönliche Adjutant des Kaisers, tritt herein. Er trägt wie üblich die schwarze Uniform der Garde am Leib und die Großkomtur-Klasse des königlichen Hausordens von Hohenzollern um den Hals.

»Eure Majestät, die Herren Jüttner und Schepmann *fordern* dringend mit Ihnen zu sprechen. Das Anliegen dulde angeblich keinerlei Aufschub.«

Bei dem Wort *fordern*, das der Oberstleutnant übermäßig betonte, muss der Kaiser aufhorchen. Im Hintergrund erkennt er die beiden Männer, gekleidet in die braune Uniform der SA. Der Kaiser mag seinen Augen kaum zu trauen, denn die beiden Männer schicken sich nun an, den Einlass zu erzwingen, indem sie versuchen sich an Reichenbach vorbeizudrängeln. Der kampferprobte Oberstleutnant steht jedoch wie eine deutsche Eiche in der Tür. Augenblicke später sind zwei Gardesoldaten zur Stelle und sorgen dafür, dass die SA-Männer aufgeben.

»Halt!«, schallt es durch das große Arbeitszimmer.

Der Kaiser und auch der Reichsmarschall erheben sich und schreiten zur Tür. Jüttner und Schepmann haben da bereits jeweils die Hand eines Gardesoldaten auf der Schulter. Eine mörderische Anspannung breitet sich aus und für den Bruchteil einer Sekunde scheint es, als seien sowohl die Gardisten als auch die SA-Männer zu allem bereit. Auf einen Wink des Kaisers lösen sich die Gardisten von den Eindringlingen, wodurch spürbar der Kumulationspunkt der Auseinandersetzung erreicht ist. Jüttner und Schepmann nehmen Haltung an and und fokussieren ihre ganze Aufmerksamkeit nun auf den Monarchen.

»Meine Herren, was verschafft uns die zweifelhafte Ehre? Ich dulde solch einen Auftritt nicht und bin geneigt, sie von meinen Gardesoldaten hinauswerfen zu lassen.«

Schepmann ergreift das Wort: »Eure Majestät, nach dem tragischen Tod von Stabschef Lutze ist das Amt des Stabschefs der SA vakant. Zurzeit wird es kommissarisch von Obergruppenführer Jüttner ausgeübt, da er stellvertretender SA-Stabschef ist. Doch es ist nicht nur die SA, die führerlos ist. Lutze war ja auch Wehrerziehungsführer im Rang eines Reichsministers. Die Wehrerziehung des deutschen Volkes sollte in den Händen der SA liegen, so hat es unser Führer gewollt. Doch seit dem Tod von Stabschef Lutze breitet sich die Wehrmacht in unserem Ressort aus. Dies geht nun so weit, dass wir zu verschiedenen Wehrerziehungslagern keinen Zutritt mehr erhalten und die Männer der Sturmabteilung, die dort für die Aus- und Nachbildung zuständig sind, herausgeworfen wurden.« Ihm ist die Empörung deutlich anzuhören.

Noch bevor der Kaiser etwas erwidern kann, beginnt Max Jüttner zu sprechen: »Eure Majestät, wir verlangen, dass eingegriffen wird und die Verantwortlichen zur Rechenschaft gezogen werden!

Darüber hinaus muss die Führung der Sturmabteilung bestimmt werden, da der oberste SA-Führer in Person des Führers und auch der Stabschef der SA nicht mehr unter uns weilen. Die Ernennung eines neuen Stabschefs obliegt eigentlich dem Führer der NSDAP, doch alle höheren NSDAP-Führer wurden verhaftet oder sind nicht unpässlich. Daher ...«

Nun schneidet der Kaiser Jüttner mit einer forschen Handbewegung das Wort ab. »Meine Herren, mit der SA habe ich nichts zu schaffen! Stabschef Lutze wurde von mir ernannt und sein Nachfolger als Wehrerziehungsführer wird ebenfalls von mir ernannt werden. Doch muss er nicht zwangsläufig der neue Stabschef der SA sein. Im Übrigen müssen Sie schon selbst für die Nachfolge Ihres Stabschefs sorgen, denn – ich kann es nur mit aller Deutlichkeit sagen – mit der Sturmabteilung habe ich rein gar nichts zu schaffen und habe dies auch nicht vor!« In die letzten Worte hat der Kaiser seine ganze Verachtung für diese Organisation gelegt. »Oberstleutnant von Reichenbach, geleiten Sie und Ihre Männer die beiden Herrschaften hinaus. Über ihr Anliegen wird in den nächsten Tagen entschieden!«

Für den Monarch ist das Gespräch damit beendet.

28. Februar 1943

Mittags, nördlich von Gladkoe

Paul Adomeit befindet sich zusammen mit einigen Kameraden in einer von den zurückliegenden Kämpfen arg zusammengeschossenen Kate. Seit dem letzten Gefecht gegen das sowjetische Panzerrudel und dessen Begleitinfanterie, welches mit der Gefangennahme zahlreicher Rotarmisten und der Vernichtung von über 50 Panzern endete, ist es recht ruhig geblieben in diesem Frontsektor. Die ausgelaugten Männer des Zuges um Feldwebel Hartmut Stein lauern auf ihre wohlverdiente warme Mahlzeit. In den vergangenen Tagen gab es meist nur kaltes Essen – wenn überhaupt. Die Eiserne Ration ist bei den meisten bereits aufgebraucht.

Mit großen Kellen verteilen die Küchenbullen die dampfende Suppe in die eisig kalten Kochgeschirre der Landser. Als Adomeit an der Reihe ist, hört er den vor ihm stehenden Unteroffizier Kemp beim Weggehen maulen: »Na ja, da schauen aber auch mehr Augen rein als raus.«

»Seien Sie froh, dass Sie überhaupt wieder etwas bekommen!«, erwidert Feldwebel Stein, der mit Argusaugen darüber wacht, dass niemand leer ausgeht. Erst als der letzte seiner ihm anvertrauten Landser eine ordentliche Portion im Kochgeschirr hat, genehmigt sich der Feldwebel seine Mahlzeit.

Zur kargen Suppe gibt es ein Stück Kommissbrot. Einige Landser, so etwa Adomeit, lassen es schnell in die Tasche des Wehrmachtsmantels wandern, um später noch etwas zu haben, denn niemand kann sagen, wann es das nächste Mal etwas zu essen geben wird. Die meisten der ausgehungerten Krieger nutzen das Brot jedoch, um auch den letzten Tropfen Suppe aus dem Kochgeschirr zu bekommen.

Als Adomeit seinem Kameraden Müller vorschlägt, das Brot lieber aufzusparen, antwortet der nur: »Wer weiß, ob ich später noch lebe. Was im Bauch ist, ist drin!«

Feldwebel Stein gesellt sich zu einer Gruppe von Landsern, die in einer ruhigen Ecke an einer halb zerfallenen Mauer dicht beisammenstehen.

»Lasst es euch schmecken, Männer.«

Überall ist zufriedenes Schmatzen und das Kratzen des Löffels im Essgeschirr zu hören. Der ein- oder andere genehmigt sich eine Zigarette und deckt die Glut mit der Hand ab. Bald verstummen auch das letzte Schaben und Klappern des Bestecks. Kaum jemand spricht auch nur ein Wort. Stein gönnt seinem Zug noch einige Minute Ruhe, ehe er neue Befehle ausgibt: »Los Männer, fertigmachen! Wir marschieren wieder nach vorn. Haltet die Augen offen, man weiß ja nie.«

Murrend packen die Landser ihre Sachen zusammen, wischen das Kochgeschirr mit einer Handvoll Schnee aus und reinigen das Kochbesteck auf die gleiche Art und Weise. Stumm und ergeben trotten sie dann zurück in ihre Stellungen, so dass andere Kameraden nach hinten verlegen können, um sich ebenfalls ihre Mahlzeit abzuholen und kurz zu verschnaufen. Ein jeder der Soldaten hofft, dass es weiterhin so ruhig bleiben wird wie in den vergangenen zwei Tagen.

Adomeit fand sogar Zeit, seit Langem wieder einen Brief an seine Eltern zu schreiben. Er selbst wartet hingegen schon länger vergeblich auf Feldpost aus der Heimat.

28. Februar 1943

Nachmittags, nördlich von Wolosowo

Mladschi Unterofizier Nikolai Iwanowitsch Wolkow lehnt gegen die Grabenwand und saugt gierig die frostige Luft ein. Er kann es kaum glauben. Endlich steht er wieder auf dem Boden seines geliebten Russlands! Doch lange hätte er nicht für möglich gehalten, unter welchen Umständen er schließlich in seine Heimat zurückgekehrt ist. Er kämpft nicht in einer sowjetischen Uniform gegen die deutschen Invasoren, sondern trägt die Uniform der Russischen Volksarmee und kämpft zusammen mit den Deutschen gegen Stalin und dessen verhasstes Sowjetsystem – in einer russischen Division unter einem russischen Divisionskommandeur, auch wenn dieser einem deutschen Armeekorps unterstellt ist.

Als sie aus den Waggons stiegen, verkündete ihr Bataillonskommandeur persönlich via Megafon die aktuellen Befehle. Demnach habe sich General Wlassow nach Rücksprache mit dem deutschen Oberkommando dazu entschieden, die russischen Divisionen getrennt einzusetzen, um die sie begleitende Propagandaoffensive großflächiger ansetzen zu können. Daher befindet sich Wolkow zusammen mit den anderen Männern der 1. Schützendivision im Gebiet um Oranienbaum und die Männer der 2. Schützendivision stehen im Kampfraum um Schlüsselburg. Auch die Kameraden des 1. Jagdgeschwaders sind gruppenweise entlang der gesamten Leningrader Front stationiert worden.

Wolkow steht im Graben und, während im allerlei Gedanken durch den Kopf gehen, beobachtet mit dem Feldstecher aufmerksam das Vorgelände. Den Deutschen ist es an anderen Frontabschnitten tatsächlich gelungen, die sowjetische Offensive durch eine kluge und bewegliche Verteidigung zum Stehen zu bringen.

In Wolkows Abschnitt wurden kürzlich große Truppenverschiebungen aufgeklärt. Was diese zu bedeuten haben, ist zur

Stunde noch unklar, doch Wolkow ist sich sicher, dass sich seine Einheit auf das Schlimmste gefasst machen muss. Zwar ist es den Deutschen gelungen, mit präzisen Artillerieschlägen und dem Einsatz ihrer Schlachtflieger dem Feind empfindliche Verluste beizubringen, doch weiß Wolkow auch um die Massen an Mensch und Material, über die die Rote Armee verfügt.

Plötzlich beobachtet er, wie dort, wo die sowjetischen Linien verlaufen müssten, der eisklirrende Himmel rot, gelb und orange aufblitzt. Schon kann er das typische Pfeifen und Dröhnen vernehmen, welches den baldigen Einschlag von Granaten unterschiedlichster Kaliber ankündigt.

»Trewoga! Alaaarrrmmm!«, brüllt der russische Unteroffizier, bevor er sich duckt und gegen die Grabenwand drückt. Der Beschuss ist zwar heftig, dauert aber zum Glück nicht allzu lange an. Die hereinbrechende Stille, die ihm folgt, ist bedrückend.

Wolkow riskiert einen Blick über die Grabenwand. Ein kalter Schauer läuft ihm über den Rücken.

»Sie kommen!«, ruft er auf Russisch.

Und tatsächlich – die russischen Soldaten mit ihren weiß gekalkten Stahlhelmen aus deutscher Produktion sehen sowjetische Soldaten auf Skiern auf sie zukommen. Es wirkt gespenstisch, da die Angreifer nahezu lautlos heranpreschen. Garben aus Maxim-Maschinengewehren, zirpen über die Stellungen der russischen Freiwilligen hinweg. Wolkow nimmt wieder den Feldstecher vor die Augen, überblickt schnell die Lage, da befiehlt bereits der Zugführer: »Auf 100 Meter herankommen lassen, dann Feuer aus allen Rohren! Ich erwarte, dass jeder Schuss sitzt! Zeigt, was ihr gelernt habt!«

Wolkow wiederholt den Befehl, um sicherzugehen, dass alle Männer seiner Gruppe ihn gehört haben. Schon legt er seine PPSh-41 auf den Grabenrand. So manchem seiner Männer werden nun wohl die Knie schlottern, da ist sich Wolkow sicher.

»Feuer frei!«, hallt es auf Russisch durch den Graben und es beginnt der Feuerkampf. Sofort sind alle lähmenden Gedanken wie verflogen. Schüsse jagen über den Schnee. Aus MG 42 und russischen Maxim-Maschinengewehren werden den anstürmenden Rotarmisten lange Garben entgegengesandt. Mladschi Unterofizier Nikolai Wolkow feuert seine Maschinenpistole ab und jagt kurze Feuerstöße zum Feind hinüber. Der gesamte Frontabschnitt versinkt im tödlichen Chaos des Gefechtes. Wolkow befürchtet, dass sie es mit einem ganzen Bataillon des Gegners zu tun haben. So gelingt es den Russen nicht, den Strom der Sowjets zum Erliegen zu bringen. Näher und näher gleiten die Angreifer auf ihren Skiern an die Stellungen der Russen heran, bis sie sich in Handgranatenwurfreichweite befinden.

Wolkow sieht gleich mehrere Rotarmisten auf Skiern auf sich zu fahren. Er muss sich ducken, als sie rücksichtslos über seinen Graben hinwegfegen. Schnell wie der Blitz richtet Wolkow sich wieder auf und schießt den Sowjets eine länge Garbe hinterher, noch ehe sie in der Lage sind zu wenden. Drei von ihnen sacken getroffen zusammen oder stürzen mit einer derartigen Gewalt, dass sie sich überschlagen. Wolkow sieht noch, wie sich die weißen Schneetarnanzüge an verschiedenen Stellen rot verfärben.

Doch nun verspürt er einen harten, schmerzhaften Schlag im Rücken. Zunächst bleibt ihm die Luft weg. Er saugt und saugt, doch dringt nichts als schmerzende Leere in seine Lunge. Er stolpert nach vorn und stößt mit seinem Brustkorb gegen die Grabenwand. Aus dem Augenwinkel sieht er, wie einer seiner Männer an ihm vorbeispritzt. Erst als er sich torkelnd zu ihm umdreht, erkennt er den Sowjet, mit dem der Kamerad ringt. Es geling dem Sowjetsoldaten, den jungen Russen von sich zu stoßen. Der Gegner zieht einen Dolch aus seinem Koppel und will dem Freiwilligen damit den Rest geben. Doch dazu kommt er nicht mehr, denn der nunmehr schwer atmende Wolkow schnappt sich seine PPSh-41, die ihm aus den Händen geglitten ist, und holt aus. Er trifft den Rotarmisten mit dem Kolben genau auf dem Nasen- und Stirnbein. Er hört das widerliche Knacken von Knochen und schlagartig spritzt dem Mann Blut aus dem Gewebematsch, der Sekunden vorher noch seine Nase war. Lautlos sackt der Gegner in sich zusammen und von Wolkows Waffe tropft warmes Blut.

Der russische Unteroffizier muss sich nun erst einmal abstützen. Hechelnd kommt er zu Atem, auch wenn noch immer jeder Atemzug schmerzt. Dann sieht er sich um und bemerkt erst jetzt, welch fürchterlicher Nahkampf um ihn herum tobt. Schüsse peitschen, Feldspaten zerschneiden die Luft und menschliches Fleisch, Männer gehen mit den blanken Fäusten aufeinander los – Grabenkampf in seiner grausamsten, primitivsten Art.

Auch Wolkow schießt einen Gegner aus nächster Nähe nieder. Er wartet nicht ab, bis der Rotarmist auf den Erdengrund aufschlägt, sondern stürzt sich sogleich auf den nächsten. Wieder nutzt er seine Maschinenpistole. Er stößt damit einen Feind, der ihn anzuspringen versucht, einige Meter von sich, doch der Sowjet ist standhaft und springt sogleich wieder auf Wolkow zu. Dieser hat jedoch die PPsh hochgerissen. Die Mündung bohrt sich in die Brust seines Gegners. Als Wolkow abdrückt, entfaltet der Feuerstoß eine ganz entsetzliche Wirkung. Der Mann wird förmlich nach hinten fortgerissen. Blut sprudelt aus seiner Brust und trifft den russischen Unteroffizier im Gesicht.

Als sich das Pendel des Kriegsglücks zugunsten der Rotarmisten zu neigen beginnt, hört Wolkow ein heiseres »Urraaaaa!« von der linken Flanke herüberdringen.

Die Soldaten des Nachbarzuges haben ihre Angreifer bereits niedergerungen und blasen zum Entsatzangriff. Mit dieser Unterstützung gelingt es Wolkow und seinen Männern, die Sowjets wieder aus den Garben zu drängen. Den fliehenden Rotarmisten werden noch einige wütende Schüsse hinterhergeschickt.

Sofort will Wolkow seine Soldaten sammeln. Es stellt sich heraus, dass das Gefecht seine Gruppe drei Mann gekostet hat. Zwei von ihnen sind verwundet, können aber wahrscheinlich bei der Truppe bleiben. Dem Dritten ist jedoch nicht mehr zu helfen. Die beiden Verwundeten nehmen ihren gefallenen Kameraden mit zur Verwundetensammelstelle.

Doch der Gegner musste weit mehr Blut lassen und konnte zudem keinen Einbruch in das Stellungssystem erzielen. Gefangene konnten die russischen Freiwilligen hingegen kaum machen. Die Sowjets kämpften bis zum letzten Atemzug. Selbst Verwundete griffen mit letzter Kraft noch nach einem Gewehr oder sprengten sich mit einer Handgranate in die Luft. Zunächst glaubt Wolkow, es sei die Wut auf die Landsleute in der Russischen Volksarmee, die die Rotarmisten zu solchen Taten antreibt.

Nur einige wenige zurückgelassene Schwerverwundete werden entwaffnet und gefangengenommen. Dann stellt sich der wahre Grund für den verzweifelten Kampf bis zum letzten Atemzug heraus: Bei den Angreifern handelte es sich um eine NKWD-Einheit.

Ein gefangener Leutnant, der einen Bauchschuss erlitten hat, wird von Wolkow und einem seiner Männer in den Kompaniegefechtsstand geschleppt. Sie beeilen sich, den Bunker zu erreichen, ehe der Mann seiner Verwundung erliegt.

Wolkows Zugführer hat den Kompaniechef vorab informiert, so dass die anwesenden Russen bereits im Bilde sind. Der sowjetische Leutnant wird unsanft auf einen Holzstuhl gesetzt. Der Mann stöhnt laut auf und umschlingt mit den Armen seinen Unterleib.

Der Kompanieführer, ein grimmiger Hüne mit Händen wie Bratpfannen, nickt einem Mann mit einer Verbandstasche zu. Dieser kniet sich neben den Verwundeten und besieht sich den Schlamassel. Umgehend winkt er Wolkow zu sich, gemeinsam ziehen sie dem Sowjet die dicke, weiße Wattejacke aus. Der Mann leistet keinerlei Gegenwehr und wirkt wie im Delirium. Die darunterliegende Uniform ist mit Blut durchtränkt und auch die Innenseite der Wattejacke hat sich bereits mit dem roten Lebenssaft vollgesogen. Als er die Uniform öffnet und die Einschusswunde freilegt, dreht er sich sofort zu seinem Kompanieführer um und schüttelt den Kopf.

»Tun Sie, was Sie können; wir brauchen Informationen!«, brummelt der russische Stabskapitan.

»Pregatelw!«, zischt der Sowjetoffizier mit halb geschlossenem Mund und daher nur schwer verständlich.

»Wer hier der Verräter ist, wissen Sie ganz genau, Genosse Leutnant!«, antwortet der Kompaniechef und legt dabei in das Wort *Genosse* alle Verachtung, zu der er fähig ist. Mit einem großen Schritt steht er vor dem Verwundeten und schaut auf ihn herab. Ein donnernder Fausthieb trifft den NKWD-Leutnant im Gesicht. Noch ehe er diesen neuen Schmerzimpuls registrieren kann, donnert ein weiterer Schlag auf ihn hernieder.

Wolkow steht unmittelbar neben der niedrigen Eingangstür des Bunkers und beobachtet mit einer Mischung aus Abscheu und Genugtuung das Verhör des Mannes. So recht kann er sich nicht entscheiden, was er davon halten soll.

Mit Schlägen allein bekommt der Kompanieführer nicht die gewünschten Informationen aus dem Gefangenen heraus und so geht er zu weitaus schmerzhafteren Methoden über. Er erfasst nacheinander beide Hände des Verwundeten und bricht ihm jeden Finger einzeln, jedes Mal begleitet von einem unerhörten Knacken, das Wolkow zusammenzucken lässt. Doch er wendet den Blick nicht ab. Auch nicht, als der Kompanieführer dem Gefangenen mit einer Zange jeden Zahn im Kiefer zieht.

Schließlich wispert der Leutnant dem Kompanieführer die gewünschten Details über Truppenstärke, Bewaffnung und Absicht seiner Einheit ins Ohr. Danach erlaubt ihm das Schicksal zu sterben.

Der Kompaniechef wischt sich mit einem Tuch das Blut von den Händen, das aber nicht recht weichen will, und wendet sich dann, als er es aufgibt und das Tuch zu Boden pfeffert, seinen Männern zu.

»Meine Herren, ich möchte Sie hiermit eindringlich darauf hinweisen, dass solche Methoden«, dabei zeigt er auf den erschlafften Körper des NKWD-Offiziers, »nicht unsere Art sind, wenn wir Gefangene von regulären Einheiten aufbringen. Betrachtet jene Männer als unsere Brüder, von denen sich mancher gar uns anschließen will. Aber dieser Abschaum hier ...« Der Kompaniechef spuckt dem Toten vor die Füße. »... Das sind Vertreter und Stützen unserer Todfeinde, der verhassten Bolschewisten!«

28. Februar 1943

Abends, Neue Reichskanzlei

»Meine sehr geehrten Herren, ich danke Ihnen, dass Sie zu so später Stunde und vor allem so kurzfristig erschienen sind«, sagt der Kaiser Großdeutschlands zu den Kabinettsmitgliedern.

Die Regierungsvertreter haben sich im 19 Meter mal 13,50 Meter messenden Kabinettssaal der Neuen Reichskanzlei eingefunden. Neben dem Kaiser sind Carl Friedrich Goerdeler, Albert Speer, Generalfeldmarschall Erwin von Witzleben, Vizeadmiral Wilhelm Canaris, Konstantin von Neurath, Konstantin Hierl, Theodor Duesterberg, Johann Ludwig Graf Schwerin von Krosigk und Reichsmarschall Wilhelm von Preußen anwesend. Somit sind längst nicht alle der 23 opulenten Sessel an der langen Tafel besetzt. Die von Paul Ludwig Troost entworfene Möblierung stammt noch aus der alten Reichskanzlei.

»Ich brauche Sie nicht daran erinnern, dass auf meine Person ein Attentat verübt worden ist. Mittlerweile haben wir Kenntnis über die Hintermänner erlangt. Es handelt sich um höchste Vertreter der NSDAP, aber auch der SA und anderer Parteigliederungen.

Diese Entwicklungen zwingen uns zu drastischen Schritten. Es bleibt uns nichts anderes übrig, als die letzten Überbleibsel der Partei zu zerschlagen oder unter unsere vollständige Kontrolle zu bringen.«

Der Adjutant des Kaisers, Oberstleutnant Maximilian von Reichenbach, reicht jedem der anwesenden Männer eine Akte. Nur wer genau hinschaut, bemerkt, dass der junge Gardeoffizier noch immer leicht humpelt. Auch dieser Umstand geht auf das Attentat auf den Kaiser zurück.

Die Männer studieren sogleich die Akten und trinken dabei reichlich Kaffee. Manch einer raucht, so auch der Reichsmarschall. Der Kaiser beobachtet sein Kabinett einige Minuten lang schweigend, ehe er schließlich das Wort ergreift.

»Wie Sie sehen, finden Sie eine vollständige Liste über alle Parteiformationen und auch angegliederte Verbände und Organisationen vor, die entweder komplett zerschlagen oder unter unserer Kontrolle gebracht werden sollen. Ausgenommen sind die bereits ausgegliederte und in ›Reichsjugend‹ umbenannte ehemalige Hitlerjugend mit der Untergliederung BDM. Reichsjugendführer Axmann hat mir erneut bedingungslose Treue geschworen. Dennoch sind sicherheitshalber entsprechende Maßnahmen ergriffen worden. Auch Ahnenerbe und Lebensborn befinden sich darunter, ebenso wie Kraft durch Freude. Unter welches Resort diese Organisationen gestellt werden, ist nach Rücksprache mit Herrn Goerdeler in meinem Generalbefehl dargelegt.«

Die Kabinettsmitglieder überfliegen die Schriftstücke. Ab und an lässt jemand ein Raunen oder Murmeln vernehmen.

»Ich erwarte, dass in den Wehrkreisen keine einzige Einheit der Wehrmacht ohne Kräfte der Polizei vorgeht. Doch die Garde darf nicht zum Einsatz kommen. Dies ist ein ausdrücklicher Befehl von mir. Ich wünsche nicht, dass erneut irgendwelche Revanchegedanken aufkommen, wie es bei der SA der Fall war, als wir gegen die SS vorgehen mussten. Und ich denke, Ihnen allen dürfte klar sein, dass von der SA der heftigste Widerstand zu erwarten ist. Die Aktion trägt den Decknamen *Frühjahrsputz*.

Zudem ist größte Eile geboten. Ich bekam unlängst unerwarteten Besuch von den Herren Jüttner und Schepmann. Sie beschwerten sich darüber, dass ihnen Kompetenzen und Ämter des verunglückten SA-Stabschefs und Wehrerziehungsführers Lutze vorenthalten würden. Ihr Auftreten in der Reichskanzlei lässt in mir doch eine gewisse Besorgnis heranreifen.«

Die große Eichentür öffnet sich und von Reichenbach tritt ein.

»Mein Kaiser, Ihre Gemahlin, die Kaiserin, ist eingetroffen!«

Louis Ferdinand I. nickt seinem Adjutanten zu, hinter dem sogleich die Kaiserin in einem weit geschnittenen, sandsteinfarbenen Kleid erscheint. Der Regent erhebt sich und schreitet ihr entgegen.

Einige der anwesenden Politiker sind offenkundig verwundert über die Anwesenheit der Kaiserin. Auch der Reichsmarschall wirkt konsterniert.

»Meine Herren, die Ereignisse der letzten Wochen und Monate haben mir gezeigt, dass es für die Existenz des Kaiserreichs zwingend erforderlich ist, im Falle meines Ablebens meine Nachfolge, ob nur für eine bestimmt Zeit oder auch dauerhaft, zu regeln.«

Der Kaiser legt nun seinen rechten Arm liebevoll um die Schultern seiner Frau, deren fortgeschrittene Schwangerschaft sich unter dem Kleid bereits abzeichnet. Unbewusst streicht er ihr über den runden Bauch.

»Ich habe mich nach langen Gesprächen mit meinem Berater – und Freund –, Herrn Goerdeler, dazu entschlossen, dass die Kaiserin im Falle meiner Unpässlichkeit sämtliche Amtsgeschäfte und Aufgaben übernehmen wird, bis ...« Der Kaiser kommt nicht mehr dazu, seine Ansprache fortzusetzen, denn nun ist es der Reichsmarschall Wilhelm von Preußen – sein eigener Vater –, der ihn brüsk unterbricht. Er springt aus seinem Sessel auf.

»Verstehe ich dich recht? Eine Frau soll als deine Nachfolgerin auf dem Thron der Hohenzollern sitzen?«

Alle Augen richten sich auf den Reichsmarschall. Der Kaiser wirkt für einen Moment, als wäre er ungebremst gegen eine Mauer gerannt. Doch der Monarch fängt sich rasch wieder. Er fährt fort, als hätte es den Affront seines Vaters gar nicht gegeben: »Die Kaiserin wird so lange die Geschäfte übernehmen, bis mein ältester Sohn Friedrich Wilhelm in der Lage ist, den Thron zu besteigen!«

Der Kaiser schaut in die Runde, doch den Reichsmarschall würdigt er keines Blickes. Der verschränkt demonstrativ die Arme. Seine Zigarre steckt zwischen seinen Fingern und brennt allmählich herunter.

»Und dem Reichsmarschall würde es gut zu Gesicht stehen, sich *etwas* zu mäßigen!«, sagt der Kaiser endlich und bebt dabei. »Und nun sollte der Erste Soldat des Kaiserreiches wieder auf seinen Platz zurückkehren!«

Es herrscht eine angespannte Stimmung im Kabinettssaal. Jedem der Anwesenden ist bewusst, dass sie einem entscheidenden Augenblick für die Zukunft des Kaiserreichs beiwohnen. Der Sohn setzt sich gegen den Vater durch, zugleich der Kaiser gegen den Reichsmarschall.

Wilhelm ist klug genug, diese Situation ebenfalls richtig einzuschätzen. Würde er hier und jetzt den Konflikt offen austragen, würde er wohl jeden Rückhalt bei den Ministern, der Garde und der Wehrmacht einbüßen. Folglich nimmt er schweigend Platz und zieht an seiner Zigarre. Wie aus Trotz bläst er den blaugrauen Rauch quer über die große Tafel. Doch auch auf diese Provokation reagiert der Regent nicht.

»Ich habe bereits ein entsprechendes Schreiben als Gesetzesvorlage zur Sicherung der Reichsführung vorbereitet. Herr Goerdeler und meine Wenigkeit haben es unlängst unterzeichnet. Damit besitzt es Gültigkeit, doch wünsche ich, dass auch die Herren von Neurath, Duesterberg und Feldmarschall von Witzleben unterzeichnen.«

Das entsprechende Blatt wird von Carl Friedrich Goerdeler aus einer braunen Ledertasche hervorgeholt und den besagten Herren vorgelegt. Ohne größere Umschweife wird es von den Politikern und dem Stabschef des OKW gegengezeichnet.

Nun ist es die Kaiserin, die das Wort an die Männer richtet und ihnen versichert, es handle sich nur um eine Formalie für einen Fall, der hoffentlich niemals eintrete. Hörbare Zustimmung ist zu vernehmen. Einzig der Reichsmarschall hüllt sich in demonstratives Schweigen.

»Nun möchte ich jedoch das Wort an die Herren Canaris und Goerdeler übergeben, denn sie haben wichtige Neuigkeiten für diese Runde, unseren Verbündeten Italien betreffend.«

Mit einer ausladenden Handbewegung weist Louis Ferdinand I. auf die beiden Männer und setzt sich auf den Sessel am Kopfende der langen Tafel. Goerdeler nickt dem Abwehrchef zu, so dass diese als Erster das Wort ergreift.

»Meine Herren, zu uns sind bereits kurz nach dem *Unternehmen Hannibal* stichhaltige Hinweise durchgestochen worden, die darauf hindeuten, dass unsere italienischen Verbündeten … wanken. Sowohl die italienische Bevölkerung als auch die militärische Führung soll sich höchst verstimmt über den Verlust der afrikanischen Kolonien und über die bisherigen Kriegsverluste insgesamt zeigen. Gerüchte über Putschvorbereitungen wollen nicht abreißen, was oft ein sicheres Zeichen dafür ist, dass sie einen wahren Kern enthalten. Wir haben längst unsere Fühler ausgestreckt und sondieren die Lage. Ich will zu diesem Zeitpunkt nicht ausschließen, dass in Rom Ereignisse ihre Schatten vorauswerfen, die ultimativ im Ausscheiden Italiens aus dem Kriege münden könnten.«

»Die verräterischen Itaker!«, brummt der Reichsmarschall, doch niemand der Anwesende geht darauf ein. Canaris setzt seine Ausführungen unbekümmert fort. »Tatsächlich scheint es in der Armee und auch im Königshaus Bestrebungen zu geben, die Verantwortlichen – oder die, die sie dazu erklären wollen – aus Amt und Würden zu entfernen. Ich spreche natürlich von Mussolini und seiner faschistischen Partei.«

Mit einer Kopfbewegung bedeutet Canaris Goerdeler zu übernehmen. Dieser streicht sein Jackett glatt, bedankt sich bei seinem Vorredner und sagt: »Es liegt nun an uns, diese Situation bestmöglich für uns nutzbar zu machen. Politisch sehe ich keinerlei Grund, weshalb wir diese Bestrebungen nicht unterstützen oder ihnen gar entgegentreten sollten. Daher schlage ich vor, dass wir Herrn von Neurath zu einer offiziellen Audienz bei König Viktor Emanuel III. anmelden. Eventuell könnte man zudem in Armeekreisen Gerüchte streuen, dass wir gewillt wären, die Absetzung der Faschisten zu unterstützen.«

»Vielleicht ist es möglich, sich inoffiziell mit Marschall Badoglio, Marschall Cavallero und den Generalen Ambrosio und Messe zu treffen«, überlegt Reichsaußenminister von Neurath laut.

»Vom militärischen Standpunkt aus betrachtet, können wir es uns nicht leisten, Italien als Verbündeten zu verlieren. Damit stünde den Alliierten der Weg frei, um im Süden oder Südosten zu landen. Wir verfügen nicht über genug Truppen im italienischen Stiefel, um eine konzentrierte Landung abzuschlagen und gleichzeitig die Italiener einzuhegen. Jedoch haben wir mit den Afrika-Divisionen eine nicht zu unterschätzende Mannstärke vor Ort, die wir als schlagkräftig genug einschätzen, um eventuelle Kämpfe mit faschistischen Verbänden siegreich auszutragen«, gibt Feldmarschall von Witzleben zu bedenken.

»Sehr gut, somit könnten wir den Umsturz militärisch sogar absichern. Ich werde mich mit dem italienischen Botschafter in Verbindung setzen, um schnellstmöglich eine Audienz beim italienischen König zu erwirken«, sagt Goerdeler.

»Und ich werde General Zeitzler beauftragen, eine entsprechende Besprechung im italienischen Comando Supremo anzusetzen. Vielleicht kann Feldmarschall Rommel seinen Einfluss geltend machen, dass die genannten hohen Offiziere auch anwesend sind.«

Das Oberkommando der Wehrmacht gibt bekannt

…

Im Raum der Heeresgruppe Nord ist die Offensive des bolschewistischen Feindes an allen Frontabschnitten zum Erliegen gekommen. Deutsche und verbündete Kräfte gehen zum Gegenangriff über und melden bedeutende Geländegewinne. Die Zahl der Überläufer steigt im Kampfraum Leningrad stetig an. Die bolschewistischen Einheitsführer reagieren in ihrer Verzweiflung mit barbarischen Strafmaßnahmen.

Im Operationsgebiet der Heeresgruppe Mitte ist es weiterhin zu keinen nennenswerten Kampfhandlungen gekommen.

Im Süden der Ostfront verläuft unsere Gegenoffensive zur Rückgewinnung des Don-Beckens planmäßig. Die Einheiten der 17. Armee melden ebenfalls signifikante Geländegewinne. Die Stadt Donezko-Amwrossijewka mit ihrer wichtigen Zementindustrie konnte von der 97. Jäger-Division und Einheiten einer slowakischen schnellen Brigade zurückerobert werden.

In der Luft kam es über der gesamten Ostfront zu teils heftigsten Luftkämpfen mit Schwerpunkten über der Leningrader Front und dem Donbecken. Unsere und verbündete Piloten melden den Abschuss von mehr als 100 Feindmaschinen an nur einem Kampftag.

Derweil fliegt unsere Luftwaffe konzentrische Bomberangriffe auf die Infrastruktur und Ziele im Rüstungssektor, um den Gegner im Ostkrieg weiter zu schwächen. Flugzeugführern des Kampfgeschwaders 1 Hindenburg gelang es in nur einer Nacht insgesamt drei Bahnhöfe, fünf Lokomotiven und insgesamt 25 Waggons mit Kriegsmaterial unschädlich zu machen.

Über dem Kanal kam es erstmals zu Zusammenstößen zwischen Jagdflugzeugen der Royal Air Force und Maschinen der französischen Luftwaffe. Deutsche Jagdpiloten leisteten unseren Verbündeten Schützenhilfe. Der Feind beklagt den Verlust von sechs Flugzeugen des Typs Spitfire, wovon vier durch unsere Verbündeten abgeschossen worden sind. Die Verluste der deutschen und französischen Luftwaffe belaufen sich insgesamt auf drei Jagdflugzeuge.

Auch in der vergangenen Nacht versuchten die angelsächsischen Terrorbomber in das Reichsgebiet vorzustoßen, wurden aber durch den massiven Einsatz von Nachtjägern und Flugabwehrgeschützen abgedrängt, so dass die große Mehrheit ihre Bombenlast im Notwurf abwerfen mussten. Es entstand nur geringer Sachschaden.

In der Schlacht um den Atlantik …

03. März 1943

Morgens, Woroschilowgrad

»Vorsicht!«, brüllt der Hauptgefreite Stüwe gegen den Gefechtslärm der feuernden Panzer und einschlagenden Granaten an. Sogleich werfen sich die Männer der 8. Luftwaffen-Felddivsion in Deckung, suchen hinter Hausrat und Wänden Schutz. Ohrenbetäubend schlägt die 7,62-Zentimeter-Granate in den Mauerrest ein. Wenigsten brauchen die Männer der Luftwaffe nicht zu fürchten, dass ihnen die Decke auf den Kopf fallen könnte, denn diese existiert überhaupt nicht mehr, sondern liegt längst auf dem Boden. So schützen die Trümmerreste wenigstens den darunterliegenden Keller, in dem sich die Landser einigermaßen bequem eingerichtet haben. Trotz des Umstandes, dass sie sich seit nunmehr über einer Woche in einem Kessel befinden, herrscht bei den Soldaten eine recht optimistische Stimmung.

Woroschilowgrad gilt als Logistikknoten und ist daher mit Vorräten aller Art gut ausgestattet. Aus diesem Grund schätzt die Führung die Versorgungslage der gut 20.000 Mann im Kessel noch als sehr gut ein – noch. Auch tut die Luftwaffe ihr Möglichstes, um Versorgungsgüter über dem Kessel abzuwerfen, damit die Verteidiger notfalls auch einen langen Kampf durchstehen können. Kaum zu glauben, doch sogar Feldpost gelangte auf diesem Wege bereits zu den Eingeschlossenen – und kaum etwas ist wichtiger für die Moral der Truppe als Nachrichten aus der Heimat.

Auch für Stüwe war zuletzt ein Brief dabei, ein Schreiben seiner Eltern, aus dem er erfahren hat, dass es ihnen gutgehe und sie daheim mit keinerlei Einschränkungen konfrontiert seien. Stutzig gemacht hatte ihn nur die Mitteilung, der Kreisbauernführer habe sie und die Nachbarn beim schwarzen Schlachten eines Schweins erwischt. Doch anstatt sie bei der zuständigen Parteistelle zu melden, erbat der Mann, eigentlich ein strammer Parteigänger, lediglich ein Schreiben, dass ihm bescheinigt, ein vorbildlicher Vertreter der Bauernschaft und wichtiges Mitglied der Dorfgemeinschaft zu sein.

Diesen Brief trägt Stüwe noch immer in der Brusttasche seiner Uniformbluse. Wann er dazu kommt, ihn zu beantworten, steht in den Sternen. Doch abgeben kann er sein Antwortschreiben derzeit ohnehin nirgends.

Für solcherlei Gedanken ist nun kein Platz. Stüwe reckt den Kopf empor. Der weiß gekalkte Stahlhelm auf seinem Kopf schiebt sich langsam nach oben. Vorsichtig späht Stüwe zum Gegner hinüber. Noch immer stehen die beiden sowjetischen Kampfpanzer, zwei KW-1, auf der Kreuzung und feuern ab und an in die Häuserzeilen. Hinter den Kampfwagen erkennt Stüwe schemenhaft einige Rotarmisten in den teilweise verschütteten Eingängen der Häuser.

Leutnant Busch nähert sich Stüwe von hinten. Er wirft sich neben ihn in Deckung und flucht, da er sich das Knie an einem großen Steinbrocken gestoßen hat. Während er sich die schmerzende Stelle reibt, sagt er zum Hauptgefreiten: »Stüwe, wie sieht es bei euch aus?«

Ohne den Blick von den Panzern abzuwenden, welche nun mit den koaxialen Maschinengewehren die Häuser und die erkannten Deckungslöcher bestreichen, antwortet dieser: »Müller holt ein paar Brandsätze, so dass wir den dicken Bellos einheizen können. Sorgen machen mir nur die Iwans, die um die Panzer herumstromern.«

In diesem Augenblick springt der Obergefreite Müller in die Stellung von Stüwe. In einem kleinen Bastkörbchen befinden sich vier Brandflaschen. Der Anblick bringt Stüwe unvermittelt zum Lachen.

»Na Rotkäppchen, dann wollen wir mal den beiden bösen Wölfen einen kräftigen Schluck einschenken!«

Nun muss auch der Leutnant schmunzeln. Er weiß, wenn die Männer noch Humor beweisen, ist lange nicht alles verloren.

Die Anspielung von Stüwe aufgreifend sagt Busch, ehe er weitereilt: »Gut, dann wird die Großmutter jetzt dafür sorgen, dass die Rotkäppchen die bösen Wölfe erlegen können! Macht euch fertig, in zehn Minuten werden der zweite und dritte Zug das Feuer auf die Rotarmisten eröffnen!«

Stüwe, Müller und die beiden Gefreiten Brunsch und Thierbach blicken auf die Uhr und bereiten sich auf ihren Einsatz vor. Sie legen alles ab, was die Bewegungsfreiheit einschränkt. Dazu gehört der schwere Wehrmachtsmantel, das Koppel und auch der Stahlhelm. Sie legen alles fein säuberlich in der Stellung ab. Jeder Soldat schnappt sich eine der Brandflaschen und steckt sich zusätzlich eine Stielhandgranate in den Schaft der gefütterten Stiefel.

»Wenn etwas passieren sollte, übernimmst du die Gruppe!«, sagt Stüwe zum Obergefreiten Franz Krischok, der darüber erschreckt. Stüwe aber nickt nur grimmig.

Schon befinden sich die vier Landser auf dem Weg durch die Trümmer des Hauses. Stüwe sieht auf seine Uhr.

Noch Zwei Minuten, denkt er sich.

Ein flaues Gefühl breitet sich in seiner Magengegend aus.

»Müller, du und Brunsch nehmen den linken, ich und Thierbach den rechten Panzer. Zielt auf die Motorabdeckung. Wenn ihr die Flaschen los seid, dann schnellstens zurück!«

Kurz darauf wird das Feuer aus unzähligen Handwaffen eröffnet. Die Begleitinfanterie der Panzer springt in Deckung, wo sie das deutsche Feuer festnagelt. Die Besatzungen der Kampfpanzer scheinen ebenfalls von diesem Feuerschlag überrascht worden zu sein, denn sie können kein konkretes Ziel auffassen und feuern stattdessen wahllos in die Ruinen.

Stüwe und seine Männer nutzen die Gunst der Stunde. Der Hauptgefreite lässt sein Sturmfeuerzeug aufflammen und die benzingetränkten Stofffetzen, die aus den Brandflaschen ragen, fangen Feuer. Sofort sprinten die vier Landser geduckt aus ihrer sicheren Deckung. Dabei schlagen sie Haken wie die Hasen. Schnell sind die gut 100 Meter zurückgelegt. Ab und an zirpen Gewehrkugeln an ihnen vorüber.

Stüwe sieht, wie der Gefreite Müller seine Brandflasche in hohem Bogen zum Panzer schleudert. Sie zerplatzt genau auf der Motorabdeckung. Auch der Gefreite Josef Brunsch holt aus, doch in dem Moment, in dem er die Flasche über dem Kopf hält, wird diese von einer Kugel getroffen und zerspringt. Das Benzin-Öl-Gemisch entzündet sich und ergießt sich über den unglücklichen Gefreiten. Augenblicklich steht er lichterloh in Flammen. Als brennende Fackel rennt er kreischend zwischen den Panzerkampfwagen umher, bis er zusammensackt. Stüwe und Thierbach haben mehr Glück. Die Brandsätze der beiden treffen den anderen KW-1 und der Panzer steht kurz darauf in hellen Flammen. Wie vereinbart spurten die Soldaten sofort wieder zurück zu ihrer Ausgangsstellung.

Der Gefreite Wilhelm Thierbach läuft direkt vor dem Hauptgefreiten Max Stüwe. Plötzlich muss dieser mitansehen, wie Thierbach ins Stolpern gerät und der Länge nach hinfällt. Ohne lange nachzudenken, greift Stüwe den Kameraden unter den Achseln und schleift ihn in Deckung.

Mit pfeifender Lunge kann er sich hinter einen Trümmerhaufen abducken und auch Thierbach in Sicherheit ziehen. Nachdem er kurz Luft geholt hat, untersucht er den wimmernden Gefreiten. Ihm wird klar, dass Thierbach einen glatten Durchschuss durch den linken Oberschenkel erlitten hat. Stüwe angelt das Verbandspäckchen aus der Innentasche und verbindet den Kameraden.

Im Anschluss schaut er seitlich am Schutthaufen vorbei und ihm wird gewahr, dass die Kameraden das Momentum des Augenblicks ausnutzen und einen Gegenangriff führen. Die beiden Panzer stehen in Flammen. Neben den Stahlungetümen sieht der Hauptgefreite einige kleinere Häufchen liegen, die langsam vor sich hin brennen – die Männer der unglücklichen Panzerbesatzungen, nimmt Stüwe an. Doch eines der brennenden Häufchen ist sein Kamerad Josef Brunsch.

03. März 1943

Mittags, Truppenübungsplatz Maria ter Heide

Im Gefechtsstand der Reichsgrenadier-Division Hoch- und Deutschmeister schrillt der Fernsprecher. Der Unteroffizier der Wache nimmt den Hörer ab. Als er die Stimme am anderen Ende der Leitung erkennt, strafft er sich unwillkürlich.

»Jawohl, Herr Generalfeldmarschall! Ich werde den Herrn Divisionskommandeur sofort verständigen. Einen Augenblick, bitte.«

Der aufgeregte Unteroffizier legt den Hörer auf den Tisch und steht auf.

»Was ist denn los, Schildhauer?«, fragt Oberstleutnant i.G. Fritz Reinhardt und sieht von seinen Karten und Bestandslisten auf.

»Generalfeldmarschall von Rundstedt persönlich ist am Apparat, Herr Oberstleutnant!«

»Danke, Schildhauer, ich hole sofort den General!«

Eine Minute später steht Generalleutnant Doktor Franz Beyer am Fernsprecher und meldet sich.

Er vernimmt die Stimme von Generalfeldmarschall von Rundstedt, seines Zeichens Befehlshaber des Ersatzheeres. Dessen Anordnung dringt durch die Leitung: »General Beyer, Ihre Division muss zum 5. März marschbereit sein. Es geht in Richtung Osten, nach Leningrad. Innerhalb der nächsten Tage werden Ihnen entsprechende Ausrüstungsgüter zugeführt.«

Beyer räuspert sich.

»Herr Generalfeldmarschall, es ist für meine Division noch zu früh. Die Verbandsübungen sind noch nicht abgeschlossen«, gibt der Generalleutnant reichlich kleinlaut zu bedenken.

»Bedaure, Herr Beyer! Alle Weiteren Befehle erhält die Division durch das OKH, bis sie im Befehlsbereich der Heeresgruppe Nord eingetroffen ist.

Die Ärmelstreifen für die Division werden Sie heute erreichen. Der amtierende Hoch- und Deutschmeister wird morgen bei Ihnen vorstellig. Bereiten Sie eine kleine Zeremonie vor, bei der eine Ehrenkompanie, stellvertretend für die gesamte Division, die Ärmelstreifen in Empfang nehmen wird. Ende.«

Während Generalleutnant Beyer sich innerlich noch sammelt, gibt er seinem Ia bereits erste Befehle durch.

Wenige Minuten später läuten in den Regiments- und Abteilungsstäben der Division die Fernsprecher. Die Verbände der Reichsgrenadier-Division Hoch- und Deutschmeister treffen nun alle notwendigen Maßnahmen, um Männer, Fahrzeuge und Gerätschaften rechtzeitig in Marsch setzen zu können.

03. März 1943

Abends, Truppenübungsplatz Mielau

Auf dem Truppenübungsplatz herrscht trotz der weit vorangeschrittenen Zeit rege Betriebsamkeit. Am frühen Morgen erging durch das Ersatzheer der Befehl, dass die Legion Italia Abmarschbereitschaft herzustellen habe. Der Legionskommandeur, Oberst Pietro Minnelli, versammelte umgehend seine Offiziere und ließ entsprechende Vorkehrungen treffen.

Sergente Danielo Tomasi sitzt in seiner Stube und schreibt einen Brief an seine Eltern. Zuvor schrieb er bereits viele emotionale Zeilen an seine Freundin in Bozen. Nun bereut er es, dass er ihr in seinem letzten Heimaturlaub keinen Antrag gemacht hat. Dafür ist es jetzt zu spät. Immerhin hat er es sich für seinen nächsten Heimaturlaub fest vorgenommen.

In diesem Augenblick aber gehören seine Gedanken ganz seinen Eltern. Er ist froh, dass sie in ihrem kleinen Bergdorf in Südtirol weitab vom Krieg leben. Dort sind sie sicher.

I miei cari genitori, ·

heute früh erreichte uns der Befehl, dass wir bereits am nächsten Tag an die Front verlegt werden.
Daher nutze ich diese Gelegenheit, euch zu schreiben.
Leider darf ich euch nicht mitteilen, wohin es geht, doch bin ich mir sicher, dass ihr es sehr bald aus der Wochenschau erfahren werdet. Wie dem auch sei, wenn wir an der Front sind, werde ich euch so schnell wie möglich schreiben, damit ihr wisst, wo ich bin.
Wir sind guter Dinge, dass wir es den Kommunisten ganz gut zeigen werden. Bereits jetzt ist unsere Ausstattung durch die Deutschen besser als sie es in der italienischen Armee jemals war. Ich denke, es war die richtige Entscheidung, mich zur Legion zu melden.

Wie dem auch sei. Die Zeit wird es zeigen.

Habt ihr etwas von Mario gehört? Kam er aus Afrika heraus? Leider habe ich seit Januar nichts mehr von ihm gehört. Auf meinen Brief hat er auch nicht geantwortet, aber das muss ja nichts heißen, und ich hoffe, dass es ihm gut geht. Schließlich kam der Brief ja auch nicht zurück.

Mit dem Brief sende ich euch auch ein Päckchen mit einigen privaten Dingen zu, die ich nach und nach angesammelt habe.

Ich hoffe, ich werde bald wieder auf Urlaub zu euch kommen.
Bis dahin verbleibe ich euer figlio amorevole Danielo.

Der italienische Unteroffizier überfliegt nochmals den Brief. Sorgfältig faltet er ihn und steckt ihn in das Kuvert. Das Päckchen hat er bereits geschnürt.

Gedankenverloren begibt er sich auf den Weg zum Spieß, um alles abzugeben. Vielleicht erfährt er ja etwas Neues über den bevorstehenden Einsatz. Bisher hört man nur, dass es wohl nach Leningrad gehen werde.

03. März 1943

Abends, Maria ter Heide

»Mensch, nun mach doch hinne, Hans! Der Kübel schafft mehr als unser Tiger, als fahr auch so!«

»Ach, halt doch deine Klappe, du alter Quatschkopp! Ich denke, ihr wollt noch ankommen?«

Die Besatzung des Panzer VI Tiger von Oberfeldwebel Willi Hermanns befindet sich auf dem Weg in die Stadt. Für die flandrische Landschaft haben sie indes kein Auge, denn die Männer wollen es vor der Verlegung gen Osten noch einmal richtig krachen lassen.

»In einer Viertelstunde sind wir da!«

»Mensch, pass lieber auf, Klein! Nicht, dass wir es in einer Viertelsekunde geschafft haben und uns alle im Lazarett wiederfinden!«, warnt Oberfeldwebel Hermanns den Fahrer.

»Und dann können wir ihnen nicht mal unsere Lieblingsbar zeigen, Herr Oberfeld.«

Der Kübel hat nun das Stadtgebiet von Maria ter Heide erreicht. Klein brettert wie die besengte Sau über einige Querstraßen.

»Pass auf, Hans, gleich musst du links abbiegen!«

Klein hat jedoch aufgepasst und lässt den VW-Kübel herumschwenken, ohne die Geschwindigkeit merklich zu verringern. Nur um Zentimeter entgeht der Kübel einem Zusammenstoß mit einem ihm entgegenkommenden Opel Blitz-Lastkraftwagen. Die Reifen quietschen.

»Klein, verdammt! Wenn Sie so weiterfahren, steige ich aus und werfe Sie aus der Karre!«, schimpft der Oberfeldwebel.

»Nicht nötig, Herr Oberfeld. Jetzt geht es eigentlich nur noch geradeaus.«

»Na, das beruhigt mich jetzt aber«, meint der Kommandant reichlich sarkastisch.

Plötzlich bremst der Fahrer ab und fährt auf einen kleinen Hof.

»Geschafft, Herr Oberfeld!«, verkündet der Stabsgefreite zufrieden.

Der Kübel rollt langsam an einer ganzen Menge von Fahrzeugen vorbei, auf denen die verschiedensten taktischen Zeichen prangen.

»Meine Güte, hier ist wohl das halbe OKW vertreten?«, wundert sich Hermanns beim Anblick des Fuhrparks von Heer, Luftwaffe und sogar Kriegsmarine.

»Nicht wirklich, Herr Oberfeldwebel. Aber diese Bar ist nun mal sehr beliebt und bekannt. Kaum zu glauben, dass Sie sie noch nicht kennen.«

»Ach Klein, wissen Sie, wenn man glücklich vergeben ist, hält man für gewöhnlich Abstand zu gewissen Etablissements.«

Der Stabsgefreite Franz Breitfelder lacht laut auf. »Aber nun sind Sie ja in Begleitung Ihrer vertrauenswürdigen Besatzung, die gut auf Sie aufpasst, Herr Oberfeld!«

Die Männer freuen sich, dass es Breitfelder diesmal gelungen ist, ihren Panzerkommandanten zu überreden mitzukommen. Normalerweise sind sie allein unterwegs, wenn sie nach Dienstschluss etwas unternehmen.

»So, Kinder, wollen wir mal eintreten!«

Sie schreiten die vier Stufen bis zur Eingangstür empor und werden von einem Kellner empfangen.

»Hallo, mein Lieber. Ist heute viel los?«, begrüßt Breitfelder den Mann, den er offensichtlich schon von zahlreichen Besuchen her kennt. Wortlos weist der Kellner den Männern einen Platz zu. Den Landsern schlägt der Geruch von Zigaretten- und Zigarrenqualm, Cognac und Parfüm entgegen.

»Guck dich mal um, Otto«, flüstert Breitfelder, der Richtschütze, seinem Kameraden ins Ohr.

Aus einer Seitentür tritt eine junge Frau heraus. Ihr hellblondes Haar fällt ihr bis auf die Schultern. Sie hat einen unglaublich eleganten Gang an sich.

»Das ist ja traumhaft!«

Nun betreten die fünf Männer den großen Raum der Bar. Oberfeldwebel Willi Hermanns sieht sich interessiert um. Ein warmes Licht fällt durch einige Wandleuchter auf die Tische. Das Ambiente des Lokals spricht den Kommandanten sehr an.

»Na, Herr Oberfeld? Habe ich Ihnen zu viel versprochen?«, erkundigt sich Breitfelder und mustert seinen Kommandanten grinsend.

»Mensch, Breitfelder, hier ist es – wirklich nicht schlecht!«

Die Melodie, die dem Oberfeldwebel ans Ohr dringt, lässt in ihm Erinnerungen an Paris anno 1940 wach werden.

Kaum haben sich die fünf Männer gesetzt, schon steht der wortkarge Kellner an ihren Tisch.

»Sie möchten doch sicher etwas trinken?«, erkundigt er sich.

»Ich denke, diese Frage kann ich ohne Zweifel mit einem *Ja* beantworten. Aber nur, wenn ich die erste Runde geben darf«, erwidert Hermanns.

Auf der kleinen Tanzfläche rotieren bereits einige Tanzpaare. Es wirbeln Uniformen und Seidenstoffe. Einige Orden blitzen im sanften Licht.

»Was wünschen die Herren denn? Einen Aperitif?«

»Oh nein, wir nehmen einen Calvados.«

Der Kellner empfiehlt sich und kehrt nach wenigen Minuten mit fünf vollen Gläsern zurück.

»Auf einen schönen Abend, Männer!«

Die Gläser stoßen klirrend zusammen und die Panzermänner trinken sie in einem Zug aus.

»Mensch Leute, das ist wirklich ein toller Laden, aber ich fürchte, dass wir hier sündhaft viel Geld lassen werden.«

»Ach, Herr Oberfeld. Keine Sorge, dass wird sich schon regeln lassen. Ottos Vater ist Kaufmann, der hat Geld wie Heu. Von daher ist alles gut.«

»Na gut, aber vorher werde ich noch eine zweite Runde schmeißen, als Einstand gewissermaßen«, erwidert der Kommandant und winkt den Kellnern heran.

Der belebende Calvados, die Musik und das bunte Treiben, die Frauen mit ihrem reichlich tiefen Ausschnitt, all das versetzt die fünf Kameraden in Stimmung.

Sie suchen diese Reize förmlich, um das andere zu vergessen … Das, was hinter ihnen liegt, und auch das, was vor ihnen liegt.

Das Oberkommando der Wehrmacht gibt bekannt

… Aus dem Kampfraum der Heeresgruppe Nord werden keine Zusammenstöße von Bedeutung mit dem Feind gemeldet. Die Bolschewisten versuchen ihre Geländegewinne zu konsolidieren und bauen ihre Stellungen aus. Die vordersten Linien werden vermehrt mit NKWD-Truppen besetzt, die die regulären Einheiten mit unmenschlicher Härte disziplinieren sollen. Dies deutet auf einen Verfall der sowjetischen Kampfmoral hin.

Die Divisionen der Russischen Volksarmee verzeichnen einen starken Zustrom an Überläufern und auch Zivilisten, die das Niemandsland der Front unter Lebensgefahr überqueren, um sich dem heldenhaften Kampf unserer russischen Freunde für ihr Vaterland anzuschließen.

Im Luftraum der Ostfront kam es zu intensiven Kampfhandlungen. Unsere Jägerverbände konnten zahlreiche Abschüsse erzielen. Unseren Schlachtfliegerverbänden gelang die Vernichtung zahlreicher Geschütze und Lastkraftwagen.

Die Heeresgruppe Mitte meldet außer Späh- und Störaktionen des Gegners keine Gefechtstätigkeiten.

Im Operationsgebiet der Heeresgruppe Süd setzte die 17. Armee ihre Offensive fort. Mikhaylowka wurde im Zuge eines geordneten Stellungswechsels vorläufig aufgegeben.

Die Bomberoffensive gegen die Logistik- und Rüstungszentren der Bolschewisten geht weiter. In der vergangenen Nacht konnten wiederum vier Bahnhöfe im rückwärtigen Raum der sowjetischen Leningrad-Front zerstört werden. Luftbildauswertungen belegen zudem die Zerstörung von drei Lokomotiven und 15 Waggons. Die eingesetzten Kampfgeschwader haben kaum nennenswerte Verluste zu verzeichnen.

05. März 1943

Morgens, Bahnstation nahe Truppenübungsplatz Maria ter Heide

»Meine Herren, es geht endlich los. Jetzt rollt der ganze Zauber wieder!«, meint der Funker Peter Schneider aufgeregt. Er wendet sich an den Stabsgefreiten Hans Klein, der hinter dem Steuer seines Tigers sitzt und darauf wartet, dass die Verladung beginnt.

»Hast du denn noch immer nicht genug von Russland?«

»Ach, Quatsch. Schnauze voll oder eben nicht voll. Wir müssen doch sowieso ran! Schließlich können wir nicht einfach hier in der Provinz herumsitzen und zuschauen, wie die Iwans an der Ostfront machen, was sie wollen!«

»Ruhe da unten im Eisenkasten!«, ruft Oberfeldwebel Willi Hermanns, der im offenen Turmluk steht und über die lange Schlange hintereinanderstehender und zum Verladen wartender Fahrzeuge der Division hinwegschaut.

So wie die Männer der Panzerbesatzung Hermanns warten, so warten auch die restlichen Teile der Division Hoch- und Deutschmeister.

Insgesamt sind es 260 Panzer der Typen Panzer III, Panzer IV und Tiger, hinzu kommen ungefähr 800 bewaffnete Rad- und Kettenfahrzeuge wie Schützenpanzerwagen, Panzerspähwagen, Artillerieselbstfahrlafetten und Jagdpanzer.

Nach einer gefühlten Ewigkeit ist endlich der Panzer Hermanns an der Reihe. Die schmaleren Transportketten haben sie bereits im Vorfeld aufgezogen.

Alle Besatzungsmitglieder bis auf den Fahrer, Stabsgefreiter Klein, und den Kommandanten, Oberfeldwebel Hermanns, verlassen den Kampfwagen. Der schwere 700 PS starke Maybach-Motor heult auf und dröhnt im Leerlauf.

Dann erteilt der Verladeoffizier den Befehl zum Anrücken. Die Verladung auf die Waggons ist Millimeterarbeit. Den Männern steht der Schweiß auf der Stirn. Doch letztendlich ist es geschafft.

05. März 1943

Der lange Güterzug der Reichsbahn legt einen Zwischenstopp ein. Die italienischen Landser dürfen die Waggons verlassen und sich die Beine vertreten. Im Bahnhofsgebäude stehen Frauen der Nationalsozialistischen Volkswohlfahrt und des Deutschen Roten Kreuzes, um den Italienern in deutscher Uniform warmen Tee oder Kaffee auszuschenken. Auch sind einige Feldküchen aufgebaut worden.

»Gruppenweise antreten lassen!«, schallt es über das Bahnhofsgelände. Tomasi und Salva erkennen die Stimme ihres Kompaniechefs, Hauptmann Moretti. Sofort geben die Zugführer die entsprechenden Befehle an ihre Gruppenführer aus. Tomasi ruft seine Männer zusammen und lässt sie ordnungsgemäß antreten. Nach und nach bekommt jeder einen ordentlichen Schlag Gulasch mit Nudeln ins Kochgeschirr.

Die Italiener sind auch in Sachen Verpflegung Schlechteres durch die italienische Armee gewohnt. Als besonders bemerkenswert empfinden sie es, dass die Offiziere die gleiche Mahlzeit erhalten wie die einfachen Mannschaftsdienstgrade.

Die Italiener lassen es sich schmecken. Grüppchenweise sitzen sie auf Bänken oder auf dem nackten Boden. Überall ist ein Schmatzen, ein Schlürfen und das Kratzen von Feldbesteck in den Aluminiumbechern des Kochgeschirrs zu hören. Zwischen all diesen Geräuschen erklingen italienische Wortfetzen.

Einige *Kettenhunde* der Feldgendarmerie schlendern über den Bahnsteig. Etwas abseits des Bahnhofsgeländes stehen ältere, aber auch jüngere Frauen in teilweise verschlissener Kleidung beisammen. Die älteren Frauen tragen zumeist ein Kopftuch.

»Los, lass uns mal dorthin schauen. Vielleicht können wir ja was Gutes ergattern«, sagt Tomasi zu seinem Kameraden Salva.

Dieser schlürft den letzten Schluck der würzigen Gulaschsoße aus seinem Kochgeschirr.

»Ja klar, wieso nicht.«

Schon will der Hauptgefreite losspazieren, da hält Tomasi ihn am Uniformärmel fest.

»Hey, Amico, zuerst wird das Kochgeschirr sauber gemacht.«

Einige der Männer recken den Kopf nach Tomasi. Der zerrt Salva hinter sich her zu einem Wasserhahn, wo sie eilfertig die Kochgeschirre säubern. Danach begeben sie sich unter den argwöhnischen Blicken der Kettenhunde zu den Frauen in den abgerissenen Kleidern. Sie tragen kleine und große Körbe, gefüllt mit allerhand Lebensmitteln. Tomasi und Salva sehen Winteräpfel, Rüben, Eier, aber auch Brot und Brötchen und geräucherte Speckscheiben und Dauerwurst.

Die beiden Italiener wechseln einen vielsagenden Blick. Doch es mangelt den beiden an den entsprechenden Worten. Sie sprechen kein Lettisch oder Litauisch. Auch mit Deutsch kommen sie nicht sonderlich weit. Die Frauen, auf der anderen Seite, verstehen kein Wort Italienisch und nur einige wenige verfügen über rudimentäre Deutschkenntnisse.

Letztendlich jedoch gelingt es den beiden, sich bei den Frauen verständlich zu machen und sie können sich einen Laib Brot, eine Dauerwurst, eine Scheibe Speck und ein paar Äpfel sichern. Dies alles wandert unverzüglich in die Brotbeutel, denn wenn die zwei in den Jahren des Krieges eines gelernt haben, dann dass es überlebenswichtig ist, immer über eine geheime Ration zu verfügen.

Nach und nach kommen auch die anderen Soldaten der Legion heran und beginnen mit den Frauen zu handeln. Die Waren wandern in die Taschen und Beutel der Männer, dafür wechselt auch so manche Reichsmark den Besitzer. Die Szene spielt sich unter den wachsamen Augen der deutschen Feldgendarmerie ab.

»Los, wieder rein in die Waggons. Es geht weiter!«, dröhnen gleich darauf die Rufe der Offiziere über das Gelände und die italienischen Soldaten beziehen wieder ihre zugigen Quartiere.

05. März 1943

Nachmittags, Neue Reichskanzlei

Louis Ferdinand I. hat es sich zusammen mit seinem Gast, dem Oberbefehlshaber der Russischen Volksarmee, General Andrei Andrejewitsch Wlassow, in der Kaminecke seines Arbeitszimmers gemütlich gemacht. Ebenfalls mit von der Partie sind seine

Gemahlin Kira und natürlich Friedrich Wilhelm, Michael und die einjährige Marie-Cécilie, die auf dem Schoß ihrer Mutter sitzt.

Wlassow hat dem Kaiser soeben angeboten, die Georgische Legion unter Oberst Schalwa Maglakelidse sowie die Nordkaukasische Legion und die Kosaken-Kavallerie-Division schnellstmöglich nach Leningrad zu verlegen.

»Mein lieber Andrei Andrejewitsch, dies ist ein äußerst großzügiges Angebot. Wie schätzen Sie die Fronttauglichkeit dieser Verbände ein? Ich habe kein Interesse daran, die Männer sinnlos zu verheizen.«

Der General mit dem markanten Gesicht und der dicken Hornbrille schwenkt das Kristallglas in seiner Hand. Im Gegensatz zum Glas des Kaisers, das gefüllt ist mit einem kräftigen Cognac, befindet sich im Glas Wlassows klarer Wodka.

»Eure Majestät, sowohl ich als auch die Männer sind bereit, das notwendige Opfer zu erbringen, um Leningrad von den Bolschewisten zu befreien.«

Der Kaiser nippt an seinem Cognac und blickt nachdenklich in das Feuer im Kamin.

»Ich werde es mit Herrn Feldmarschall von Witzleben besprechen. Auch müssen wir prüfen, wie schnell wir die besagten Einheiten an die Leningrader Front zu transportieren vermögen. Aber bereiten Sie die Verbände gerne auf einen baldigen Abmarsch vor – wenn Sie bei Ihrer Aussage bleiben, die Verbände seien frontreif.«

Der Kaiser taxiert sein Gegenüber auffordernd. Der russische General nickt langsam.

»Auch erhielt ich jüngst frohe Kunde von meinem Kampfgeschwader 1. Die Männer brennen darauf, sich an der Front zu bewähren.«

»Auch dies werde ich mit Feldmarschall von Witzleben erörtern, aber ich denke, dass Feldmarschall von Manstein über die Verstärkung sehr erbaut sein wird. Generalfeldmarschall von Küchler und sein Stab arbeiten an einem Offensivplan, der die Eroberung Leningrads zum Ziel hat. Die russischen Spionagetrupps, die wir dank der sowjetischen Offensive und den damit verbundenen Geländeverschiebungen sehr erfolgreich in die Stadt einschleusen konnten, liefern dazu wichtige Informationen über Stärke und Verteidigungsanlagen des Gegners. Auch die Zersetzungsarbeit bei den Sowjettruppen und der Bevölkerung erscheint mir höchst vielversprechend, wie auch Herr Admiral Canaris unlängst bestätigen konnte.«

Der russische General räuspert sich.

»Die Einstellung der Bevölkerung und auch die der Truppe ist mir ein weiteres Anliegen, das ich mir mit Ihnen zu besprechen erhoffte, moi drug«, beginnt Wlassow und wählt eine ungewöhnlich persönliche Anrede. »Vielleicht wäre es dem verehrten Kaiserpaar möglich, eine Art Frontbesuch vor Leningrad abzuhalten. Ich verspreche mir davon wirkungsvolle Motive für neue Flugblätter und vielleicht sogar Lautsprecherdurchsagen, in denen Euer Hochwürden persönlich die Soldaten der Roten Armee zum Überlaufen ermutigt.«

Der Kaiser und seine Frau kommunizieren kurz nonverbal, daraufhin wendet er sich wieder seinem Gast zu.

»Tatsächlich schwebt mir ein Frontbesuch vor. Doch möchte ich meiner Gattin diese Strapazen ersparen.«

Wieder wendet er sich seiner Gemahlin zu.

»Liebste?«

Kira Kirillowna aus dem Hause Romanow wirkt entschlossen. Ein Hauch von Bitterkeit setzt sich in ihren bis zur totalen Selbstaufgabe trainierten Gesichtszügen fest.

»Meine Familie ist mit dem Wüten der Bolschewisten in besonderer Art und Weise verbunden und ich fürchte, dass von diesen Leuten und ihrer menschenverachtenden Ideologie nun auch eine todbringende Gefahr für Deutschland und ganz Europa ausgeht. Persönliche Befindlichkeiten werden zurückstehen müssen. Sicherlich sind Friedrich Wilhelm und Michael für einige Tage gut bei deinen werten Eltern auf Schloss Cecilienhof aufgehoben.«

Sie beugt sich vor und tätschelt ihren Söhnen liebevoll den Kopf.

»Doch Marie-Cécilie werden wir mitnehmen müssen.« Nur der Kaiser bemerkt die Sorgen, die sich in Kiras Ausdruck legen.

Das Oberkommando der Wehrmacht gibt bekannt

Die Heeresgruppe Nord meldet weiterhin keinerlei Gefechtstätigkeiten von Bedeutung. Der Gegner erscheint kraftlos. Seine Späh- und Stoßtruppunternehmen laufen ins Leere. Die Wetterlage ließ zuletzt die Tätigkeit der Luftwaffe auf ein Minimum herabsinken.

Auch die Heeresgruppe Mitte klärt gegnerische Spähtrupps auf und vernichtet diese in der Regel umgehend. Ein Bataillon der 58. Schützendivision ist geschlossen zu uns übergelaufen und dem Verbindungsoffizier der Russischen Volksarmee beim Oberbefehlshaber Ost überstellt worden.

Aufgrund katastrophaler Wetter- und Geländeverhältnisse sieht sich die 17. Armee gezwungen, jede Offensivbewegung vorläufig einzustellen.

Im Bereich der 1. Panzerarmee kam es zu verstärkten Späh- und Stoßtruppaktivitäten. In ihrem Verlauf konnten Dutzende Gefangene eingebracht und wertvolle Informationen gesammelt werden.

Britische Terrorbomber flogen einen konzentrierten Angriff auf Essen im Ruhrgebiet. Unser fähiger Luftschutz vermochte 14 feindliche Bomber über dem Reichsgebiet und noch einmal vier Maschinen auf dem Rückflug über der britischen Insel abschießen. Zahlreiche weitere Feindflugzeuge sind zudem so schwer beschädigt worden, dass mit ihnen auf längere Zeit kein hinterhältiger Angriff gegen zivile Ziele mehr geflogen werden kann.

In der Schlacht um den Atlantik …

09. März 1943

Kurz nach Mitternacht, Kiel

Die Lage scheint unverändert. Noch immer liegen die Zerstörer in der Kieler Förde. Doch lange dürfte es so nicht mehr weitergehen. Die Nerven der Besatzungen, insbesondere die der eingeschifften Landser, sind bis zum Zerreißen gespannt. Das Warten lässt sie unruhig und verdrießlich werden.

Wenn doch irgendetwas geschehen würde, denken sich viele der Heeressoldaten.

Was sie nicht wissen, ist, dass durchaus etwas geschieht. Doch davon bekommen die Landser im Schiffsinneren nichts mit. Pausenlos kommen Tanker und Begleitschiffe längsseits der Dickschiffe. Es werden Öl, Munition und Lebensmittel übernommen.

Deutsche Aufklärer und Nachtjäger umkreisen in fließbandmäßigem Einsatz die Förde, den Skagerrak und die südliche Ostsee.

Wie lange das noch so weitergehen soll, weiß niemand genau. Trotzdem lässt sich aus den Kommandostimmen und Geräuschen an Bord entnehmen, dass es mit der Ruhe langsam ein Ende nimmt.

»Was meinen Sie, Kapitän ... Wird es mit dem Wetter so bleiben?«

Admiral Kummetz steht auf der Brücke der *Scharnhorst* und wendet sich besorgt an den Kommandanten des Schlachtschiffes.

»Ich denke schon, Herr Admiral«, sagt Kapitän zur See Friedrich Hüffmeier. »Die letzten Meldungen des Wetterdienstes bestätigen eindeutig, dass wir mit günstiger Witterung rechnen können.«

Kummetz schiebt das große Zeiss-Glas vor die Augen und sucht den Himmel über der Förde ab.

»Mir soll es recht sein, Hüffmeier. Trotzdem – so ein schöner, dichter Nebel könnte uns auch nicht schaden. Stellen Sie sich nur die Überraschung der Russen vor, wenn wir urplötzlich vor Kronstadt auftauchen würden!«

Für einen Augenblick verstummt das Gespräch. Admiral Kummetz dreht sich zur Seite und sieht den Chef des Stabes fragend an, der soeben auf der Brücke erschienen ist.

»Was gibt es, Gadow?«

»Melde, Herr Admiral, Öl- und Munitionsübernahme auf *Scharnhorst, Schlesien* und *Admiral Hipper* sowie der Zerstörerflottille abgeschlossen. Korvettenkapitän von Oechelhaeuser meldet, dass die Versorgung der *Schleswig-Holstein, Admiral Scheer* und *Prinz Eugen* sowie der Torpedobootflottille in einer Stunde abgeschlossen sein wird!«

Der Admiral nickt zufrieden.

»Danke, Gadow, melden Sie dies auch der SKL in Berlin.«

»Zu Befehl, Herr Admiral!«

Konteradmiral Gadow grüßt und kehrt in die Befehlszentrale der *Scharnhorst* zurück. Admiral Kummetz blickt ihm gedankenverloren nach. Dann wendet er sich wieder dem Kommandanten des Schlachtschiffes zu.

»Von mir aus kann es losgehen, Hüffmeier!«

Immerhin vergehen noch geschlagene vier Stunden, ehe der alles entscheidende Funkspruch des Generaladmirals eintrifft: »Unternehmen *Polarlicht* – Beginn 09.03., 06:00 Uhr.«

Das Schrillen der Alarmglocken zerreißt die friedliche Stille für die Männer auf den Schiffen, die in der Kieler Förde auf die Stunde ihres Einsatzes warten.

Langsam kommt Bewegung in die Schiffe. Die stahlgrauen Leiber erzittern im Rhythmus der Maschinen. Der Marsch der Flottenkampfgruppe in die Ostsee hat begonnen.

09. März 1943

Vormittags, über dem Kampfraum Leningrad

Unterfeldwebel Dengl befindet sich zusammen mit seinem Katschmarek Steiner auf freier Jagd über dem Leningrader Kampfraum, als sie von mehreren MiG-3-Jägern angegriffen werden. Dengl gelingt es beinahe umgehend, einen der sowjetischen Jäger abzuschießen.

Nun jedoch sieht er, dass sich eine der MiG hinter seinen Katschmarek gesetzt hat. Der Sowjet hat dem Kameraden bereits ein großes Loch ins Leitwerk geschossen und es sieht so aus, als ob er Steiner nun endgültig den Garaus machen will.

Dengl beobachtet, wie beide Flieger hin und her pendeln und versuchen, sich gegenseitig auszumanövrieren. Bisher gelingt es dem Obergefreiten immer, der tödlichen Salve aus den Bordwaffen der sowjetischen Maschine zu entgehen. Jedoch will Dengl gar nicht erst herausfinden, wie lange dem Kameraden dieses Kunststück noch gelingen wird.

Der Unterfeldwebel kann aus überhöhter Position in steilem Abschwung auf den Gegner hinunterstoßen. Durch den Fahrtüberschuss verringert seine Messerschmitt die Entfernung zum Gegner mit rasender Geschwindigkeit. Schon umkrampfen seine Hände wieder den Steuerknüppel ganz fest. Seine Finger spüren die Auslöseknöpfe der Bordwaffen. Die sowjetische Jagdmaschine wächst im leuchtenden Reflexvisier heran. Er erkennt, wie der feindliche Flugzeugführer erneut lange Salven auf den Kameraden abfeuert, doch zum Glück ist Steiner kein Grünschnabel und der Gegner kann noch immer keinen sauberen Treffer landen.

Endlich ist Dengl auf Schussentfernung heran. Kurz schaut er noch einmal zurück. Zwei weitere MiG-Jäger befinden sich noch gut 600 Meter hinter ihm – also keine Gefahr.

Entschlossen drückt er die Auslöseknöpfe und unmittelbar spürt er das bekannte Vibrieren der Waffen. Dengl erkennt, wie die kurze Garbe in den Rumpf unterhalb des Flugzeugführers einschlägt. Sofort bildet sich eine weiße Rauchfahne unter der Feindmaschine – ein sicheres Zeichen dafür, dass der Pilot von der anderen Feldpostnummer recht bald ans Aussteigen denken sollte, wenn er nicht Gefahr laufen will, zusammen mit seiner Maschine abzuschmieren.

Dengl schiebt sich neben den Sowjet und schaut hinüber. Dieser deutet, seinen Arm hebend, auf seine blutverschmierte Uniform und danach nach unten. Dengl vermutet, dass er vielleicht sein Bein meinen könnte. Der Gegner scheint also schwer verwundet.

Daraufhin gibt Dengl dem sowjetischen Flieger zu verstehen, dass er wenden solle. Dieser dreht langsam nach Süden.

Zur Erleichterung des Unterfeldwebels haben es die beiden anderen Feindmaschinen vorgezogen sich abzusetzen. Jedenfalls kann Dengl sie nirgends mehr ausmachen.

»Hajo, setz dich hinter unseren Freund. Sollte er allerdings irgendwelche Sperenzchen machen, knall ihn ab!« Er selbst fliegt weiterhin neben dem Sowjetjäger.

»Rabe Eins an Nest – haben feindliche Krähe in Schlepptau – Nähern uns aus 004 – benötigen Sanka – Frage Viktor?«

Nach wenigen Augenblicken erhält Dengl das »Verstanden« der Bodenleitstelle.

Mit noch immer rauchender Kühlerfahne geleiten die beiden deutschen Jagdflieger den Feind zum eigenen Platz und nach einer gefühlten Ewigkeit – niemand kann sagen, wie lange der Motor der MiG noch arbeiten wird – landen sie mit dieser im Schlepptau.

Sofort strömen die Kameraden auf die drei Maschinen zu. Der Sanitätskraftwagen des großen Platzes steht ebenfalls bereit. Zwei Männer springen mitsamt Trage aus dem Fahrzeug und eilen auf den verschneiten Platz.

Schnell entledigt sich Unterfeldwebel Helmut Dengl der Gurte. Sein Erster Wart hat bereits die Haube nach hinten geschoben. Dengl quält sich aus der engen Kabine und springt von der Tragfläche in den Schnee. Auch der feindliche Flugzeugführer wird von helfenden Händen aus seiner Maschine geholt.

Das Triebwerk der weiß lackierten MiG zischt und knistert verdächtig. Der gegnerische Pilot dreht sich zu Dengl um, als dieser auf ihn zu läuft.

Ohne zu zögern, streckt er, ein sowjetischer Leutnant, dem jungen deutschen Jagdflieger die rechte Hand entgegen. Auch Dengl zögert nicht, die Hand des nun ehemaligen Feindes zu ergreifen.

09. März 1943

Nachmittags, Hauptquartier Heeresgruppe Nord

Kaiser Louis Ferdinand I. und seine Gattin Kira steigen aus dem anilinschwarzen Mercedes-Benz 770 W. Vor und hinter dem Automobil stehen Personenkraftwagen des gleichen Typs. Aus ihnen klettern die schwarz uniformierten Gardesoldaten der Division Großdeutschland. Die Kolonne wird von zwei Motorradfahrern auf ihrem BMW R 75-Gespann angeführt. Oberstleutnant Maximilian von Reichenbach hält dem Paar die Tür auf. Vor dem Hauptquartier steht der Stab der Heeresgruppe Nord vollständig angetreten. Sein Oberbefehlshaber, Generalfeldmarschall Georg von Küchler, steht vor der Formation und wartet auf die Ankunft des Kaiserpaars. Als dieses sich ihm nähert, knallt er die Hacken gegeneinander und präsentiert seinen Interimsstab. Der Kaiser nickt anerkennend und grüßt zurück. Die Kaiserin, die die kleine Marie-Cécilie an der Hand führt, deutet lächelnd einen Knicks an.

»Eure Majestät, ich freue mich, Sie in meinem bescheidenen Stabe begrüßen zu dürfen. Bitte, begleiten Sie mich hinein. Ich hatte auch den Herrn Reichsmarschall erwartet«

»Der Herr Reichsmarschall hat andere Verpflichtungen, die er wahrnehmen muss.« Mehr sagt Louis Ferdinand I. nicht dazu. Von Küchler spürt, dass er dieses Thema besser ruhen lässt. Nach einer kurzen Begrüßung der angetretenen Männer begeben sich der Kaiser, dessen Gattin, von Küchler, sein Adjutant sowie von Reichenbach in das schlossartige Gebäude, das der Heeresgruppe als Hauptquartier dient. Die Innenräume sind glanz- und prachtvoll ausgestattet und erinnern an Zeiten, in denen sie von Adeligen und Wohlhabenden bewohnt wurden. Nun jedoch hat die militärische Funktion ihre Spuren hinterlassen. Telefone und Fernsprecher, lange Kabelleitungen und Kisten, Lagekarten, Schreibmaschinen und Akten beherrschen das Bild. Eine Notbesetzung des Stabes ist vom Antreten ausgenommen worden und besetzt die wesentlichen Kommunikationsmittel. Die Männer versuchen sich auf ihre Arbeit zu fokussieren, doch die Ehrfurcht steht ihnen ins Gesicht geschrieben. Generalfeldmarschall Georg von Küchler bittet den Kaiser an eine überdimensionierte Lagekarte, um ihm die neusten Lageentwicklungen zu erläutern.

09. März 1943

Vormittags, Kampfraum Oranienbaum

Vor und hinter ihrem Panzer dröhnen die Motoren der Tiger der schweren Panzerkompanie. Noch sind die Luken der Panzerkampfwagen VI geöffnet.

Nacheinander ruft Hauptmann Maasch die einzelnen Panzer seiner Kompanie. Alle melden sich sofort. Sie sind bereit für den bevorstehenden Einsatz, komme, was wolle.

Nach der Gefechtsausbildung und einer Phase *wie Gott in Frankreich* wird es nun ernst für die Panzermänner.

»Na, das ist ja eine tolle Marschfahrt!«, mault der Stabsgefreite Hans Klein, als Oberfeldwebel Hermanns ihm befiehlt, die Geschwindigkeit zu drosseln.

»Meine Güte, das ist ja ein sagenhaftes Tempo. Mindestens zehn Kilometer die Stunde!«

»Die Kolonne zieht sich auseinander wie Gummi!«, kommentiert Hermanns.

»Verflucht nochmal! So werden wir kleckerweise zum Iwan kommen!«, erwidert Breitfelder.

»Scheiße! Die werden uns eins husten«, sagt der Funker Peter Schneider.

»Na, so schlimm, dass wir gleich die Flinte ins Korn werfen müssen, ist es ja nun auch nicht«, fällt Otto Stolze, der Ladeschütze, in das Gespräch ein. »Schließlich haben wir allerhand Argumente dabei, die wir dem Iwan entgegenhalten können.« Dabei deutet er mit dem linken Daumen nach hinten über seine Schulter. Dort sind die 8,8-Zentimeter-Granaten für die Kampfwagenkanone des Tiger-Panzers gelagert.

»Aber können wir nicht tatsächlich mal etwas schneller fahren?«

»Kannst es wohl nicht abwarten, was? Hast wohl auch schon *Halsschmerzen*?«, sagt Klein zu Stolze.

»Nee du, der einzige Orden, den ich haben will, ist das Feldküchen-Sturmabzeichen! Mir knurrt schon wieder der Magen!«

»Nu ist aber ruhe im Karton!«, ruft Hermanns aus dem offenen Luk in den Kampfwagen hinunter.

»Tiefflieger!«, gellt es plötzlich in Schneiders Kopfhörer.

»Achtung, Iltis an alle – Tiefflieger!«

Wie abgeschnitten verstummen die Gespräche. Plötzlich greift der Krieg wieder nach ihnen, spüren sie, wie sein versengender Atem sie streift. Wird es sie bereits hier erwischen, der Soldatentod? Ehe sie überhaupt je die Front erreicht haben?

Und schlagartig hören sie im Dröhnen der schweren Panzermotoren jenes Geräusch, das sie alle kennen und fürchten. Schon krachen weiter vorne auf der Straße Bombentreffer. Bordwaffen hämmern und Explosionen schießen empor.

Die ersten Schützenpanzerwagen gehen in Flammen auf. Knallend schlägt das Luk zu. Der Sicherungshebel klirrt. Sowjetische Schlächter haben die Kolonne ins Visier genommen.

Mit gellenden Schlägen klopfen die Granaten aus den Bordwaffen gegen die Panzerung des Tigers. Unter misstönigem Kreischen und Schleifen heulen die abprallenden Querschläger zur Seite und mit mächtigem Schlag wird der Panzer aus der Fahrtrichtung gedrückt, als eine Bombe vielleicht zehn Meter neben ihm in den Untergrund einschlägt.

Splitter klirren gegen die Seitenschürzen, dann ist der erste Pulk der Il-2 über die Kolonne hinweg geflogen.

An den getroffenen, ausbrennenden Kettenfahrzeugen vorbei rollen sie weiter. Sie umfahren die brennenden Wracks einer Selbstfahrlafette, der Feldküche und zweier Schützenpanzerwagen. Sie rollen weiter und durchfahren ein kleines Dorf. Einige Minuten später nähert sich die zweite Welle Schlachtflugzeuge, und als sie ein kleines Gehöft erreichen, kommt eine dritte.

Mit brüllendem Motor stürzen sich die Schlachtflugzeuge in die Tiefe und feuern. Bomben reißen die verschneite Rollbahn auf. Gerade, als sich Hermanns und seine Männer mit dem Gedanken abgefunden haben, zerschlagen zu werden, noch bevor sie überhaupt die Front erreichen, donnern deutsche Jagdflugzeuge über die Panzerkompanie hinweg und stürzen sich auf die Schlächter.

09. März 1943

Mittag, Kampfraum Oranienbaum

»Verflucht, wir kommen nicht weiter!", ruft Feldwebel Marcus Klaudius im Kampflärm der Schlacht. Seit den frühen Morgenstunden rollt der deutsche Angriff auf Leningrad. Als erstes Hauptziel soll die Stadt Oranienbaum eingenommen werden, um diesen Eckpfeiler der Leningrader Verteidigung endgültig herauszubrechen. Dazu ist die Division Hoch- und Deutschmeister dem XXVI. Armeekorps unterstellt worden. Nun jedoch stecken die Pioniere unter Oberfeldwebel Klaudius vor einer weiteren Verteidigungslinie der sowjetischen 376. Schützendivision fest.

Klaudius wagt einen Rundblick. Seine Männer befinden sich links und rechts von ihm in Deckung hinter Bodenwellen und Schneewehen. Er sieht die weißen Atemfahnen aus der Schneelandschaft aufsteigen. Klaudius' Miene verrät seinen Männern seine Unzufriedenheit.

»Riethmüller! Mach dich zu Oberleutnant Haye! Sag ihm, dass wir vor der Verteidigungslinie diese Kack-Nests festliegen und wenn er morgen noch einen 1. Zug haben will, dann soll er uns Verstärkung schicken!«

Der Obergefreite eilt durch den tiefen Schnee zurück. Seine Kameraden geben ihm Deckung, indem sie auf erkannte Feindziele feuern. Dieser hat sich in den äußersten Häusern der Ortschaft sowie in Deckungslöchern und Gräben davor zur Verteidigung eingerichtet.

Wieder liegen die Pioniere in der Deckung und warten. Bei jeder Bewegung schlagen Projektile in den Schnee. Der Gegner weiß ganz genau, wo sie sitzen. Die Kälte kriecht den Landsern in die dicken Tarnuniformen und lassen langsam die Glieder versteifen.

Endlich hören die Pioniere hinter sich Motorgeräusche.

Klaudius dreht sich um und erkennt ein Sd.Kfz 251 mit Wurfrahmen 40 als auch ein Sd.Kfz. 250 mit 2-Zentimeter-KwK 38.

Schnell fährt das Sd.Kfz. 251 in Position. Die aufgesessenen Pioniere richten per Hand den Wurfrahmen.

Kurze Zeit später jaulen die 32-Zentimeter-Granaten mit langem Feuerschweif auf die Stellungen der Sowjets zu. Am Ende eines flachen Bogens schlagen sie mit verheerender Flächenwirkung ein. Klaudius und die Männer sehen Feuer und Rauch dort, wo eben noch die Rotarmisten in Stellung lagen.

Das Sd.Kfz. 250 lässt seine 2-Zentimeter-Kanone aufbrüllen. Die Granaten hämmern in die Stellungen des Gegners.

»Kupferschmidt! Feuerschutz! Der Rest greift an! Hurra!«, spornt der Oberfeldwebel die Männer seines Zuges an.

Auf die Stellungen und die erste Häuserreihe geht ein Hagel von Granaten und Infanteriegeschossen nieder. Der Schützenpanzer und auch die Pioniere feuern aus allen Knopflöchern. Auch der Wurfrahmen wird nachgeladen, um schnellsten wieder schießen zu können.

Im Schutz dieser Feuerwand arbeiten sich die Sturmpioniere unter Führung von Oberfeldwebel Marcus Klaudius immer weiter an den Feind ran. Der Widerstand der Rotarmisten wird schwächer und die Überlebenden weichen tiefer in die Ortschaft aus. Klaudius und seine Männer stoßen ihnen hartnäckig nach.

Stielhandgranaten fliegen in die Fenster der ersten Häuser. Mehrere schallende Detonationen klingen auf. Die Pioniere des Zuges Klaudius stürmen die Häuser. Infanteriewaffen und Handgranatenexplosionen dringen durch das Dorf.

Ein MG-42 beginnt zu hämmern und bestreicht die Fronten der Häuser. Immer wieder werden auch die leeren Fensterhöhlen eingedeckt. Weiter und weiter arbeiten sich die Landser vor. Einige Rotarmisten ergeben sich, andere setzen sich ab. Viele liegen stumm und starr im kalten Schnee.

»Die gehen stiften!«, ruft Steinbach begeistert, als er erkennt, wie die Feinde in brauner und weißer Uniform nach Norden fliehen. Lange halten sich die Pioniere in den Ausläufern des Dorfes nicht auf. Links und rechts der Ortschaft gehen nun ebenfalls deutsche Einheiten vor und drängen die Truppen der Roten Armee zurück.

Die Männer rund um Oberfeldwebel Klaudius machen sich nun daran, die übrigen Häuser vom Feind zu säubern. Wieder werden Gefangene eingebracht und zusammen mit den eigenen Leicht- und Schwerverwundeten in den rückwärtigen Raum geführt.

Unvermittelt steigert sich der Gefechtslärm an der rechten Flanke. Schon sehen sie eine große Anzahl von Rotarmisten stürmen. Auch auf den 1. Zug stürzen rote Infanteristen in einem Gegenangriff zu.

Schnell gehen die Pioniere in Stellung und nehmen die Sowjets unter Feuer. Doch der Feind presst allein durch seine große Zahl ungemein, und dann tauchen hinter den Fußtruppen sogar zwei BT-7-Panzer auf. Auch mit Granatwerfern und Maschinengewehren feuert der Gegner auf die Deutschen.

»Köpfe runter!«, ruft Klaudius seinen Männern zu.

»Verdammt! Die haben anscheinend nicht vor, sich zurückzuziehen!«, sagt der Stabsgefreite Steinbach zum neben ihm liegenden Unteroffizier Berger. Beim deutschen Maschinengewehr an der linken Flanke stellt sich eine Ladehemmung ein. Der Schütze versucht die Störung zu beseitigen und reckt sich dazu etwas in die Höhe, um besser mit der Waffe hantieren zu können. Sofort schlagen in seiner Nähe Geschosse ein und zwingen ihn wieder zu Boden. Klaudius hat zwar mit Widerstand gegen den deutschen Angriff gerechnet, aber nicht mit solch einer Vehemenz.

Auch das Sd.Kfz. 250 jagt einen Ladestreifen nach dem anderen in die Reihen der Angreifer.

»In die Häuser und verschanzt euch!«

Die Pioniere lassen sich etwas zurückfallen und besetzen die arg zusammengeschossenen Häuser und Ruinen.

Die beiden anderen Züge der Kompanie haben es indes noch schwerer, denn sie stehen abseits des Dorfes auf offenem Feld im Abwehrkampf.

Klaudius rennt keuchend zwischen seinen Männern umher und organisiert die Verteidigung. In der Zwischenzeit sind auch die Schützenpanzerwagen der Pioniere aufgefahren und bestreichen die dichten Reihen der Rotarmisten, die über die Hauptstraße und durch sämtliche Gassen vorrücken, mit ihren Maschinengewehren. Urplötzlich steht Oberleutnant Haye neben Klaudius.

»Alles geht zur Verteidigung über! Ich habe Granatwerferbeschuss angefordert. Die MGs sollen die Infanterie niederhalten!«, brüllt der Offizier dem Oberfeldwebel ins Ohr.

Als ob ich das nicht schon selbst gemerkt habe, denkt sich Klaudius.

»Wir müssen die Stellung unbedingt halten! An die Fortsetzung des Angriffs ist jetzt eh nicht mehr zu denken!«

Noch so eine treffende Analyse, lautet Klaudius Gedanke dazu, den er aber wohlweißlich nicht ausspricht.

»Jawohl, Obersturmba…«, der Oberfeldwebel stockt, »… Herr Oberleutnant.«

Ein kurzes Lächeln huscht über das Gesicht des Offiziers, verschwindet aber schnell wieder, als krachend die Granate eines BT-7 in ein Haus einschlägt.

»An der linken Flanke! Feind greift an!«, kommt eine Meldung herein. Sofort fahren Haye und Klaudius herum. Die Sowjets rücken durch eine Senke vor und brechen, unterstützt durch die BT-7-Panzer, hervor. Sie greifen mit wildem Urrääh-Gebrüll an. Schließlich wird der Druck zu stark – der 3. Zug muss zurückweichen. Wieder jaulen die Granaten des Wurfrahmens über die Pioniere hinweg.

Oberleutnant Haye hat sich in eines der Häuser verzogen. Der Funktrupp bleibt immer in seiner Nähe.

Als Klaudius zusammen mit Steinbach zu einem der Schützenpanzer zurückläuft, hört er, wie der Funktrupp nochmals nach Verstärkung ruft.

»Los, gebt die geballten Ladungen und die Hafthohlladungen her.«

Der MG-Schütze auf dem Sd.Kfz. 251 reicht die Sprengkörper herunter. Klaudius gibt zwei Hafthohlladungen und zwei geballte Ladungen an Steinbach weiter.

»Bring die zu Bergers Gruppe! Die sollen sich die verdammten BTs schnappen!«

Klaudius selbst lässt sich noch eine Hafthohlladung und eine geballte Ladung reichen. Auf diese Weise bewaffnet, eilt der Oberfeldwebel zurück zu seinen Männern. Als er sie erreicht, beobachtet er, wie Unteroffizier Berger und zwei Landser sich im Schutze der Ruinen an die Sowjetpanzer heranarbeiten.

Zahlreiche Handgranaten fliegen aus den Hausfenstern durch die Luft und detonieren zwischen den Rotarmisten. Die Schreie der Verwundeten klingen über das Schlachtfeld.

»Rechte Hand!«, ruft Steinbach einem Kameraden zu.

Dieser und Steinbach reißen den Karabiner herum und feuern auf die Gegner. Drei Sowjets werden zu Boden gerissen.

Riethmüller bereitet zwei Handgranaten vor und wirft sie zu den in Deckung liegenden Feindsoldaten hinüber. Die beiden kurz nacheinander erfolgenden Explosionen machen kurzen Prozess mit ihnen.

Im Hinterland ploppen nun auch wieder die Granatwerfer. In kurzer Abfolge schlagen 8-Zentimeter-Granaten in die Reihen der Rotarmisten ein. Dennoch kommen immer mehr auf die Häuser und Stellungen der Kompanie zugestürmt. Unglaublich, welche Menschenmassen die Rote Armee hier ins deutsche Feuer wirft. Sollte es ihr gelingen, an dieser Stelle einen Keil in die Angriffsspitze der Deutschen zu treiben, gefährdet das den ambitionierten Zeitplan des Oberkommandos der Wehrmacht – mindestens.

09. März 1943

Nachmittags, Kampfraum Leningrad

Kaiser Louis Ferdinand I. und seine Gattin stehen auf einer kleinen Anhöhe. Neben ihnen befinden sich Generalfeldmarschall Georg von Küchler und sein Chef des Stabes, Generalleutnant Eberhard Kinzel. Der kalte Winterwind bläst ihnen um die Ohren. Der Kaiser hat den Kragen seines schwarzen Mantels hochgeschlagen. Die Kaiserin trägt einen ebenfalls schwarzen Mantel mit Fellbesatz. Die kleine Marie-Cécilie ist im Sonderzug zurückgeblieben, der unter einer stabilen Brückenunterführung abgestellt wurde.

Abseits der Anhöhe marschiert die Kompanie einer Grenadier-Division an die Front. Der hohe Besuch grüßt die vorbeiziehenden Soldaten, die in dicke, weiße Schneetarnuniformen gekleidet sind. Vorbildlich haben sie Karabiner und Maschinenpistolen geschultert. Hin und wieder nickt der Kaiser den Soldaten zu. Schließlich wendet sich der Regent an den Oberbefehlshaber der Heeresgruppe.

»Feldmarschall von Küchler, die Kompanie ist tadellos ausgestattet. Trifft dies auf alle Ihrer Verbände zu?«

Der Generalfeldmarschall räuspert sich. »Mein Kaiser, der Ausrüstungsstand der Truppe ist leider nicht einheitlich. Es gibt schon die ein- oder andere Abweichung.«

Der Regent blickt dem Feldmarschall tief in die Augen.

»Herr von Küchler, wie soll ich mir ein Bild über den Zustand unserer Truppe machen und Missstände erkennen, wenn mir hier etwas vorgespielt wird?«

Mit Entsetzen muss von Küchler nun mitansehen, wie der Kaiser die Kompanie anhalten lässt und sich unter die Landser mischt, mit denen er sogleich ein Gespräch beginnt. Seine Gattin bleibt dabei an seiner Seite und spricht selbst auch mit einigen Soldaten.

Das Oberkommando der Wehrmacht gibt bekannt

… Im Raum der Heeresgruppe Nord haben unsere tapferen Truppen mit einer Großoffensive gegen Leningrad, Oranienbaum und Schlüsselburg begonnen. Es konnten erste Geländegewinne erzielt und der Roten Armee schwere Verluste zugefügt werden.

Im Luftraum über Leningrad kam es zu schwersten Luftkämpfen mit der roten Luftwaffe. Unsere Jagdflieger vermochten bereits am ersten Tage über 50 feindliche Flugzeuge abzuschießen. Selbst erlitten sie nur vergleichsweise geringe Verluste.

Bei der Heeresgruppe Mitte ergeben sich weiterhin keinerlei nennenswerte Kampfhandlungen.

Im Bereich der Heeresgruppe Süd konnten unsere Angriffsbewegungen wieder aufgenommen werden. Trotz schwieriger Geländeverhältnisse wurden dabei Geländegewinne erzielt.

Im Operationsraum der 1. Panzerarmee unternimmt der Feind weiterhin verstärkt Spähunternehmen, die abgeschlagen werden, ehe sie wertvolle Informationen über unsere Linien sammeln können.

In der vergangenen Nacht kam es zu einem Angriff von mehr als 100 Terrorbombern auf München. Es gelang der Nachtjagd der Abschuss von drei Bomberflugzeugen. Aus der Innenstadt Münchens und dem BMW-Stammwerk werden geringfügige Beschädigungen gemeldet, die die Produktion nicht beeinträchtigen.

In der Schlacht um den Atlantik konnten mehrere Unterseeboote einen feindlichen Konvoi aufklären und drei Schiffe mit insgesamt 7.890 Bruttoregistertonnen herausschießen. Der Kampf dauert fort.

…

10. März 1943

Der Angriff der Wehrmacht auf den Abwehrring bei Leningrad, der mit dem 9. März begonnen hat, wird fortgesetzt. Der erste Angriffstag hat die Pionierkompanie von Oberleutnant Wolf Haye vier Tote und 16 Verwundete gekostet. Doch der Gegenangriff konnte abgewehrt und die eroberten Stellungen behauptet werden.

Um 03:00 Uhr fliegen die Granaten einiger schwerer Eisenbahngeschützbatterien und etlicher Artilleriekanonen über die Stellungen der deutschen Angriffstruppen hinweg. Beim Feind und in der Stadt Oranienbaum schlagen Granaten der Kaliber 15 Zentimeter, 17 Zentimeter, 24 Zentimeter und 40 Zentimeter ein. Dazu fauchen unzählige Raketen aus Nebelwerferbatterien. Der Himmel hinter der deutschen Front scheint zu brennen. Doch nicht nur vor Oranienbaum entbrennt diese Symphonie des Todes zum zweiten Mal.

Dieses Mal gelingt es den deutschen Angriffstruppen, die Sowjets zu überrumpeln. Im Schutz des Artilleriefeuers gehen die Truppen vor und als die Artilleriewalze zurückverlagert wird, stehen die Pioniere in ihren Schützenpanzerwagen bereits unmittelbar vor den feindlichen Gräben.

Die Sd.Kfz. 251-Fahrer treten auf die Bremse. Die Schützen feuern, so gut sie können, in die Gräben und auf erkannte Feindstellungen. Die Pioniere springen aus der hinteren Luke oder klettern einfach an der Seitenwand hinunter. Sofort dringen sie in die Grabenstellungen der Sowjets ein.

Der Obergefreite Edgar Wolpert trägt den 22 Kilogramm schweren Flammenwerfer 41. Kaum ist er in den Graben gesprungen, entfesselt er die Gewalt dieser schrecklichen Waffe. Der heiße Flammstrahl frisst sich durch den Graben. In der Dunkelheit der Nacht sieht er gespenstisch aus. Nachdem die Flammen erstickt sind, stoßen die Pioniere weiter vor.

An einem Grabenknick biegen zwei übermütige Landser ab, ohne vorher die Lage zu sondieren, und werden umgehend von Geschossen der Sowjets niedergestreckt. Einer der jungen Landser fällt lautlos vornüber, der zweite wird in den Bauch getroffen und sackt brüllend in sich zusammen.

Klaudius packt den schwer verwundeten Pionier am Stiefel und zerrt ihn in Sicherheit. Steinbach schleudert eine Stielhandgranate hinter den Grabenknick. Nach der Detonation blickt er vorsichtig um die Biegung. Sofort zwitschern ihm Infanteriegeschosse um die Ohren und er reißt seinen Kopf zurück.

»Riethmüller! Räuchre sie aus!«, befiehlt Klaudius.

Wieder faucht ein langer Feuerstrahl aus der Waffe.

Schreie klingen auf – entsetzliche Schreie.

Doch nun können die Deutschen gefahrlos um den Grabenkick weiter vorrücken. Sie passieren einen brennenden Haufen, der einmal ein Mensch war.

Über die Köpfe der Soldaten jagen noch immer die schweren und überschweren Granaten der Artilleriegeschütze hinweg, um vernichtend im Hinterland der sowjetischen Linien einzuschlagen. Doch zwischen all dem Donnern und Bersten vernehmen die Landser nun auch das Brummen schwerer Panzermotoren.

In einer kurzen Gefechtspause, nachdem Klaudius und seine Pioniere einen weiteren Grabenabschnitt mitsamt Bunkern freigekämpft haben, dreht sich der Zugführer um und erkennt zahlreiche deutsche Panzer IV, die sich als schemenhafte Schatten durch den Schnee schieben.

»ES-Grün schießen!«, ruft Klaudius durch den Gefechtslärm zu Steinbach hinüber.

Sofort greift dieser nach der Signalpistole, lädt die entsprechende Patrone und feuert den Signalsatz in den Nachthimmel, wo er auseinanderplatzt. Auch im Bereich der anderen Züge steigen die gleichen Erkennungssignale ins Firmament.

Kurz darauf rasseln und quietschen die Panzer IV mit breiten *Ostketten* über die Gräben. Immer wieder bleibt einer der Kampfwagen stehen und feuert auf Ziele, die Klaudius von seiner Position aus oder ob der Dunkelheit nicht erkennen kann. Auch die Maschinengewehre der Panzerkampfwagen rattern hin und wieder und beharken einzelne Grabenabschnitte.

10. März 1943

Frühmorgens, Kampfraum Oranienbaum

»Gefechtsbereitschaft!«

Knallend schlagen die Luken der Tiger-Panzer zu. Die Wagen der schweren Panzerkompanie der Reichsgrenadier-Division Hoch- und Deutschmeister setzen sich in Bewegung.

»Was ist denn los, Herr Oberfeld?«

»Die Iwans sind zum Gegenangriff angetreten! Wir werden ihnen in die Flanke stoßen!«

Hans Klein auf seinem Fahrersitz konzentriert sich ganz auf das schwierige, da verschneite Gelände. Von diesem kann er durch das schuss- und bruchsichere Kinonglas in der Frontpanzerung jedoch nur einen sehr schmalen Ausschnitt einsehen. Im Turm klemmt Oberfeldwebel Hermanns hinter dem Scherenfernrohr.

»Frage – Status KwK?«

Der Gefreite Otto Stolze schreckt auf.

»Beide Waffen geladen und gesichert!«, meldet er vorschriftsmäßig.

Der Tiger ist gefechtsklar.

Die schwere Kampfwagenkanone, das koaxiale Maschinegewehr und auch das Bug-MG, das der Funker des Panzers zu bedienen hat, sind bereit für den Feind.

Rasselnd rollen die breiten Ketten über einen niedrigen, verschneiten Kusselbusch. Schlamm und Schnee werden durch die Ketten aufgewirbelt und emporgeschleudert. Eine präzise Doppelspur zieht sich hinter dem Panzer durch die Landschaft.

»Aufpassen, Klein! Sonst nimmst du noch die letzten Bäume in der Gegend mit!«

Sie rollen durch ein kleines Waldgebiet. Auch hier schlugen Artilleriegranaten ein und zahllose Bäume knicken um, werden entwurzelt oder zerrissen. In Slalomfahrt rasseln die Panzer um die Bäume herum.

Die schweren Fahrzeuge der Kompanie sind bis unters Dach mit Treibstoff vollgepumpt, die Plätze für die Munition bis aufs Letzte ausgenutzt. Griffbereit stehen die Granaten neben dem Ladeschützen.

Die Dunkelheit weicht der Helligkeit. Am Horizont ist schon die aufgehende Sonne zu erahnen.

Als Oberfeldwebel Hermanns den Schatten weit voraus hinter einer Buschreihe wahrnimmt, stellt er die Optik des Glases etwas nach. Jetzt erkennt er das Rohr, das jedoch nicht direkt auf die deutschen Kampfwagen gerichtet ist.

Er räuspert sich.

Dann plötzlich klingt die Stimme des Kompaniechefs in den Kopfhörern der Funker, die in den einzelnen Wagen sitzen.

»Achtung – Feindpanzer 1.000 voraus, Buschgruppe beachten!«

Der linke Arm des Ladeschützen gleitet über den Kopf empor und entsichert die Kanone.

»Entfernung 1.000, elf Uhr!«

Der Turm dreht sich – vom Richtschützen bedient – etwas nach Links, bis er die Uhrzeigerstellung *Elf Uhr* erreicht hat. Der Wagen stoppt.

Franz Breitfelder dreht die Rohrerhöhung nach.

»Feuer!«

Die lange, grellrote Mündungsflamme spritzt aus der Kanone, die nach dem Rückschlag des Schusses ein wenig nachwippt. Die leere Kartusche schnellt zurück, wird vom Auffänger gehalten und kullert in den Hülsensack.

Beim Gegner jedoch springt eine Detonationsflamme auf.

»Treffer!«, berichtet der Kommandant.

»Nochmals dasselbe!«

Der zweite Schuss verlässt das Rohr und trifft den T-34 exakt zwischen Unterbau und Turm. Durch die Gewalt der Detonation wird der Turm aus seinem Drehkreuz gerissen und hängt plötzlich schief wie eine schräg aufgesetzte Schiffermütze auf der Stahlwanne.

Eine Sekunde später blitzt es hinter der Kusselgruppe auf. In einer erstaunlichen Geschwindigkeit hämmern die Granaten eines sowjetischen Geschützes gegen die Frontpanzerung des Tigers. Das ohrenbetäubende Konzert des Todes hat begonnen.

Die anderen Panzer der Kompanie schwärmen aus und feuern nun ebenfalls auf die Gegner, die ihre Tarnung abwerfen und zu kämpfen beginnen.

Mit donnerndem Schlag prallt eine Granate aus dem Geschütz eines zweiten T-34 schräg gegen den Turm von Hermanns' Tiger und heult als Abpraller ins Gelände.

Vor der Gefechtsluke flammen Detonationen auf.

Mit einem Rundblick sieht der Kommandant, dass einer der Kameradenpanzer anscheinend einen Kettenschaden erlitten hat. Die Männer boten aus und werfen sich in Deckung.

»Zehn Uhr, 900!«

Mit schmetterndem Schlag verlässt die Panzergranate das Rohr und haut dem am nächsten stehenden T-34 die Kette in Stücke. Sich auf der noch intakten Kette drehend, versucht der Panzer Hermanns Tiger ins Visier zu bekommen.

»Zacken!«, befiehlt der Oberfeldwebel und Klein reißt den Kampfwagen in unregelmäßigen Abständen scharf zur Seite. Dann stoppt er wieder. Schwitzend wuchtet der Gefreite Otto Stolze die Granaten in den Verschluss der 8,8-Zentimeter-Kanone. Alles andere ist in diesem Augenblick unwichtig. Das Verlangen zu überleben – dieses vernichtende Gefecht heil zu überstehen – lässt die Männer wie in Trance handeln. Und dieses Handeln besteht aus Feuern und Vernichten, um der eigenen Vernichtung zu entgehen.

Wieder drückt Breitfelder den Auslöseknopf. Wummernd verlässt das Geschoss das Rohr. Die Panzergranate 40 kann auf 1.000 Meter Entfernung eine horizontale Panzerung von 138 Millimeter durchschlagen und den Gegner vernichten. So ist es auch dieses Mal.

Die Granate trifft den Gegner, der sich auf seiner unbeschädigten Kette dreht, als er ihnen die Flanke präsentiert. Eine grelle Feuersäule stößt aus dem zurückschnellenden Luk des Panzers auf. Dann detoniert die Bereitschaftsmunition in kurzen, grellen Feuerschlägen. Der Turm wird leicht wie eine Streichholzschachtel aus seiner Verankerung gerissen und in die Höhe geschleudert. Krachend landet er auf der abgeschrägten Frontpartie der Wanne und rutscht daran zur Erde nieder.

10. März 1943

Mittags, Kampfraum Leningrad

Unterfeldwebel Dengl befindet sich mit der gesamten Staffel über dem Kampfgebiet Leningrad. Dort treffen sie auf einen großen Pulk sowjetischer MiG-3 und P-40 aus dem Leih- und

Pachtabkommen. Dengl und Steiner fliegen in 3.000 Meter Höhe. Die deutschen und sowjetischen Maschinen verwickeln einander rasch in wüstes Getümmel und Kurbelein. Dengl nähert sich mit hoher Geschwindigkeit einem gegnerischen Jäger. Mit jeder Sekunde verringert sich der Abstand. Seine Me 109 ist noch 200 Meter entfernt, noch 100 Meter. Der sowjetische Flugzeugführer in seiner P-40 bleibt stur auf Kurs. Mit angehaltenem Atem klemmt Dengl hinter dem Feind. Unter ihnen flitzt die Landschaft im Licht der Mittagssonne vorüber.

Für den offenkundig unerfahrenen Sowjetflugzeugführer wird die Sonne nur noch wenige Augenblicke lang scheinen. Dutzende MG- und Kanonengeschosse fressen sich in den Rumpf seiner Maschine. Flammen zucken aus dem Metall. Das Flugzeug bäumt sich auf und trudelt in die Tiefe. Wenig später schlägt es mit einer ölfettigen Explosion auf den verschneiten Boden.

Dengel aber bemerkt nicht, dass es einer P-40 gelungen ist, sich hinter ihn zu setzen. Erst als die ersten Einschläge in seine Zelle krachen, erkennt er seinen Fehler. Bevor er reagieren kann, zuckt ein greller Feuerschein hinter seiner Messerschmitt auf. Sein Kopf ruckt herum und er erblickt die Me 109 des Obergefreiten Steiner, wie sie die brennend abstürzende Feindmaschine überfliegt, die Dengl gerade och im Nacken saß. Doch für Gefühle und Dankbarkeit bleibt keine Zeit. Schweißgebadet sitz Dengl in seiner Maschine, der Schrecken steht ihm ins Gesicht geschrieben. Beide Messerschmitt sind mittlerweile aus dem Pulk der Feindjäger ausgebrochen. Auch die übrigen deutschen Jagdmaschinen formieren sich neu. Die sowjetischen Flugzeugführer bilden einen Abwehrkreis, obwohl sie bereits sehr tief fliegen – auf mittlerweile 700 Meter.

Die deutschen Jäger wenden sich nun diesem Abwehrkreis zu. Dengl indes macht eine einzeln fliegende MiG-3 aus. Sofort reißt er den Steuerknüppel ein Stück nach vorn und fliegt der Feindmaschine entgegen. Schnell wandert sie ins Fadenkreuz des Reflexvisiers.

Dengl drückt die Auslöseknöpfe der Waffen. Rot und orange glühende Fäden zischen auf die Feindmaschine zu, doch zu Dengls Überraschung bleiben sie ohne Wirkung.

Der Unterfeldwebel muss ausscheren, um nicht mit der kurvenden MiG zusammenzustoßen. Über sich hinwegfliegend sieht er die Messerschmitt seines Katschmareks Hajo Steiner. Doch auch ihm entsagt das Jagdglück. Die sowjetische Maschine weicht gekonnt dem Beschuss des Obergefreiten aus. Damit jedoch fliegt sie direkt vor die Rohre der 109 Dengls. Die Leuchtspurgeschosse aus seinen Bordwaffen erfassen ihr Ziel. Flammenbündel züngeln aus dem Motor des sowjetischen Jägers. Torkelnd fällt er förmlich aus seiner bisherigen Flugbahn. Er stürzt der Erde entgegen und endet in einem Aufschlagbrand.

Mit einem Rundblick erkennt der Unterfeldwebel, dass die Kameraden noch immer mit dem sowjetischen Abwehrkreis beschäftigt sind. Unten auf der Erde kringeln sich bereits einige schwarze Rauchwolken in die Höhe, doch er kann in dem Trubel am Himmel nicht erkennen, ob auch eigene Flugzeuge fehlen.

»Hajo, wir greifen an – Pauke, Pauke!«, lautet die kurze Ansage an seinen Kameraden. Die Me des Obergefreiten fliegt dicht links neben ihm und der Kamerad hebt als Zeichen der Bestätigung den Daumen der rechten Hand.

Die beiden Messerschmitt klettern in die Höhe und fliegen auf den sowjetischen Abwehrkreis zu. Aus der Überhöhung stürzen sie sich auf die gegnerischen Flieger. Unterfeldwebel Dengl hat bereits eine MiG-3 im Visier und feuert. Die Geschoßgarbe frisst sich in die Feindmaschine und sie explodiert unvermittelt in einer Sprengwolke. Trümmerteile wirbeln umher und flattern anschließend der Erde entgegen. Auch Steiner hat Erfolg und schießt eine Maschine aus dem Abwehrkreis, der dadurch auseinanderplatzt, denn die sowjetischen Jäger müssen den Trümmern ausweichen.

Nun können sich die Kameraden den umherkurvenden Feindjägern annehmen …

10. März 1943

Mittags, Hauptquartier der Heeresgruppe Nord

»Eure Hoheit werden am Fernsprecher erwartet. Es ist Herr Goerdeler!«, kommt ein Offizier in den Besprechungsraum gelaufen und ist sichtlich verunsichert, ob er mit der Unterbrechung richtig gehandelt hat.

Der Kaiser blickt von der Karte des Kampfraums Oranienbaum-Leningrad-Schlüsselburg auf und nickt dem Mann zu. Schnell verlässt er den Raum und folgt dem Stabsoffizier in ein Nebenzimmer. Der Stabsoffizier gibt einem dort wartenden Soldaten ein Zeichen und beide verlassen schweigend den Raum.

Der Regent nimmt den Hörer in die Hand.

»Louis Ferdinand hier. Sprechen Sie, Herr Goerdeler.«

»Eure Majestät, die *Aktion Frühjahrsputz* läuft seit den frühen Morgenstunden. Bisher wird keine nennenswerte Gegenwehr gemeldet. Auch bei der SA gab es keine Probleme.

Schepmann wurde inhaftiert. Jüttner konnte beim versuchten Grenzübertritt in die Schweiz festgenommen werden. Er wurde anscheinend vorab informiert.

Darüber hinaus wurden zahlreiche SA-Obergruppenführer wie beispielsweise Schoene, Uhland, Späing, Berchtold, Liebel, Gräntz und andere wie geplant festgesetzt. Auch die wichtigsten und einflussreichsten Kreisleiter der NSDAP sowie die letzten noch freien Gauleiter wurden verhaftet. Die Parteizentrale wurde gestürmt und alle Anwesenden in Gewahrsam genommen. Ebenso verhält es sich mit den RAD-Führern in den einzelnen Gauen.

Die Wehrmacht übernimmt nun die direkte Kontrolle über die politische Verwaltung durch die Wehrkreiskommandos, so wie wir es besprochen haben. – Mein Kaiser, man kann sagen, dass die NSDAP aufgehört hat zu existieren. Die Kontrolle über die von Eurer Majestät bestimmten Organisationen übernehmen nun die einzelnen Ministerien.«

Diese Kunde erleichtert den Kaiser sichtbar.

»Sehr gut, Herr Goerdeler. Ich erwarte, dass diese Herrschaften umgehend verhört werden. Es muss geklärt werden, inwiefern sie in die Attentatspläne gegen mich involviert waren und ob es weitere Hintermänner gibt.«

Ein kurzes Räuspern ist am anderen Ende der Leitung zu vernehmen.

»Herr Generalfeldmarschall von Witzleben regt an, einen Großteil der Herrschaften nach der Vernehmung in die 999. oder 500. Strafdivision zu versetzen. Beide Einheiten befinden sich auf dem Weg nach Leningrad. Die dort zu erwartenden Verluste können auf diese Weise vielleicht geringfügig ausgeglichen werden.«

Nun liegt es am Kaiser zu entscheiden. Er überlegt kurz und sagt dann entschlossen: »Dafür gebe ich mein Einverständnis, doch darf nur derjenige strafversetzt werden, dem eine Beteiligung an der Verschwörung nachgewiesen werden kann. Ich wünsche keine Willkür! Nicht jeder dieser Männer ist zwangsläufig ein Verbrecher!«

»Wie Sie wünschen, Eure Majestät. Im Übrigen befindet sich Außenminister von Neurath auf dem Weg nach Italien, um sich zusammen mit Generalfeldmarschall Rommel mit dem König und den Marschällen Badoglio und Cavallero zu treffen.«

»Sehr gut, richten Sie Herren von Neurath aus, dass er in dieser Sache volle Handlungsfreiheit genießt. Im Zweifel möge er mit Ihnen Rücksprache halten.«

»Jawohl, mein Kaiser. Ich werde es ihm ausrichten.«

Damit ist das kurze Telefonat beendet und der Monarch begibt sich wieder in den Besprechungsraum, wo Feldmarschall von Küchler und die weiteren Herren auf ihn warten. Ihm schlagen sogleich erwartungsvolle Blicke entgegen. Der Monarch verdeutlicht durch ein zufriedenes Lächeln, dass sich die Dinge in seinem Sinne entwickeln.

»Herr Feldmarschall von Küchler, wir haben nun endgültig den Rücken frei für die Operationen im Osten«, verkündet er und schwingt sich mit Elan zur großen Lagekarte.

10. März 1943

Nachmittags; Ostsee

Im Innenraum der Schiffe gibt es keine Ruhe und kaum einer der Pioniere und Grenadiere fand in der zurückliegenden Nacht Schlaf, noch finden sie ihn jetzt. Unruhig wälzen sich die Männer auf ihren Kojen oder irren in den Gängen umher. Sie spüren das Neue, das Ungewohnte, das Stampfen der schweren, mächtigen Motoren, das den Schiffsleib erzittern lässt, das Rauschen der Wellen, das leichte Auf und Ab der Dünung. Doch noch schwerer nagt an ihnen die Ungewissheit, was die nächsten Stunden und Tage bringen werden.

Mit seemännischer Gelassenheit stehen die Schiffsoffiziere und Mannschaften der Brücken- und Geschützwache auf ihren Stationen und suchen den Himmel ab. Denn von dort geht die größte Gefahr für die deutsche Kampfgruppe aus. Klar und wolkenlos umspannt das Firmament die mächtigen deutschen Schiffe. Von

Osten her streicht ein leichter Wind über den glatten Spiegel der Ostsee.

Die Besatzungen, aber auch die Grenadier- und Pioniereinheiten treten schließlich auf dem Achterdeck der Schiffe zur Befehlsausgabe an. Erst jetzt erfahren sie aus dem Mund ihrer Kommandanten von dem bis dato für sie unbekannten Unternehmen.

Nach Kronstadt also, denken sich nun die Landser an Bord der Dickschiffe, aber auch der Zerstörer und Torpedoboote.

Kummetz steht auf der Brücke der *Scharnhorst* und späht mit dem Zeiss-Glas auf die offene See.

»Die Sicht ist ja nicht gerade ermutigend«, stellt er nüchtern fest. Er runzelt die Stirn und sieht sich nach dem Kommandanten des Schlachtschiffes um, der sich ebenfalls auf der Brücke befindet.

»Umso besser ist demnach die Aussicht, dass uns der Iwan erst sehr spät aufklärt«, versucht Kapitän zur See Friedrich Hüffmeier seinen Admiral zu beruhigen.

Kummetz macht ein nachdenkliches Gesicht.

»Trotzdem. Wir müssen damit rechnen, dass uns ein sowjetisches Unterseeboot entdeckt oder irgendein feindliches Flugzeug. Die Verbindung zur Luftflotte 1 darf unter keinen Umständen abreißen! Die Herren sollen ihrer Aufklärer bis zur Belastungsgrenze fliegen lassen, wenn möglich auch Jagdschutz stellen!«

Dem verständlichen Wunsch des Admirals steht jedoch die Realität des ständig schlechter werdenden Wetters entgegen. Graue Nebelschwaden steigen wie gespenstische Schemen aus der brodelnden See. Die Konturen verschwimmen bald zu einem einzigen Brei, in dem die Schiffe des Verbandes nur noch mit größter Mühe auszumachen sind.

Die Ausgucke starren mit brennenden Augen über die See. Nur ganz vereinzelt reißen die Nebelschwaden in bizarren Fetzen auseinander. Dann erst können die Männer wieder erkennen, wie die Zerstörer mit hoher Fahrt die schweren Schiffe umkreisen.

Unter solchen Witterungsbedingungen ist es nahezu aussichtslos, Ausschau nach feindlichen Fliegern und Wasserfahrzeugen zu halten oder in dieser *Waschküche* gar die verräterische Blasenbahn eines auf sie zulaufenden Torpedos auszumachen.

Der mächtige Leib der *Scharnhorst*, der *Schleswig-Holstein*, der *Schlesien*, der *Prinz Eugen* und der anderen erbebt sich bisweilen unter dem unheimlichen Druck des Wassers, aber unaufhaltsam schieben sich die Dickschiffe weiter durch die aufgewühlte See ihrem Ziel entgegen.

Die Grenadiere und Pioniere haben die Nase voll. Keiner von ihnen ist mehr an Deck zu finden. Die meisten liegen längst in ihren Kojen – einige von ihnen mit leichenblassem Gesicht und schlaffen Gliedern. Sie fühlen sich sterbenselend. Kein Witz und kein Fluch werden mehr laut. Ihnen ist alles egal geworden.

10. März 1943

Nachmittags, Kampfraum Oranienbaum

Der Kaiser steht zusammen mit Generalfeldmarschall von Küchler und Oberstleutnant von Reichenbach in einer vorbereiteten Artilleriebeobachtungsstelle.

Es stehen mehrere Scherenfernrohre bereit. Ein Artillerieoffizier befindet sich ebenfalls in der Stellung und gibt bereitwillig Auskunft über die immer wieder aufbrüllenden Abschüsse der schweren Artillerie aus dem Hinterland. Batterien von 15-Zentimeter-Geschützen, aber auch 21-Zentimeter-Mörsern und schwere Eisenbahngeschütze feuern wieder und wieder auf Widerstandsnester, Bunker und Stellungen im Verteidigungsbereich der Sowjets. Auch nach Oranienbaum hinein orgeln Granaten gegen kriegswichtige Ziele. Ebenso nach Kronstadt und gegen Ziele der Baltischen Flotte fliegen Granaten der Kaliber 28 Zentimeter, 38 Zentimeter und 80 Zentimeter.

Fasziniert beobachtet der Monarch in seinem langen schwarzen Mantel samt schwarzer Schirmmütze das Bild, das sich ihm bietet. Deutlich kann er die Erd-, Schnee-, und Trümmerfontänen der einschlagenden schweren Kaliber erkennen.

Gerade als mit einem urzeitlichen Grollen eine der 80-Zentimeter-Granaten markerschütternd in das Stadtgebiet von Oranienbaum einschlägt, vernimmt Louis Ferdinand I. ein weiteres, aber andersartiges Dröhnen in der Luft. Er blickt hinauf und erkennt einige He 111 und Ju 88 über ihn hinwegfliegen.

»Die Kampfflieger befinden sich auf dem Weg nach Oranienbaum und Kronstadt. Sie tragen spezielle Behälter unter dem Rumpf, gefüllt mit hunderttausenden Flugblättern. Diese enthalten den Aufruf Ihrer Gattin sowie von General Wlassow an die Bevölkerung, das Kampfgebiet zu verlassen, als auch an die Rotarmisten, den Kampf für das Sowjetsystem einzustellen und sich der Russischen Volksarmee anzuschließen.«

Der Kaiser nickt dem Befehlshaber der Heeresgruppe anerkennend zu.

»Darüber hinaus sind Lautsprecherwagen entlang der gesamten Front im Einsatz. Pausenlos spielen sie die gemeinsame Ansprache Eurer Majestät, der Kaiserin, und von General Wlassow ab. Dies wird zur Zersetzung der Kampfmoral des Feindes beitragen und die bereits ungewöhnlich hohe Zahl an Überläufern weiter steigern, da bin ich mir ganz sicher.«

Das Oberkommando der Wehrmacht gibt bekannt

… Im Raum der Heeresgruppe Nord schreitet unsere Offensive zur Befreiung Leningrads planmäßig weiter. Trotz massivster Gegenwehr der Roten Armee vermögen die Kräfte der Wehrmacht, verstärkt durch die Verbände der Russischen Volksarmee und der Legion Italia beträchtliche Geländegewinne zu verzeichnen. Die Zahl der Überläufer aus der Roten Armee wächst in ungeahnte Höhen. In der Luft konnten unsere Jagdfliegerkräfte an einem Tag 24 feindliche Flugzeuge abschießen. Die eigenen Verluste belaufen sich auf nur sechs Flugzeuge, was abermals ein mahnendes Beispiel für die gewaltige Abnutzungsrate des Gegners ist, die dieser unmöglich durchhalten kann.

Deutschen Schlachtfliegerverbänden gelang der Abschuss von 13 feindlichen Panzerkampfwagen sowie die Vernichtung von mindestens 14 Artillerie- und Flugabwehrstellungen.

Die Heeresgruppe Mitte meldet weiterhin keinerlei Feindseligkeiten im Frontgebiet.

Die 1. Panzerarmee setzt zu einem Angriff in Richtung Woroschilowgrad an. Es ist ihr in heldenhaftem Einsatz gelungen, zusammen mit der ungarischen Legion Hunyadi und der rumänischen Legion Decebalus die Stadt Woroschilowka zu erobern.

Die 17. Armee meldete jüngst keine Geländegewinne. Die Stellungen werden ausgebaut und die eigene Position konsolidiert.

Die Bomberoffensive gegen die Logistikzentren und die sowjetische Rüstungsindustrie verläuft weiterhin planmäßig. Im rückwärtigen

*Gebiet der sowjetischen Leningrader Front wurden bei No-
waja Ladoga, Staraja Ladoga und Gorka Bahnhöfe, Gleisanlagen, Stellwerke und Weichenanlagen angegriffen und zerstört. Im Raum Gorki
griffen Kampfgruppen mit He 177 Rüstungsbetriebe an und konnten er-
hebliche Zerstörungen anrichten.*

*Über dem westlichen Reichsgebiet kam es erneut zu Einflügen angel-
sächsischer Terrorflieger. Hunderte von schweren Bombern griffen Essen an. Es gelang den deutschen Nachtjägern, 23 feindliche Bombenflie-
ger über dem Reichsgebiet abzuschießen. Weitere 13 Bomber konnten
noch über dem Kanal und den englischen Flugplätzen abgeschossen werden.*

In der Schlacht um den Atlantik ...

12. März 1943

Morgens, Kampfraum Oranienbaum

»Russen vor uns! Bug-MG Feuer frei! – Sprenggranate, Entfernung 800!«

Mit einem mächtigen Schlag fetzt die Sprenggranate in eine im-
provisierte Stellung der Sowjets, in der eine Gruppe Rotarmisten
sitzt. Auch die Bug-MGs der übrigen Panzer jagen Salven in die
Stellungen. Die Feuerschnüre, jedes fünfte Geschoss ist Leucht-
spur, zischen vor oder in die flachen Gräben.

Funker Peter Schneider sieht eine weitere Gruppe von Rotarmisten über eine flache Wiese auf eine schützende Bodenwelle zulaufen. Er zieht den Abzug durch. Der Feuerstoß lässt den Gegner
zu Boden gehen.

Der zweite Schuss der Tiger-Kanone donnert aus dem Rohr und
wirft Schnee, Dreck und Eis in die Höhe. Wieder rasselt ein Feuerstoß aus dem Bug-MG.

Oberfeldwebel Hermanns sieht, wie eine weitere Gruppe sowjetischer Infanterie von der Flanke her seinen Tiger angehen will,
da setzt plötzlich das Maschinengewehr des Funkers aus.

»Bug-MG klemmt!«, brüllt Schneider.

Sofort lässt Hermanns den Turm, der auf zehn Uhr steht, rotieren und das koaxiale MG rattert.

»Verdammt, Schneider, mach hin! Wir werden eingekreist!«, brüllt Hermanns, als er sieht, wie die Sowjets näher und näher herankommen.

Fieberhaft arbeitet der Funker an der Störung. Er verbrennt sich dabei die Hände am glühend heißen MG-Schloss. Lautes Fluchen und Schimpfen dringen durch den Kampfraum des Tigers, doch letztendlich vermag der Obergefreite die Waffe wieder schussbereit zu bekommen.

»Bug-MG klar!«

Gleichzeitig mit seiner Klarmeldung entsendet das Maschinengewehr einen langen Feuerstoß in den Morgen. Die gegnerische Gruppe, die bis auf 30 Meter an den Tiger herangerückt ist, wird durch das Feuer auseinandergerissen. Ein baumlanger Rotarmist, der ein Bündel Handgranaten in der Faust hält und auf den Panzerkampfwagen zuläuft, um ihn mit dieser geballten Ladung zu vernichten, wirft die Arme hoch und stürzt vornüber auf sein Gesicht. Der 57 Tonnen schwere Tiger rumpelt auf den Verwundeten zu. Hans Klein versucht noch, den Panzer herumzureißen. Doch es ist bereits zu spät. Knirschend rollen die Ketten über den Körper des Verwundeten und pressen ihn in den verschneiten Grund des Bodens.

Klein beißt die Zähne aufeinander. Er spürt den eisenhaltigen, warmen Geschmack von Blut im Mund.

Ein krachender Schlag an der Schürze, die Granaten schon vor der Hauptpanzerung zum Detonieren bringen soll, lässt ihn in blitzschneller Reaktion den Tiger herumwenden. Die nächste, ihnen geltende Granate flitzt unmittelbar hinter dem Heck vorbei und verschwindet im Morgenlicht.

Der Stabsgefreite Hans Klein gibt Gas und der Tiger schnellt förmlich nach der Drehung nach vorn. Die ihnen geltenden Granaten fliegen ins Nichts davon.

12. März 1943

Mittags, Bergen

Kapitänleutnant Wolfgang Friedrichsberger steht am Arsenalkai und überblickt, wie die Mannschaft Munition übernimmt. Dann ruft er seine Offiziere zusammen, um sie über den neuen Auftrag zu informieren.

Die anwesenden Männer fallen aus allen Wolken.

»Was, nach Lorient?«, fragt der IWO ungläubig. »Na, das ist ja mal ganz was Neues.«

Der IIWO, Leutnant zur See Andres Bernau, frohlockt dagegen: »Mensch, Lorient, wie schön. Dann kann ich endlich mal mitreden, wenn mein Schwager mit seiner Frankreichreise protzt.«

»Na, sehen Sie, Kehl. Da haben Sie den positiven Aspekt unserer Reise. So kann man es auch sehen! Aber gegenüber der Besatzung wird kein einziges Wort zum Ziel unserer Reise erwähnt, bis wir die Leinen losgeworfen haben, meine Herren«, verpflichtet Friedrichsberger seine Offiziere.

Zwar arbeiten hier im Arsenal keine norwegischen Hilfskräfte mehr, aber das deutsche Marinepersonal hat in Bergen inzwischen festen Fuß gefasst. Da genügt ein unbedachtes Wort, das zufällig aufgeschnappt wird. Ausgesprochen in einem Restaurant oder Bordell gerät es unvermittelt an interessierte Ohren – und das kann bitterböse Konsequenzen zeitigen.

»Wie bringen wir unsere Kielschweine … Entschuldigung, unsere Badegäste unter?«, will Kehl nun wissen. »Hab' ich da freie Hand?«

Friedrichsberger schaut in seine Namensliste.

»Das sind alles Männer. Die können Sie hinstecken, wo Platz ist. Aber schärfen Sie denen ein, dass sie sich bei Alarm sofort auf ihre Pritschen verkrümeln sollen, damit sie niemandem im Weg stehen!«

»Jawohl, Herr Kaleun.« Kehl quittiert den Befehl mit einem legeren Gruß per Handbewegung an die Mütze.

»Seeklar machen wir, sobald das Gepäck an Bord verstaut ist und wir Torpedos übernommen haben! Die Steuerleute sollen den Kurs bis Sognesjoen festlegen. Wir erwarten eine sternenklare Nacht, da dürfte es ja keine navigatorischen Probleme geben. Noch Fragen?«

Der IWO, Oberleutnant zur See Björn Christian Kehl, hebt die Hand.

»Es ist nichts Fachliches oder Auftragsbezogenes, sondern etwas Persönliches, Herr Kaleun.«

Friedrichsberger kann sich bereits denken, um was es bei dem Anliegen des jungen Offiziers geht.

»Gut, dann bleiben Sie noch. Für die übrigen Herren ist die Besprechung beendet.«

Friedrichsberger wartet, bis sich die Offiziere entfernt haben.

»Ich habe den Adjutanten gefragt, Kehl. Tut mir leid. – Wenn Sie sich mit einer Norwegerin vermählen wollen, brauchen Sie auch unter der neuen Führung eine Heiratserlaubnis und diese schmort anscheinend noch irgendwo auf dem Dienstweg. Wo, das konnte er mir auch nicht sagen. Sie werden sich also gedulden müssen.«

Nach dieser Nachricht sieht der IWO sehr bedrückt aus.

»Das habe ich mir schon irgendwie gedacht. Fria wird über diese deutsche Gründlichkeit nicht sehr erfreut sein und den Kopf schütteln. Hier in Norwegen hätten wir es leichter.«

Kapitänleutnant Wolfgang Friedrichsberger nickt. Was soll er auch sonst tun?

12. März 1943

Nachmittags, Fliegerhorst Gilze Rijen

Unterfeldwebel Helmut Schwarz sitzt vor der Unterkunftsbaracke auf einem Liegestuhl und genießt die Sonne. Er ist nach langer Zeit wieder einmal mit sich selbst im Reinen und zufrieden. In der vergangenen Nacht führte er zum ersten Mal seine Kameraden als Staffelführer in die Schlacht und konnte zwei weitere Abschüsse auf seinem Konto verbuchen. Auch zwei andere Piloten seiner Staffel waren erfolgreich. Nach der Landung teilte ihm der Gruppenkommandeur mit, dass er ihn zum Deutschen Kreuz in Gold einreichen werde. Das bedeutet im Klartext: Sonderurlaub und heim zur Familie! Auch sein Verhältnis zum Gefreiten Liebemann hat sich normalisiert. Sie werden wohl keine Freunde werden, aber sie respektieren einander.

Sein Kamerad Leder schlendert auf Schwarz zu, da erkennt dieser den Gruppenkommandeur aus einer anderen Richtung auf die Baracke zulaufen. Dessen Miene verheißt nichts Gutes.

Hauptmann Dr. Horst Patuschka baut sich Schwarz auf, der etwas erschrocken aufsieht. Der Offizier überreicht dem Flugzeugführer ein Schreiben und klopft ihm auf die Schulter. Danach geht er auf den Hauptgefreiten Leder zu. Leder selbst beobachtet seinen Freund und Kameraden Schwarz. Er erkennt, wie dessen Gesicht fahl wird, wie ihm die Gesichtszüge entgleiten und er scheinbar kraftlos in den Liegestuhl zurücksinkt.

Patuschka stellt sich neben Leder, der ihm einen fragenden Blick zuwirft.

»Der Sohn von Schwarz ist gefallen«, flüstert der Gruppenkommandeur.

Erschrocken schaut Leder seinen Vorgesetzten an. »Der Max?«

»Ja. Er wurde beim letzten Bombenangriff auf Mühlheim mitsamt der restlichen Flakbesatzung verschüttet. Trotz sofortiger Rettungsmaßnahmen konnten er und zwei weitere Flakhelfer nur noch tot geborgen werden.«

12. März 1943

Nachmittags, Kampfraum Leningrad

Die Staffel von Oberleutnant Otto Krüger befindet sich wieder einmal in der Luft. Sie hat den Auftrag erhalten, die Panzerspitze einer Division zu unterstützen, die vor einem kleinen Dorf festliegt, welches in einer Senke liegt. Der Gruppenführer meinte bei der Einsatzbesprechung, dass auf jeden Panzer mit allen möglichen Kalibern gefeuert werde, der am Rande der Senke erscheine. Krügers Verband soll nun die sowjetische Tankabwehr niederkämpfen, um das weitere Vordringen der Bodentruppen zu ermöglichen.

Im Tiefflug dröhnen die Maschinen geschlossen zur Front. Wie die Piloten am Aufzucken der Mündungsblitze aller Art erkennen, tobt wenige Kilometer vor der Stadtgrenze von Leningrad eine heftige Schlacht.

Bauer blickt nach rechts, wo Unteroffizier Johann Thalheimer fliegt. Die übrigen Flugzeugführer der Staffel hängen etwas seitlich und höhenmäßig versetzt hinter ihrem Staffelführer.

Bauer ändert den Kurs und fliegt jetzt nach Osten. Unter ihm erkennt er unzählige Panzer, Schützenpanzerwagen, Panzerspähwagen und anderes Gerät. Immer wieder zucken Blitze aus der Mündung der Kanonenrohre auf.

»Das sind die unseren!«, sagt Leutnant Krüger über Funk, nachdem er die Kampfgruppe eine Weile beobachtet hat.

Unter Krügers Staffel tut sich nun die große Senke auf, an deren rechtem Rand ein paar Panzer brennen. Rauch- und Feuerwolken verfärben den klaren Winterhimmel.

Der Verband steigt etwas höher. Kurz darauf erkennen die Flieger den kleinen Ort. Aus einigen Häusern zucken Mündungsfeuer. Maschinengewehrgarben jagen in gleißenden Ketten durch die Luft. Diese Stellungen scheinen die letzte Verteidigungslinie des Gegners vor Leningrad zu bilden.

»Wir sehen uns den Salat erst einmal näher an«, gibt Krüger an seine Flugzeugführer durch, »dann erfolgen weitere Befehle. Haltet die Augen nach feindlicher Pak offen.«

Sie rasen auf den Ort zu. Dort fällt jetzt kein Schuss mehr. In der Ferne kurven ein paar deutsche Jäger vom Typ FW 190 am Himmel umher, die rote Schlachtflugzeuge angreifen. Weiter nördlich wirft ein Bomberverband seine Last ab. Einschlagpilze wölben sich über die Erde.

Unteroffizier Ludwig Bauer konzentriert sich nun auf die am Rande der Senke liegenden deutschen Panzerwracks. Dann blickt er wieder nach vorn. Die ersten Häuser, dunkel, verfallen und brüchig, befinden sich bereits unter ihm. Der Ort ist gezeichnet von den Spuren eines harten Kampfes. Sturzkampfbomber des Typs Ju 87 flogen kurz vorher bereits Angriffe gegen vermutete Feindstellungen. Neben den Granatlöchern klaffen Unmengen von Bombentrichtern in der Landschaft, die die weiße Schneedecke hässlich pockennarbig erscheinen lässt. Im Nordteil des Dorfes brennen zwei Häuser. Immer wieder platzt die Erde durch Granateinschläge auf.

»Diese Idioten sollen doch eigentlich das Schießen einstellen«, flucht Leutnant Krüger. »So war es schließlich vereinbart!«

»Vielleicht wissen die Brüder überhaupt nichts davon, dass wir in der Gegend herumfliegen«, sagt ein anderer Flieger.

Zu dieser Zeit kreisen die deutschen Schlachtflugzeuge über dem Ort. Rechter Hand zeigt sich ein Panzer am Rande der Senke zwischen Gesträuch, Weiden, Birken und leeren Feldern.

Voraus erkennt Bauer ein hölzernes Gebäude, das ein Schuppen sein könnte. Daneben ragen zerschossene und zerfetzte Birken auf. Aus dem reichlich zerfallenen Schuppen und zwischen den Bäumen zucken feurige Blitze. Leuchtspuren ziehen zu dem Panzer hinüber, der aber nicht getroffen wird. Er verschwindet sogleich wieder.

»Haben Sie das gesehen, Herr Leutnant?«, ruft Unteroffizier Bauer.

»Die alte Bude und die Birken. – Dort befinden sich Pak-Stellungen. Genau vor uns!«

Sie alle fassen die Feindstellung auf. Das Dach des Schuppens ist zerfetzt und aufgerissen, an der Seite klafft ein großes Loch. Bei den Birken meint Bauer nun die Umrisse einer Panzerabwehrkanone zu erkennen. Er sieht zwei Männer, die durch den Schnee rasen und in einem Unterschlupf verschwinden.

»Wenden und angreifen!«, befiehlt Leutnant Krüger.

»Ich fange an, dann kommt Bauer, die übrigen in der befohlenen Reihenfolge.«

Der Verband lockert auf. Krüger fliegt eine Steilkurve und bringt seine Henschel wieder in die Waagerechte. Bauer folgt dichtauf. Die übrigen Flieger gruppieren sich.

Dicht über dem Boden jagt Krüger auf die Birkengruppe zu. Die Maschinegewehre rattern, die Bordkanone hämmert. Die Geschosse jagen genau in die Stellung hinein und dann in das dahinterliegende nächste Ziel. Bretter wirbeln am Haus in die Luft. Die Geschosse reißen die aus Lehm bestehende Hauswand auf. Von den Flanken her werden die Schlachtflugzeuge jetzt aus Maschinengewehrnestern unter Beschuss genommen. Es hört sich an, als würden die Henschel mit Erbsen beworfen, wenn die MG-Salven gegen die dicke Panzerung schlagen.

Als Krüger das Haus überfliegt, entdeckt er ein neues Ziel. Über dem schmalen Weg, der in Richtung der Ortschaft führt, nähern sich vier Reiter auf Pferden, die jeweils ein Geschütz ziehen. Aus dem Verhalten der Sowjetsoldaten schließt Krüger, dass sie noch gar nicht richtig wissen, was in der Senke geschieht. Er nimmt sie ins Visier und drückt auf die Auslöseknöpfe der Maschinegewehre.

Die Pferde bäumen sich auf und werfen ihre Reiter ab. Dann jagen die Gespanne in wilder Panik davon.

»Bauer, achten Sie auf das Pferdegespann!«, ruft Leutnant Krüger seinem Rottenflieger zu.

Bauer erwidert darauf nichts, denn er feuert auf die Stellungen bei den Birken. Dort stürzen Bäume um, Äste und zerfetztes Holz wirbeln durch die Luft. Nun sind die Pakstellungen deutlich zu erkennen. Bauers Feuerstöße zerreißen das Dach des Holzhauses, dann drückt er an und beschießt das Gespann vor einer umgestürzten Kanone.

Die hinter Krüger und Bauer folgenden Flugzeugführer greifen nacheinander an und setzen die erkannten Ziele endgültig außer Gefecht. Danach sammeln sie am östlichen Ausgang der Senke, wenden und gehen wieder zum Angriff über.

Beim Anflug erkennen sie, wie drei Tiger-Panzer am Rande der Mulde erscheinen. Ihre schweren 8,8-Zentimeter-Kanonen feuern nun in die Senke hinein. Auch die Bug-MG jagen Geschosse zum Gegner.

Der Staffelführer gibt die neuen Ziele bekannt. Es handelt sich um drei arg zusammengeschossene Lehmkaten am Ortsrand, aus denen jetzt auf die heranrollenden Tiger geschossen wird.

Krüger fliegt wieder als Erster an. Dieses Mal fliegt er etwas höher, um nicht in die Schussbahn der Panzer zu geraten.

Die in einer Gondel unter dem Rumpf angebrachte 3-Zentimeter-Kanone erschüttert mit ihrem Rückstoß die ganze Maschine. Die Hauswand wird durch die Geschosse förmlich aufgerissen und fliegt in Einzelteilen davon. Durch die Löcher erkennen Krüger und der nach ihm folgende Bauer einen halb eingegrabenen sowjetischen T-34, der auf die deutschen Panzer feuert.

Unteroffizier Ludwig Bauer und die anderen folgen dem Staffelführer. Wenn die Schlachtflieger nicht über dem Ziel kreisen, schießen die deutschen Panzer auf den Feind.

Auf diese Weise werden die Gebäude eines nach dem anderen dem Erdboden gleichgemacht. Die sowjetischen Verteidiger laufen davon oder ergeben sich den vorrückenden deutschen Bodentruppen. Schließlich schweigen die Geschütze. Nur der eingegrabene T-34 wehrt sich noch so lange, bis er durch den Volltreffer einer Panzergranate in die Luft fliegt.

Das Oberkommando der Wehrmacht gibt bekannt

... Die Heeresgruppe Nordland meldet wiederholte Versuche des bolschewistischen Gegners, unsere Linien auszukundschaften. All diese Versuche sind abgeschlagen worden.

Bei der Heeresgruppe Nord schreitet unsere Offensive planmäßig voran. Unsere Truppen stehen vor Leningrad. Beiderseits Oranienbaum ist die Küste der Ostsee erreicht worden, so dass die sowjetischen Verbände in Oranienbaum selbst erneut eingekesselt worden sind. Auch Schlüsselburg ist von der Landverbindung nach Leningrad und zur sowjetischen Wolchow-Front abgeschnitten worden.

Der Artilleriebeschuss des Gegners mit schweren und schwersten Kalibern von bis zu 80 Zentimeter dauert an und es konnten erneut kriegswichtige Einrichtungen vernichtet werden. Auch ist der Beschuss der letzten Einheiten der sowjetischen Baltenflotte durch Eisenbahnartillerie fortgesetzt worden. Auf dem sowjetischen Schlachtschiff Oktjabrskaja Rewoljuzija konnten schwere Treffer erzielt werden, so dass es auf Grund gesetzt werden musste. Auch der schwere Kreuzer Kirow wurde getroffen und stark beschädigt.

Deutschen Schlachtfliegerverbänden gelang die Vernichtung zahlreicher Pak- und Flakgeschütze an der Riegelstellung vor Leningrad. Jagdflieger der Wehrmacht haben bedeutende Luftsiege erzielt und damit die uneingeschränkte Luftherrschaft über dem Kampfraume errungen.

Im Bereich der Heeresgruppe Mitte unternahmen deutsche Stoßtrupps zuletzt örtlich begrenzte Aktionen, die unserer Seite zahlreiche sowjetische Gefangene eingebracht haben.

Im Raum der Heeresgruppe Süd gelang es der 1. Panzerarmee unter Generaloberst Eberhard von Mackensen, die Verbindung zu unseren Truppen in Woroschilowgrad herzustellen. Die Bolschewisten sind ihrerseits jedoch an den Flanken der 1. Panzerarmee zur Offensive angetreten und erhöhen den Druck auf die Deckungskräfte der Panzerarmee. Diese stehen im heldenhaften Abwehrkampf um jeden Meter.

Der 17. Armee unter Generaloberst Ruoff gelingt es, ihre erreichten Positionen zu halten und auszubauen.

Unsere Bomberoffensive an der Ostfront verläuft planmäßig. Kampffliegerverbänden ist die Zerstörung der Bahnhöfe von Rasswet, Pascha und Tscherepowez gelungen. Auch der Binnenhafen von Tscherepowez ist schwer getroffen worden. Es konnten fünf Lokomotiven, 33 Waggons und vier Binnenschiffe zerstört werden.

Deutsche Kampfgruppen, ausgerüstet mit He 177, griffen zuletzt die Rüstungsindustrie rund im Moskau an ...

15. März 1943

Kurz nach Mitternacht, Bergen

Die Übernahme von Munition, Vorräten und anderen Versorgungsgütern nahm mehr Zeit in Anspruch als erwartet. Kapitänleutnant Friedrichsberger beobachtet, wie die angekündigten Passagiere und deren Gepäck endlich das Arsenal erreichen.

»Ach du meine Güte! Was soll das denn? Sperrige Kisten und Koffer! Sind die denn von allen guten Geistern verlassen?«, meint der Kommandant bei diesem Anblick zu seinem IIWO. »Wo soll das denn alles hin?«

Der Zweite Wachoffizier lacht: »Halb so wild, Herr Kaleun! Der Kehl hatte eine Idee und eine pfiffige Lösung gefunden. Er hat aus dem Materiallager einen Stapel Seesäcke organisiert. Was jetzt in den Koffern und Kisten ist, wird in die Seesäcke gestopft und ist dann weniger sperrig. Das spart enorm Platz!«

»Na, ich weiß ja nicht«, bleibt Friedrichsberger skeptisch.

Doch der Kommandant wird sehr schnell eines Besseren belehrt. Fleißig packen die Offiziere mit an, um den Passagieren beim Umpacken zu helfen. Doch nicht alle Koffer dürfen geöffnet werden, dafür sorgen ein paar stets bei den unbekannten Mitfahrern stehende Männer, die dunkle Mäntel tragen und sich nichts anmerken lassen. Sie bestehen darauf, drei ganz bestimmte Kisten und fünf Koffer keinesfalls zu öffnen. Auch gestatten sie allein den Offizieren, den Passagieren beim Umpacken behilflich zu sein. Friedrichsberger wird das Gefühl nicht los, sich mit den Passagieren ganz schöne Schwierigkeiten an Bord geholt zu haben. Die übrigen Kisten und Koffer sind mit Kleidungsstücken, Akten und Ordnern, Blaupausen, kleinen Metallkassetten und seltsamen Gegenständen gefüllt, die Wolfgang Friedrichsberger an Filme für seine Kodak-Kamera erinnern. Von den *Badegästen*, wie Leutnant Bernau die Passagiere nennt, ist offenbar nur einer des Deutschen mächtig. Die anderen Herren hüllen sich in Schweigen.

»Wie viele Torpedos haben wir denn geladen trotz des zusätzlichen Ballastes?«, will nun der Kaleun wissen.

»Wir haben acht Torpedos zugewiesen bekommen und der ganze Kram wird nun auch verstaut«, sagt Bernau.

»Kann man bloß hoffen, dass es nicht wieder ein Haufen Versager sind!«, unkt der IWO, als er sich zu seinen Kameraden gesellt.

Damit spielt er auf die vielen Versager auf ihrer vorletzten Feind-
fahrt an. Soeben wird der letzte *Aal* durch die Luken unter Deck
verladen.

»Der große Löwe hat uns jedenfalls bei der letzten Komman-
dantenbesprechung in Berlin versichert, dass wir uns uneinge-
schränkt auf die Aale verlassen können, auch auf die neuen Modelle«, widerspricht Friedrichsberger dem Oberleutnant.

»Wir werden sehen. Außerdem haben wir keinen Kampfauftrag.
Wir sollen sie erst gebrauchen, wenn es nicht anders geht.«

15. März 1943

Morgens, Hauptquartier Oberbefehlshaber Ost

Generalfeldmarschall von Manstein studiert im Kreise seiner
Stabsoffiziere die überdimensionierte Wandkarte, die die Lage an
der Ostfront darstellt. Zwei Männer stecken rote und blaue Fähnchen an und kennzeichnen damit die aktuellen Entwicklungen.

An der Seite des Oberbefehlshabers der Ostfront befindet sich
zudem ein stämmiger Mann, der eine Generalsuniform mit den
Abzeichen des zaristischen Russlands trägt. Seine markante Nase
und die Hornbrille sind seine Markenzeichen – General Andrei
Andrejewitsch Wlassow.

Im Hintergrund eilen Stabsoffiziere hin und her. Türen werden
zugeschlagen. Ununterbrochen rasselt irgendwo ein Telefon oder
es zirpen die Fernmelder.

»Meine Herren, es ist so weit. Die Entscheidung in dieser
Schlacht steht unmittelbar bevor, die endlich zur Befreiung Ora-
nienbaums, Kronstadts, Schlüsselburgs und vor allem Leningrads
führen wird. Ich gehe davon aus, dass Oranienbaum und Schlüsselburg zuerst fallen werden. Sämtliche dann freiwerdenden Verbände schwenken daraufhin umgehend auf Leningrad ein. Es sollen nur dünne Sicherungskräfte zurückbleiben, um all unsere
Kraft auf die Inbesitznahme Leningrads zu konzentrieren. Die
sowjetische 55. Armee ist bereits schwer angeschlagen, die 42. Armee musste ebenfalls herbe Verluste hinnehmen. Die sowjetische
8. und 23. Armee stehen noch mit Front zur finnischen Südostar-
mee. Generaloberst Dietls Heeresgruppe Nordland hat einige Divisionen freigemacht und führt Fesselungsangriffe durch, um zu

verhindern, dass diese beiden Armeen starke Kräfte nach Leningrad verschieben. Unsere finnischen Verbündeten haben sich darüber nicht sonderlich erfreut gezeigt, doch gestatten wir ihnen im Gegenzug, mit Freiwilligen ›bewaffnete Aufklärung‹ zu betreiben.

Die Flotte von Admiral Kummetz wird noch heute Kronstadt erreichen und mit dem Beschuss der Festung beginnen. Zudem wird sie die Reste der Baltenflotte mit einem konzentrischen Angriff vernichten. Es werden endlich Grenadiere und Pioniere auf die Erstürmung der Festung angesetzt. Herr General Wlassows Propagandaanstrengungen werden ebenfalls unvermindert fortgesetzt, um möglichst viele Rotarmisten zum Überlaufen zu bewegen. Bereits jetzt zeitigt diese Aktion beachtliche Resultate.«

Nun tritt General Wlassow vor und gibt auf Russisch die nächsten Schritte bekannt. Ein Offizier übersetzt simultan.

Es ist geplant, die russischen Divisionen und auch die ostländischen Freiwilligenlegionen an der Spitze der Offensive einzusetzen, um möglichst oft mit dem Gegner in direkten Kontakt zu kommen und ihn auch bei diesen Gelegenheiten zum Überlaufen aufzufordern.

»Generaloberst Model geht davon aus, dass er Schlüsselburg innerhalb eines Tages nehmen wird. Wir werden sehen, ob diese optimistische Einschätzung berechtigt sein wird. Im Kampfraum ist jedenfalls mittlerweile die 999. eingetroffen. Ich denke, der gute Model weiß diese zielführend einzusetzen.« Ein wölfisches Grinsen huscht über von Mansteins Antlitz. »Die 500. Strafdivision steht vor Leningrad und ist Teil der ersten Welle. – So weit die Lage im Norden …«

Von Manstein dreht sich um und blickt in die ernsten Gesichter seiner Stabsoffiziere.

»Meine Herren, haben Sie Fragen?«

Niemand meldet sich.

»Gut, so wenden wir uns der Südfront zu.«

Von Manstein tippt mit einem großen Stock auf die entsprechende Stelle auf der Karte.

»Wie wir sehen, ist es der 1. Panzerarmee von Generaloberst von Mackensen gelungen, Woroschilowgrad zu entsetzen. Doch der Druck auf dessen Flanken nimmt immer weiter zu. Daher werde ich es Generalfeldmarschall von Kleist freistellen, Woroschilowgrad aufzugeben und sich auf eine aus seiner Sicht geeignetere Verteidigungslinie zurückzuziehen.

Der 17. Armee wurde der weitere Durchbruch nach Norden durch erbitterten Widerstand des Gegners verwehrt. Schauen wir auf die Witterung und vor allem auf die gemeldete Ist-Stärke der Armee, ist damit auch nicht mehr zu rechnen. Meine Herren, wir müssen wir uns eingestehen, dass das Unternehmen *Frühlingsgewitter* gescheitert ist. Die Sowjets verfügen über einen riesigen Frontvorsprung im Raum Fodorowka-Woroschilowgrad. Dieser ›Balkon‹ bemisst sich auf eine Länge von beinahe 200 Kilometer, wodurch sich die Gesamtfrontlänge in diesem Kampfraum um 400 Kilometer vergrößert. Zudem bietet der Frontvorsprung den Sowjets ideale Voraussetzungen für eine Sommeroffensive!«

Bedrückendes Schweigen herrscht im Raum. Alle anwesenden Offiziere sind sich bewusst, was eine Frontverlängerung von 400 Kilometer bedeutet – zusätzliche Divisionen zur Abwehr werden benötigt, die anderswo besser eingesetzt werden könnten.

»Doch es gibt auch positive Nachrichten. Unsere Bomberoffensive scheint äußerst erfolgreich zu sein. Sowohl die Logistik als auch die Rüstung des Gegners sind stark in Mitleidenschaft gezogen worden. Wir sehen bereits jetzt, dass der Nachschub von Material und das Verlegen von Verstärkungen an die Front mehr Zeit in Anspruch nehmen. Diese temporäre Schwäche des Gegners müssen wir zwingend ausnutzen!«

15. März 1943

Mittags, Neue Reichskanzlei

Kaiser Louis Ferdinand I. hat sich mit seinen wichtigsten Ministern und seinem politischen Berater Goerdeler im Kabinettssaal versammelt.

»Meine Herren, ich freue mich, Sie alle hier begrüßen zu dürfen. Wir haben Einiges zu besprechen. Als Erstes möchte ich Vizeadmiral Canaris das Wort erteilen.«

Der etwas kleingeratene, doch dafür umso zielstrebigere Geheimdienstchef erhebt sich und beginnt sogleich: »Eure Majestät, meine Herren, die Herren Churchill und Roosevelt haben sich vor einigen Tagen in Casablanca getroffen. Diese Konferenz sollte wohl bereits im Januar stattfinden, doch aufgrund der jüngsten

Ereignisse wurde sie verschoben. Wie dem auch sei, auf dieser Konferenz wurden bedeutende Beschlüsse gefasst.«

Canaris lässt einige Papiere austeilen.

»Wie Sie sehen, haben die feinen Herren beschlossen, dass sie ausschließlich eine bedingungslose Kapitulation von Deutschland und Japan akzeptieren werden. Dies wurde in einer offiziellen Pressekonferenz bekanntgegeben. Zudem konnte unser Agentennetzwerk in Erfahrung bringen, dass ebenso eine kombinierte Bomberoffensive gegen uns beschlossen worden ist. Die Amerikaner wollen fortan tagsüber und die Briten bei Nacht angreifen. Roosevelt fordert zudem weitere Unterstützungsleistungen für die Sowjetunion, doch Churchill konnte sich damit durchsetzen, dass diese Unterstützung an eine sowjetische Kriegserklärung an Frankreich geknüpft sein müsse.«

Nun geht ein Raunen durch den Saal. Sollten die Sowjets dem neuen Verbündeten Frankreich den Krieg erklären, so würde dies mit Sicherheit einige französische Divisionen für die Ostfront bedeuten.

Canaris führt weiter aus: »Durch unsere Offensive bei Leningrad wird der Druck auf Stalin zunehmen. Er braucht die Lieferungen aus dem Westen, also wird ihm nichts anderes übrigbleiben, als dem Drängen nachzugeben. Stalin selbst war bei der Konferenz von Casablanca übrigens nicht anwesend.

Des Weiteren wurden wohl Möglichkeiten für Landeoperationen auf Sizilien, dem Balkan, aber auch an der norwegischen Küste diskutiert, ebenso wie die Möglichkeit, die Türkei in den Krieg zu ziehen.«

Alle Anwesenden blicken nun gespannt auf den Kaiser, der äußerlich unbewegt einen Schluck Kaffee aus seiner Tasse trinkt.

»Nun, so wie ich das sehe, werden wir dafür sorgen müssen, dass vor allem die Franzosen schnellstmöglich aufrüsten. Die französischen Geschwader würden unsere Luftverteidigung verstärken, ihre Divisionen uns den Rücken im Westen freihalten, so dass wir unsere volle Aufmerksamkeit dem Osten zuwenden können. Die Präsenz der französischen Flotte im Mittelmeer erschwert alle Landeoperationen des Gegners dort. Zudem dürfen wir darüber nachdenken, die Japaner zu stärken, um den Gegner zu zwingen, den Fokus seiner Aufmerksamkeit auf den Pazifikraum zu verlegen. – Herr Speer, was können Sie uns über unsere Rüstungsanstrengungen berichten?«

Der Angesprochene blickt auf und öffnet einen Aktenordner.

»Die Serienproduktion der FW 190 C ist planmäßig angelaufen, die der He 280 hat sich um einen Monat verschoben, doch ist sie für April angesetzt, ebenso wie die Serienproduktion des Panzer IV H – das ist jene Ausführung mit abgeschrägten Panzerplatten. Ebenso wird die Serienfertigung des neuen Panzerkampfwagens V im April starten. Es ergaben sich einige schwerwiegende Probleme in der Testung der Prototypen, vor allem mit dem Seitenvorgelege und der Motorkühlung. – Bereits im Februar ist die Fertigung des Sd.Kfz. 164, also der Hornisse, angelaufen und die ersten Exemplare wurden ausgeliefert. Die Umstellung von dem StuG III auf die Fertigung des StuG IV verlief problemlos. Die Produktion des Loses über 90 Stück Sd.Kfz. 184 Elefant wird im Mai abgeschlossen sein. Die ersten Exemplare wurden bereits an das Heer übergeben. Die allgemeinen Produktionszahlen konnten durch Rationalisierung und die Herabsetzung einiger Qualitätsstandards signifikant gesteigert werden. Die Arbeiten an der *Gneisenau* und der *Graf Zeppelin* verlaufen zu meiner Zufriedenheit. Beide Schiffe werden im Juli fertiggestellt sein.

Die Lizenzfertigungen unserer Fahrzeugtypen und Waffen in Italien, Ungarn, Rumänien und nun auch in Frankreich laufen ohne größere Schwierigkeiten an, so dass unsere Verbündeten zeitnah auf deutsches Kriegsmaterial werden zurückgreifen können.«

»Ich danke Ihnen, Herr Speer. – Herr von Neurath, was haben Sie Neues zu berichten?«

Der Reichsaußenminister, der kürzlich von seine Italienreise zurückgekehrt ist, beginnt seinen Bericht: »In der Tat sind die Italiener dem Faschismus überdrüssig. Wichtige Militärs und Politiker rund um das Königshaus wollen Mussolini und seine Kumpanen lieber heute als morgen loswerden. Sie geben den Faschisten die Schuld am Verlust wichtiger Gebiete und Kolonien, da diese Italien in den Krieg gedrängt hätten.«

»Wie sieht es mit ihrer Bündnistreue aus? Müssen wir uns darauf vorbereiten, dass Italien womöglich aus dem Krieg ausscheidet?«, will der Kaiser unverblümt wissen.

Der Reichsaußenminister überlegt kurz.

»Nun, mein Kaiser, wie erwähnt ist der Krieg in Italien nicht populär. Doch durch unsere bereits angelaufene Unterstützung und auch durch das Angebot, der Krone bei der Beseitigung der

Faschisten beizustehen, haben wir einen guten Stand in wichtigen Kreisen. Marschall Badoglio ist überzeugter Monarchist, Marschall Cavallero ist uns sowieso zugeneigt. Wenn wir die italienische Krone unterstützen, so haben wir die Italiener weiterhin auf unserer Seite, da bin ich mir sicher.«

»Nun, Generalfeldmarschall von Witzleben, wie könnten wir die Italiener aus Ihrer Warte unterstützen?«

Der grauhaarige Feldmarschall, seines Zeichens Chef des Stabs im OKW, streckt sich.

»Eure Majestät, die Verbände aus Afrika befinden sich noch immer in Italien. Gewiss fehlt es ihnen an ausreichend schwerem Gerät, denn dieses ist großenteils in Afrika verlorengegangen. Dennoch haben wir die 10., 15., und 21. Panzerdivision vor Ort. Dazu noch die Division Hermann Göring, die Brigade des Generals Ramcke und weitere Truppenkörper. Ich denke, dies müsste reichen, um wichtige Positionen sowie das italienische Hauptquartier zu sichern und auch die Königsfamilie zu schützen. Ich bin zuversichtlich, dass Feldmarschall Rommel entsprechende Pläne ausarbeitet und mit den Italienern abstimmt.«

15. März 1943

Nachmittags, Kampfraum vor Leningrad

Paul Adomeit steht an einem Fenster in einer zerschossenen Bauernkate. Der Wind pfeift kalt durch das zerbrochene Glas. Der Bauer und seine Familie hielten sich zunächst in einem kleinen Hohlraum unterhalb der nahen Scheune versteckt. Adomeit und seine Gruppe entdeckten sie, als sie die wenigen Gebäude nach versteckten Rotarmisten durchsuchten. Die Familie war aufgewühlt und verängstigt. Der Gruppenführer brachte sie zurück ins Haupthaus. Als sie dort auf weitere deutsche Soldaten trafen, gestikulierte der Bauer plötzlich wie wild und wedelte mit einem Papier. Die Bauersfrau warf sich zu Boden und fing bitterlich zu weinen an. Die Tochter, vielleicht 15 Jahre alt, ein bildhübsches, strohblondes Mädchen mit gletschergrauen, wachen Augen, versteckte sich hinter ihrem Vater.

Adomeit sah diesem Treiben so verunsichert wie hilflos zu. Der Gruppenführer, ein älterer Unteroffizier, nahm das zerknüllte

Papier an sich. Es handelte sich dabei um eines der Flugblätter, die zu Hunderttausenden über Leningrad abgeworfen wurden.

Nachdem die Familie einige ihrer Habseligkeiten zusammengepackt hatte, wurde sie zusammen mit dem Verpflegungstrupp nach hinten geschickt. Diese waren froh, dass sie nicht zu Fuß durch die verschneite Landschaft laufen mussten, sondern auf dem Panjewagen des Bauern zurückkonnten. Und der Bauer und seine Familie waren froh, dass sie von deutschen Soldaten begleitet wurden.

Nun hält Adomeit Ausschau nach verdächtigen Bewegungen im Vorgelände und wartet ungeduldig auf die Rückkehr des Verpflegungstrupps. Den Männern in der Kate knurrt der Magen und die Kehle ist trocken. Einige schmelzen Schnee und trinken ihn, obwohl die Vorgesetzten davon abraten.

»Na, Paul, irgendwas Verdächtiges zu sehen?«, stellt sich Unteroffizier Kemp neben seinen Kameraden und klopft ihm kameradschaftlich auf die Schulter.

»Nein, Erich, alles ruhig.«

Seitdem Adomeit den Kameraden aus seinem Schockzustand herausgeholt hat, verwenden sie das freundschaftliche »Du«, wenn sie unter sich sind.

Mit einem Mal ist Getrappel zu vernehmen. Ein lautstarkes »Hurra« erklingt und Adomeit begreift, dass der Verpflegungstrupp zurückgekehrt sein muss. Kemp gibt ihm mit einem Kopfnicken zu verstehen, dass Adomeit abgelöst sei und sich zur Verpflegungsausgabe abmelden könne. Dieser bedankt sich wortlos und eilt aus der Kate auf den Hof. Dort sieht er den Verpflegungstrupp, der große Kanister auf dem Rücken trägt, gefüllt mit Erbsensuppe und Tee. Landser umringen die Männer.

»Langt nur ordentlich zu, Jungs. Das wird eure letzte Mahlzeit in dieser Kate sein. Morgen schmausen wir in Leningrad!«

15. März 1943

Nachmittags, vor Kronstadt

Die Kampfgruppe um das Schlachtschiff *Scharnhorst* hat ihr Ziel endlich erreicht. Die Zerstörer und Torpedoboote fächern aus und begeben sich auf Suchkurs nach etwaigen gegnerischen Unterseebooten. Sie schirmen die Dickschiffe gegen erwartete Angriffe sowjetischer Torpedoboote und Zerstörer ab.

Der Admiral steht auf der Brücke der *Scharnhorst* und blickt mit dem Fernrohr nach Kronstadt und Leningrad hinüber. Undeutlich kann er die Gebäude und auch die schweren Einheiten der Baltischen Flotte erkennen. Die Stadt selbst ist von dunklen Rauchschwaden umhüllt.

»Schiffe klar zum Gefecht! Alle Mann auf Gefechtsstation!«, befiehlt Kummetz

»Feuer frei für schwere Artillerie – vorrangige Ziele für *Scharnhorst*, *Schlesien* und *Schleswig-Holstein* sind die *Marat* und die *Oktjabrskaja Rewoljuzija*. Das Ziel für die *Scheer* und die *Hipper* sind die Küstenbatterien. Die *Prinz* eröffnet das Feuer auf die *Kirow*.«

Noch bevor die schweren Geschütze der deutschen Schiffe eine erste Salve abfeuern, blitzt es bei den Sowjets vielfach auf. Schon wenige Sekunden später schießen in der deutschen Kampfgruppe haushohe Wassersäulen in die Höhe.

Die Befehle des Admirals werden an die Schiffe weitergeleitet. Kapitän zur See Hüffmeier erteilt den Feuerbefehl an den IAO und schon nach kurzer Zeit brüllen die neun 28-Zentimeter-Geschütze der *Scharnhorst* auf, wenige Sekunden später folgen die 28-Zentimeter- und 20,3-Zentimeter-Geschütze der übrigen Schiffe des Kampfverbandes.

Wieder schlagen schwere Granaten zwischen den deutschen Schiffen ein, doch auch dieses Mal wird keines getroffen. Die Deutschen haben gegenüber ihren sowjetischen Pendants den Vorteil, dass sie manövrieren können, während ihr Gegner im Hafenbereich festgenagelt ist.

»Lassen Sie nach feindlichen Flugzeugen Ausschau halten!«, befiehlt Kummetz.

Wieder werden die entsprechenden Befehle von Hüffmeier weitergegeben, obschon am Himmel über Leningrad nur deutsche Flugzeuge zu sehen sind.

Als der Admiral seinen Blick wieder über die Festung Kronstadt schweifen lässt, in der es unablässig durch Einschläge und Abschüsse aufblitzt, trifft es plötzlich und mit elementarer Wucht das Linienschiff *Schlesien*. Der altgediente Kahn wird von einer 30,5-Zentimeter-Granate knapp hinter der Brücke getroffen. Eine meterhohe Flamme steigt empor, Trümmer fliegen über die See. Zwei weitere Granaten schlagen vor dem Bug des Linienschiffs ein, das zur Deutschland-Klasse der alten Kaiserlichen Marine zählt.

Kurz darauf trudelt auch schon die Meldung ein: »Von *Schlesien* – E-Werk Zwo ausgefallen – Wassereinbruch Bug – Backbord.«

Admiral Kummetz schaut zur brennenden und qualmenden *Schlesien* hinüber, die merklich an Fahrt verliert.

»Frerichs soll ausscheren und sich absetzen; wenn möglich soll er das Feuer auf die Festungsgeschütze eröffnen.«

Hüffmeier indes fasst mit dem Glas die schweren sowjetischen Einheiten ins Auge. Sowohl auf der *Marat* als auch auf der *Oktjabrskaja Rewoljuzija* schlagen 28-Zentimeter-Granaten der *Scharnhorst* und der *Schleswig-Holstein* ein. Beide Sowjetschiffe stehen bereits in hellen Flammen, doch die Mehrzahl der Geschütze feuert noch auf die deutschen Einheiten. Dennoch nimmt die Feuergeschwindigkeit merklich ab.

Aber die *Schlesien* ist nicht das einzige deutsche Schiff, das getroffen wird. Auch die *Admiral Hipper* muss einen Treffer von der 30,5-Zentimeter-Artillerie der *Marat* einstecken. Die Granate schlägt in die Barbette des Turms *Bruno* ein und durch die folgende Explosion wird der Großteil der Turmbesatzung getötet. Nur dem schnellen Eingreifen der Leckwehr- und Brandbekämpfungstrupps ist es zu verdanken, dass die *Hipper* nicht durch die Explosion der Munitionskammer in Stücke gerissen wird. Der Turm *Bruno* brennt komplett aus.

Als die *Prinz Eugen* erfolgreich den modernen schweren Kreuzer *Kirow* vernichtet und die Geschütze bereits auf die *Maxim Gorki* umschwenken, eröffnet unerwarteterweise der noch nicht fertiggestellte und beschädigte schwere Kreuzer *Petropawlowsk* das Feuer auf die *Prinz*.

Doch in diesem Augenblick donnert bei den sowjetischen Schiffen eine urgewaltige Explosion auf. Eine Salve der *Scharnhorst* trifft die *Marat* voll, mehrere Granaten durchschlagen die relativ schwache Panzerung und explodieren im Schiffsinneren. Das

25.800 Tonnen schwere Schlachtschiff wird buchstäblich auseinandergerissen. Durch das Periskop im gepanzerten Leitstand erkennen Kummetz und Hüffmeier, wie die tonnenschweren Geschütztürme durch die Luft geschleudert werden und neben dem zerrissenen und auseinanderbrechenden Rumpf ins Wasser platschen.

»Zielwechsel auf die *Petropawlowsk*!«, befiehlt Hüffmeier unverzüglich.

»Meldung von Admiral Scheer – Feind fährt Torpedobootangriff!«

»Feuererlaubnis für Mittelartillerie und schwere Flak!«, kommt sofort die Erwiderung von Admiral Kummetz. Die Order wird schnellstmöglich an die übrigen Schiffe weitergegeben und Kapitän zur See Hüffmeier bellt ebenfalls neue Befehle.

Die deutschen Zerstörer und Torpedoboote stellen sich dem neuen Gegner. Ein ungeheuerliches Feuergefecht entwickelt sich nun, denn die Sowjets haben alle einsatzfähigen Torpedoboote und einige alte Zerstörer ins Gefecht geschickt.

Es ist ein sinnloses, selbstmörderisches Unterfangen, an dessen Ende nur die Vernichtung der sowjetischen Boote stehen kann, doch müssen die deutschen Seeleute ihren sowjetischen Kontrahenten Respekt für dieses todesmutige, ja todesverachtende Unterfangen zollen.

Die kleinen Schiffe der Rotbannerflotte schwärmen aus und nähern sich in Höchstfahrt ihren Zielen. Ihnen schlägt das konzentrierte Abwehrfeuer der deutschen Zerstörer und Torpedoboote entgegen. Immer wieder schlagen die 12,7-Zentimeter- und 10,5-Zentimeter-Granaten in Rumpf und Aufbauten der sowjetischen Angreifer ein. Ein ums andere Mal bleiben Boot brennend und qualmend liegen. Doch gelingt es einigen Angreifern, ihre todbringenden Torpedos auf die deutsche Kampfgruppe abzufeuern. Einer der deutschen Zerstörer fährt unversehens in die Laufbahn eines solchen Torpedos. Genau mittschiffs schlägt der Sprengkörper ein. Eine haushohe Wassersäule schießt empor, gefolgt von einer gewaltigen Detonation, und dort, wo gerade noch ein deutscher Zerstörer fuhr, sind nun nur noch einige Trümmerteile zu erkennen. Ein ähnliches Schicksal ereilt zwei Torpedoboote. Die übrigen Aale schießen weiter auf ihre Ziele zu.

Das Oberkommando der Wehrmacht gibt bekannt

...

Im Raum der Heeresgruppe Nordland gehen unsere Truppen mit heldenhaftem Einsatz zu begrenzten Offensivhandlungen gegen die nördliche Kesselfront von Leningrad vor. Es konnten Geländegewinne erzielt werden.

Die Verbände der Heeresgruppe Nord bereiten sich entschlossen auf den Vorstoß in die Innenstadt von Leningrad vor. Deutsche Artillerie feuert auf erkannte Ziele innerhalb des Stadtgebietes.

Oranienbaum steht kurz vor der Befreiung durch Truppen des III. Luftwaffen-Feld-Korps und Teilen des XXVI. Armeekorps.

Truppen der 9. Armee unter Generaloberst Model sind in Schlüsselburg eingedrungen und packen den Gegner im Straßen- und Häuserkampf.

Über dem Kampfraum Leningrad kam es wiederum zu starken Luftkämpfen. Unsere Jagdfliegerkräfte melden den Abschuss von 48 feindlichen Flugzeugen.

Der Kriegsmarine gelang es in einem gewagten Unternehmen, die sowjetische Baltenflotte zu vernichten. Dazu zählen die Schlachtschiffe Marat und Oktjabrskaja Rewoljuzija sowie die schweren Kreuzer Kirow, Maxim Gorki und Petropawlowsk als auch zahlreiche Zerstörer, Torpedoboote, Unterseeboote und kleinere Einheiten. Dem Russen ist damit die Möglichkeit genommen, in der Ostsee zu operieren.

Die Kriegsmarine verlor bei diesem Unternehmen das alte Schlachtschiff Schlesien, deren Besatzung bis zuletzt Übermenschliches geleistet hat. Der schwere Kreuzer Admiral Hipper wurde schwer, der schwere Kreuzer Prinz Eugen leicht beschädigt. Darüber hinaus gingen zwei Zerstörer und fünf Torpedoboote verloren. Dies sind geringe Verluste in Anbetracht des überwältigenden strategischen Sieges.

Verbände der Heeresgruppe Mitte senden Stoßtrupps aus und konnten erneut Gefangene und Überläufer einbringen.

Im Operationsgebiet der Heeresgruppe Süd zieht sich die 1. Panzerarmee nach Aufnahme der Besatzung der Festung Woroschilowgrad wieder auf ihre alten Stellungen zurück.

Der 17. Armee gelang es, ihre Stellungen gegen sowjetische Angriffsversuche zu halten.

Unsere Kampffliegerkräfte setzen ihre Bombenoffensive im Osten fort. Es wurden Bahn- und Brückenanlagen bei Awrowo, Syasstroy, Issad und Hwalowo angegriffen und zerstört. Die Sowjets verloren vier Lokomotiven mit 21 Waggons, beladen mit schwerem Kriegsgerät. Etliche

Gleisanlagen wurden durch Bombenwurf unterbrochen. Der Transport aus dem rückwärtigen Gebiet der Wolchow-Front kam fast vollständig zum Erliegen. Kampfgruppen mit He 177 griffen erneut Schlüsselindustrieanlagen im Raum Moskau an und konnten mehrere Fabriken schwer treffen.

Erneut haben alliierte Terrorbomber …

16. März 1943

Morgens, Kampfraum Oranienbaum

Meter um Meter gewinnen sie an Gelände. Der Widerstand des Gegners lässt spürbar nach. Nur ab und an versucht er noch halbherzig, eine Linie zu halten. In unaufhaltsamer Fahrt rollen sie weiter. Panzer und Infanterie des Gegners bleiben auf Straßen, Erdwällen und in Häusern liegen. Doch sie rollen weiter, rollen in die Stadt hinein. Mit ihnen rücken deutsche Grenadiere und Pioniere vor.

»Achtung, der Gegner hat sich an der vorderen Straßenkreuzung erneut festgesetzt!«, erklingt nun der Warnruf des Kompaniechefs durch die Kopfhörer.

Der glühende Streifen einer feindlichen Pakgranate und Leuchtfäden von Maschinengewehren flitzen ihnen von der besagten Kreuzung her entgegen. Nacheinander bleiben nun die Tanks der schweren Panzerkompanie der Reichsgrenadier-Division Hoch- und Deutschmeister stehen und feuern auf die Häuser, die unter den Einschlägen der Granaten auseinanderbrechen.

»Sprenggranate in die Keller setzten!«, befiehlt Oberfeldwebel Hermanns.

Die erste Sprenggranate, die der Stabsgefreite Franz Breitfelder durch einen Knopfdruck aus dem Rohr jagt, zerberstet unmittelbar über einer Kelleröffnung, aus der ihnen gerade noch MG-Feuer entgegenschlug, das den hinter ihnen vorgehenden Grenadieren galt, welche sich sprungweise im Schutze der Panzer vorarbeiten. Der zweite Schuss bringt das eingebaute sMG der Rotarmisten zum Schweigen. Splitter und Mauerreste fliegen umher.

Der knallende Aufschlag einer Granate aus einer Panzerabwehrkanone erklingt.

Oberfeldwebel Willi Hermanns versucht den neuen Gegner zu entdecken. Doch erst, als es abermals vor ihm aufblitzt und ein weiterer Treffer an der Frontpanzerung des Tiger-Panzers abprallt, erkennt er den Standort des Geschützes hinter einem niedergebrochenen Gebäude. Über die Trümmer ragt einzig das Geschützrohr der Pak heraus.

»Turm 13 Uhr – Panzergranate – Entfernung 350 – Feuer!«

Unter dem Einschlag der Granate zerplatzt ein Mauerrest vor dem Geschütz.

Plötzlich sieht Schneider aufspringende Gestalten zur Seite rasen. Mit ratternden Feuerstößen beginnt das Bug-MG zu feuern. Wieder bricht eine Flammenlanze aus dem Panzerabwehrgeschütz hervor.

»Rechts anziehen! – Überrollen!«

Jäh schwingt der Tiger herum und rollt auf das Geschütz zu. Hermanns erkennt die unförmigen sowjetischen Stahlhelme der Bedienung. Er glaubt, die schreckensgeweiteten Augen, die panischen Gesichter der Männer zu sehen.

Noch 50 Meter. Erneut feuert das Geschütz. Die Granate zischt unmittelbar am Turm des Tigers vorbei. Dann hat der 57 Tonnen schwere Panzerkampfwagen den Gegner erreicht.

Die Ketten mahlen rasselnd durch den Schutt. Der Bug des Tigers trifft auf das Geschütz. Im Bruchteil einer Sekunde erkennt Hans Klein ein paar verzerrte Gesichter. Dann ist der tonnenschwere Koloss über dem 5,7-Zentimeter-Geschütz und zerdrückt alles, was unter seine Kette gerät, zu Trümmern und Brei. Ein fürchterliches Reißen, Knacken und Bersten bestimmten die Geräuschkulisse.

Klein beißt die Zähne aufeinander. Das Grauen packt ihn. Jäh reißt er die Steuerung herum, als eine Wand vor ihm auftaucht.

Rechter Hand ertönen die schmetternden Abschüsse der anderen Panzer der Kompanie.

»Achtung – Feindpanzer – Entfernung 300 – Hinter dem roten Haus – Zwölf Uhr!«

In dem Augenblick, als der Feindpanzer seine Stirn hinter der Hauswand hervorschiebt, stoppt Hermanns Tiger. Die Granate verlässt das Rohr und flitzt dem Gegner entgegen. In einem grellen Blitz, dem eine schwarze Rauchwolke folgt, bleibt der Feindpanzer liegen. Dann sind sie über die Kreuzung hinweg.

Rotarmisten springen aus einer Haustür und sprinten zur Seite. Rasselnd setzt das Maschinengewehr ein. Bei einem Rundblick sieht Hermanns, wie einer der deutschen Tiger brennt. Dicker Qualm kräuselt sich zu einem dunklen Ausrufezeichen in den Himmel empor.

Scharf anziehend rollt der Panzer der Besatzung Hermanns an ein Haus heran. Mit hartem Schlag, der die Männer im Inneren des Stahlkolosses gegen die Wände und Gerätschaften wirft, kracht die linke Seite der Wanne in die Hauswand hinein. Mit fürchterlichem Bersten bricht der Giebel herunter. Sie hören Gesteinsmassen auf den Turm fallen.

16. März 1943

Mittags, Textilfabrik Rotes Banner, Leningrad

Unteroffizier Danielo Tomasi lehnt an der Wand. Sein Atem geht schnell. Der Schweiß läuft ihm in Strömen den Körper hinunter. Ein Blick um die Ecke. Schon schlagen Geschosse in den Putz der Wand. Schnell zieht der Legionär den Kopf ein, strafft den Kinnriemen des Helms, holt aus und wirft eine Handgranate um die Ecke.

»Auf!«, brüllt Feldwebel Mario Esposito.

Fünf Mann rennen los, feuern und werfen weitere Handgranaten. Eine Garbe aus einer sowjetischen MG-Stellung erwischt die letzten beiden Soldaten. Sie stürzen aufs Pflaster einer der unzähligen Straßen Leningrads und rufen lautstark nach den Sanitätern.

»Verdammt! Wir kommen einfach nicht an die Stellung ran!«, flucht Esposito, als er einen Mauerrest erreicht und sich dahinter kauert, und spuckt auf die schmutzige Straße. Tomasi ist bei ihm und spürt die Einschläge der Salven in die andere Seite des Mauerrestes.

»Dieses verfluchte MG-Nest deckt alles ab. So packen wir es niemals, den Komplex zu nehmen, Herr Feldwebel!«, erwidert Tomasi.

»Wir gehen hier in Stellung und warten weitere Befehle ab. Das Ding muss doch zu knacken sein!«, meint Esposito.

Der Industriekomplex Leningrads ist ein weiträumiges Gelände, bestehend aus zahlreichen Gebäuden, Schuppen und Hallen. Ein großer Schornstein überragt alles. Genau diesen nutzen vorgeschobene Beobachter der Roten Armee, die ihre Artillerie von dort aus zielgenau ins Ziel lenken.

Hauptmann Masimo Moretti, der Kompaniechef, kommt in die Stellung gesprungen. Schnell instruieren Esposito und Tomasi ihn über die Lage.

Ein Melder wird zurückgeschickt und nach ungefähr einer halben Stunde rumpeln drei Fiat-Ansaldo L6-Panzer über die Straße. Die leichten, gerade einmal knapp sieben Tonnen schweren Kampfwagen verfügen über je einen Wurfrahmen 40 für 28-Zentimeter- und 32-Zentimeter-Raketen. Zwei Soldaten steigen aus. Tomasi eilt auf des Hauptmanns Befehl hin ihnen entgegen, um sie einzuweisen. Er erreicht die drei Fahrzeuge unbeschadet, auch wenn neuerliches MG-Feuer in die Straße einschlägt. Nun sieht er ein viertes etwas weiter hinten stehen. Dieses zieht einen Anhänger, auf dem wohl Ersatzraketen liegen.

»Der große Schornstein muss weg! Schafft ihr das mit euren Werfern?«, sagt Tomasi zu den Kameraden.

»Das wird nicht möglich sein. Mit unseren Steilfeuerwaffen ist das nicht durchführbar, Unteroffizier!«, antwortet der Batteriechef.

»Versuchen Sie es trotzdem, bitte. Wir müssen diesen Komplex haben und dieser verdammte Schornstein sitzt uns wie ein Stachel im Fleisch!«

»Wenn wir nicht treffen, provozieren wir dadurch mit hoher Wahrscheinlichkeit gegnerisches Artilleriefeuer. Solche Ziele sind nur im direkten Beschuss auszuschalten, Unteroffizier.«

Moretti hat mitbekommen, dass seine Männer diskutieren, und spurtet deshalb selbst zu den Panzern. Er hat die letzte Äußerung des Batteriechefs gehört.

»Wir haben aber nichts anderes hier!«, donnert seine Stimme auf Italienisch. »Sie müssen!«, schiebt er noch hinterher.

Es ist ein verzweifelter Versuch.

Nach wenigen Minuten fauchen auch schon die Raketengeschosse mit langen Feuerschweifen zu den Sowjets hinüber. Krachend schlagen die Raketen vor, neben und hinter dem großen Schornstein ein, zerlegen Teile der Fabrikanlage, doch keine trifft das Ziel direkt.

Der Batteriechef behält Recht. Der Schornstein wird auch nach der zweiten Salve nicht zerstört, dafür liegt schon bald Artilleriefeuer auf den deutschen Stellungen. Die Werfer ziehen sich rumpelnd wieder zurück.

Die Männer um Esposito und Tomasi liegen hinter einer kleinen Mauer oder hinter halb zerfallenen Wänden. Zu beiden Seiten der Straße, die an dem Industriekomplex vorbeiführt, gibt es nicht genügend Deckungen, um sich zu nähern, ohne von sowjetischen MG-Schützen in Stücke gerissen zu werden.

»Jetzt eine Pak oder wenigstens eine Flak, dann könnten wir die verdammten MG-Nester ausheben und den Schornstein mitsamt der Fabrik stürmen!«, sagt Luigi Salva.

Doch nichts dergleichen haben sie zur Verfügung.

Dafür erhalten sie den Befehl, sich einzugraben.

16. März 1943

Nachmittags, Leningrad

Wolkow und seine Männer eilen eine breite Straße entlang. Aus der Hüfte heraus feuern sich auf zurückweichende Rotarmisten. Als sie eine weitere Kreuzung erreichen, schlägt ihnen Abwehrfeuer aus einem gegenüberliegenden Haus entgegen.

Wolkow und Koslow schnellen zur Eingangstür eines dreistöckigen Gebäudes. Hinter sich hören sie, wie einer ihrer Kameraden schreit, doch wenige Augenblicke später ist er verstummt.

Mit einem kräftigen Tritt verschafft sich Wolkow Zutritt zum Gebäude, die Holztür zersplittert.

»Los, hoch hier. Aber Vorsicht! Vielleicht haben sich Rote verschanzt!«

Sie eilen eine Steintreppe hinauf und mit dem Kolben seines Nagant-Gewehrs schlägt der russische Unteroffizier die Wohnungstür auf. Zweimal muss er ausholen, bevor die einfache Holztür nachgibt. Die zehn Soldaten seiner Gruppe stürmen in die Wohnung. Nach kurzer Zeit wissen sie, dass sie leer ist. Nur Hausrat und Kleidung liegen wüst in den Zimmern verteilt.

Wolkow platziert sich hintere einem Fenster, welches zur Kreuzung hinausweist.

Als er vorsichtig hinausspäht, sieht er, wie zwei Selbstfahrlafetten auf T-26-Fahrgestellen die Straße entlang rollen. Auf die Fahrgestelle wurden alte 7,5-Zentimeter-Kanonen aus französischen Beutebeständen gesetzt. Nach drei Seiten weisen die Fahrzeuge Schutzschilde für die Besatzung auf. Doch nach hinten und vor allem nach oben ist der Kampfraum offen. Und genau dies soll der Besatzung noch zum Verhängnis werden. Die Fahrzeuge bleiben vor der Kreuzung stehen und feuern Sprenggranaten in die gegenüberliegenden Gebäude. Staub, Schnee und Mauerstücke werden herumgewirbelt. Hinter ihnen gehen Gruppen russischer Soldaten vor.

Nachdem jedes der Fahrzeuge drei Granaten in die Häuser gesetzt hat, rücken sie wieder an und tasten sich weiter vor. Die Gefahr scheint gebannt, denn kein Schuss fällt mehr aus den gegenüberliegenden Gebäuden.

Scheinbar können die Selbstfahrlafetten die Kreuzung gefahrlos passieren und auch an den ersten Gebäuden vorbei, da fliegen lautlos vier Brandsätze aus den Fenstern. Noch ehe jemand reagieren kann, zerplatzt je eine der Brandflaschen in den Kampfräumen und die übrigen zerspringen auf der Straße inmitten der Infanteriegruppe.

Die Wirkung ist verheerend. Die brennenden Besatzungen springen schreiend aus den Kampfräumen. Russische Infanteristen wälzen sich auf der Straße.

Wolkow hat Mühe, sich von diesem schaurigen Bild zu lösen, doch er schafft es. Neben sich hört er Glas zerspringen. Einer seiner Männer bringt ein deutsches MG 34 in Stellung und beginnt damit, die Fenster des gegenüberliegenden Hauses, aus dem die Flaschen geflogen kamen, zu bestreichen. Andere feuern ihren Karabiner auf die vermutete Feindstellung ab.

»Koslow, Ivanow, Novikov! Los, mir folgen! Der Rest behält die Fenster im Auge und feuert auf erkannte Ziele!«

Die vier Soldaten der Russischen Volksarmee hetzen aus der Wohnung und die Steintreppen hinunter. Als Wolkow vor der zersplitterten Eingangstür steht, blickt er vorsichtig ins Freie, kann aber keine Gefahr erkennen.

»Los! Rüber!«

Schnell eilen sie geduckt über die Straße und hören neben den allgegenwärtigen Geräuschen des Kampfes auch das leise Zirpen in nächster Nähe umherfliegender Kugeln. Der russische

Unteroffizier drückt sich an eine kalte, graue Hauswand. Über sich erkennt er, wie die Salven und Kugeln seiner Kameraden in die Fenster einschlagen.

Er macht eine Stielhandgranate scharf und wirft sie um die Gebäudeecke. Als sie explodiert, zerstört sie auch die Eingangstür des Hauses. Die vier Männer stürmen hinein und eilen sogleich die Treppe hinauf.

Sie hören Geschrei und Diskussionen auf Russisch.

Wolkow zeigt mit dem Finger auf sein Ohr und danach bedeutet er seinen Kameraden wortlos, leise zu sein.

Der Unteroffizier und Koslow schleichen Stufe um Stufe hinauf, die beiden anderen sichern den Flur. Im zweiten Stockwerk ist die Wohnungstür bereits geöffnet.

»Kameraden! Nicht schießen! Hier sind Soldaten der Russischen Volksarmee!«, ruft Wolkow auf Russisch. Sowohl die Schüsse als auch die Gespräche verstummen augenblicklich.

»Kameraden! Lasst uns einander nicht bekämpfen!«, versucht es Wolkow erneut, als er keine Antwort erhält.

Nach wenigen Augenblicken erschallt es aus der Wohnung ebenso auf Russisch: »Wer bist du?«

»Ich bin Unteroffizier Nikolai Iwanowitsch Wolkow von der 1. Schützendivision der Russischen Volksarmee des Generals Andrei Andrejewitsch Wlassow!«

Wolkow vernimmt halblautes Getuschel. Danach ertönt erneut eine Stimme. »Wir haben einen Politkommissar hier. Er fürchtet erschossen zu werden!«

»Nein, auch er kann zu uns kommen!«, gibt Wolkow voller Überzeugung zurück.

»Was ist mit den Offizieren? Uns wurde gesagt, sie werden sofort an die Wand gestellt!«

»Nein, auch sie werden gut behandelt und können später mit gleichem Rang in der russischen Armee dienen, wenn sie es wollen.«

Wieder geschieht lange nichts, doch dann hört Wolkow die Schritte vieler Männer. Ungläubig mustert er dann diejenigen, die aus der Wohnung treten. Neben einigen anderen Offizieren steht er tatsächlich einem sowjetischen Oberst und einem Politkommissar im Rang eines Oberleutnants gegenüber.

Insgesamt handelt es sich um 26 Mann. Wenn Wolkow überlegt, dass er in diesem Haus nur drei Kameraden an seiner Seite weiß,

wird ihm etwas übel. Die Sowjets werden hinausbegleitet und in
das zuvor eroberte Haus geführt.

16. März 1943

Nachmittags, Leningrad

Die Männer von Esposito werden von einer Einheit der Pionierkompanie ihrer Legion abgelöst. Die Legionäre sollen zu einer
Sammelstelle abrücken. Dort erfahren sie, dass sie im Verbund
mit einigen Sturmgeschützen mit Wucht gegen die Sowjets vorgehen sollen. Über die Flanke soll der Angriff und der Einbruch
in die feindlichen Stellungen gelingen und dies die Verteidigung
des Gegners aus den Angeln heben. Für dieses Vorhaben stehen
vier italienische Sturmgeschütze des Typs M 42 zur Verfügung.
Die Sturmgeschütze walzen durch den Schneematsch, dicht gefolgt von den Grenadieren, die zugweise vorrücken.

Der Kampf beginnt. Abschuss auf Abschuss ertönt nun aus den
Rohren der italienischen Sturmgeschütze. 7,5-Zentimeter-Grana-
ten fliegen auf den Feind zu. Die Richtschützen treffen gut und
die Angriffsspitze schiebt sich langsam vor. Doch der feindliche
Widerstand bleibt stark. Sowjetische »Ratsch-Bumm« und Artillerie sorgen bald für die ersten Ausfälle. Eines der Sturmgeschütze
wird von einem der gefürchteten 7,62-Zentimeter-Geschütze erwischt. Der Fahrer wird von der Granate, die die Frontpanzerung
durchschlägt, umgehend getötet. Die beiden anderen Männer der
Besatzung können rechtzeitig ausbooten.

Salva liegt neben Tomasi auf dem nassen Untergrund – seine
Uniform hat sich bereits vollgesogen und ist nun gefühlt doppelt
so schwer.

»Verflucht nochmal, elendige Geschütze!«, macht er sich Luft.

Die Italiener haben bald noch mehr Verluste zu beklagen, arbeiten sich jedoch immer weiter vor. Die Grenadiere stürmen schließlich die Wirtschafts- und Verwaltungsräume und Hallen der großen Fabrik. Die drei Sturmgeschütze müssen die vorgeschobenen
Beobachter der Sowjets förmlich aus dem Schornstein herausschießen.

Tomasi und seine Gruppe hetzen in eine kleine Werkstatt. Hinter umgeworfenen Werkbänken haben sich Sowjets verschanzt und feuern auf alles und jeden. Nachdem die Italiener unzählige Handgranaten geworfen haben, ergeben sich auch hier die letzten ausgelaugten und blutüberströmten Rotarmisten.

Eine andere Gruppe hat weniger Glück. Als sie ein Kellergewölbe unter einer Montagehalle säubert, sprengen sich die dort versteckt lauernden sowjetischen Soldaten in die Luft. Dadurch fallen nicht nur sie, sondern auch die Italiener. Die Legionäre müssen sich mühsam und blutig von Raum zu Raum vorwärtskämpfen.

Das Oberkommando der Wehrmacht gibt bekannt

… Die Verbände der Heeresgruppe Nordland melden weitere Geländegewinne, während der bolschewistische Gegner in verzweifelten Aktionen Kräfte an die Leningrader Front verschiebt oder über den noch immer gefrorenen Ladogasee evakuiert.

Im Raum der Heeresgruppe Nord gehen die Kämpfe um Leningrad unvermindert weiter, doch ist die Kampfmoral der sowjetischen Verteidiger gebrochen. Unsere Truppen können in allen Stadtteilen unter heldenmütigem Einsatz vorrücken. Die Verluste der Roten Armee steigen ins Unermessliche.

Dem XXVI. Armeekorps ist es gelungen Oranienbaum einzunehmen. Dieser Erfolg setzt weitere Kräfte frei, die in den Kampf um Leningrad eingreifen können.

Nach massivem Beschuss durch die Kampfgruppe des Admirals Kummetz und einem Sturmangriff durch Grenadiere und Pioniere konnte die Besatzung der Festung Kronstadt zur Aufgabe gezwungen werden.

Der 9. Armee gelang die endgültige Säuberung von Schlüsselburg. Sie verstärkt nun die Front zur sowjetischen Wolchow-Front.

Deutschen Kampf- und Schlachtfliegerverbänden gelang es, zahlreiche Kolonnen des Gegners auf dem Ladogasee anzugreifen und zu vernichten. Sowjetische Kampfflugzeuge sind kaum mehr über dem Raum Leningrad aktiv, sondern versuchen vergeblich die Evakuierungsmaßnahmen abzuschirmen.

Aus dem Bereich der Heeresgruppe Süd sind keine nennenswerten Kampfhandlungen zu vermelden.

Unsere Bomberoffensive im Osten geht unvermindert weiter. Es wurden erneut Bahnhöfe in Usadische, Mehbaza und Krasawa bombardiert. Der Hafen von Swiritsa wurde ebenso angegriffen und es konnten mehrere Frachtschiffe des Gegners versenkt oder beschädigt werden. Eine Kampfgruppe von Heinkel He 177 unter Führung von Major Werner Baumbach griff äußerst erfolgreich Rüstungsbetriebe im Raum Gorki an. Es konnten mehrere schwere Treffer erzielt werden, unter anderem in einem Betrieb, in dem auch Getriebe für den Kampfpanzer T-34 produziert werden.

In der Schlacht um den Atlantik ...

21. März 1943

Morgens, Neue Reichskanzlei

Louis Ferdinand I. sitzt wieder einmal zusammen mit Generalfeldmarschall von Witzleben im großen Arbeitszimmer. Soeben bringt eine Ordonanz frischen Kaffee. Der Stabschef des OKW breitet eine Karte von Leningrad aus, um den Kaiser über die jüngsten Lageentwicklungen aufzuklären.

»Wie Eure Majestät sehen können, ist es nur noch eine Frage von Stunden, vielleicht von einem Tag, bis Leningrad endgültig fällt. Ein entscheidender Faktor war, dass die Sowjets, nachdem ihre Winteroffensive zum Erliegen gekommen war, es nicht vermochten, ihre neu gewonnenen Stellungen schnell genug zu befestigen, so dass wir diese mit Beginn unseres Angriffes einfach überrollen konnten.

Auch die Bomberoffensive hat sich sehr schnell bemerkbar gemacht, denn durch die Bombardierung des Logistiknetzes – Bahnhöfe, Stellwerke, Binnenhäfen und Gleisanlagen – sowie der gezielte Angriff auf Lokomotiven und Waggons lähmen wir die Fähigkeit des Gegners, Verbände zu verschieben und Verstärkungen an die Front zu führen.

Die Angriffe auf die Rüstungszentren in Moskau und Gorki entfalten ebenfalls ihre Wirkung, denn der Roten Armee mangelt es bereits an Lastkraftwagen und Panzern. In Gorki und Moskau werden Komponenten für den T-34 hergestellt. Auch wenn dieser Tank in Rüstungsbetrieben hinter dem Ural endmontiert wird, ohne Getriebe fährt der auch nicht!

Es gibt noch vereinzelte Widerstandsnester im Kampfraum Leningrad, die größtenteils von NKWD-Truppen unterhalten werden. Es ist nicht zu erwarten, dass wir sie zum Überlaufen oder zur Kapitulation bewegen können. Aber General Wlassow tut, was er kann. Ohne seine Zersetzungsarbeit am Gegner wäre dieser Erfolg bei Leningrad vielleicht gar nicht möglich gewesen«, gibt von Witzleben unumwunden zu. »Auch die Brandenburger haben Großes geleistet mit der handstreichartigen Inbesitznahme wichtiger Brücken und mit ihren Sabotageunternehmungen im Hinterland des Feindes.«

»Wlassows russische Einheiten halten sich im Allgemeinen recht gut und auch Feldmarschall von Küchler hat sich durchweg positiv geäußert. Generaloberst Keller ist zudem mit den Leistungen der russischen Luftwaffenverbände zufrieden.

Feldmarschall von Rundstedt und ich sind daher der Meinung, dass wir durchaus empfehlen können, den Aufwuchs der Russischen Volksarmee voranzutreiben.«

Der Regent hört genau zu und studiert interessiert die große Karte, auf der ein wirres Durcheinander von roten und blauen Fähnchen und Pfeilen herrscht.

»Ich danke Ihnen für Ihre Einschätzung, Herr von Witzleben. Ich werde Ihre Worte an General Wlassow übermitteln. Wollen wir hoffen, dass die endgültige Eroberung Leningrads nicht mehr lange auf sich warten lässt und nicht noch mehr Blut kostet.«

21. März 1943

»Los, alles fertigmachen zum Angriff!«, donnert die Stimme des Feldwebels Stein.

Die Grenadiere, unter ihnen auch der Soldat Paul Adomeit, bereiten sich innerlich darauf vor, einen der letzten, aber wohl auch am stärksten befestigten Verteidigungspunkte in Leningrad zu erobern.

Wieder donnern unzählige Raketengeschosse über die Köpfe der Soldaten hinweg und schlagen in einer beeindruckenden Flächenwirkung bei den Sowjets ein. In einigem Abstand sind Panzer und Sturmgeschütze aufgefahren und feuern auf erkannte Ziele. Selbst leichte und schwere Infanteriegeschütze werden für den direkten Beschuss aufgeboten.

Die Fassade des *Hauses der Sowjets* zeigt bereits Anzeichen schwerster Treffer. Adomeit überblickt kurz den gigantischen Moskauer Platz vor dem ebenso gigantischen Gebäude. Er bietet kaum Deckung für den bevorstehenden Sturmlauf.

Noch unter dem Feuerschutz der Panzer, Sturmgeschütze, Artillerie- und Infanteriegeschütze stürmen die Landser los. Granatwerfer feuern Nebelgranaten auf den Platz, so dass die Soldaten des Infanterie-Regiments 30 (mot.) der 18. Infanteriedivision (mot.) wenigstens etwas Sichtschutz vor dem Feuer der sowjetischen Verteidiger genießen. Dennoch peitschen die Kugeln der Rotarmisten den Landsern um die Ohren, Querschläger zirpen über die Steine des Platzes. Unter dem Beschuss des Feindes rennen, rutschen und gleiten die Grenadiere der Sturmgruppen vorwärts. Sie nutzen jeden Granattrichter aus, der sich ihnen bietet, und arbeiten sich unter wütendem Abwehrfeuer mit verbissener Entschlossenheit voran.

Dann haben sie es geschafft, sind aus dem direkten Wirkungsbereich der Infanteriewaffen heraus, doch unzählige Kameraden liegen auf dem Moskauer Platz, schreien nach den Sanitätern, den Kameraden, der Mutter. Viele sind hingegen stumm und reglos.

Feldwebel Stein sucht den Blickkontakt mit seinem Kompaniechef und findet ihn schließlich. Sie kommunizieren kurz per Handzeichen. Stein zückt die Leuchtpistole und feuert einen Schuss Stern-Weiß in die Luft: das Zeichen für die Kameraden, das direkte Feuer einzustellen, denn noch immer schmettern Granaten unterschiedlichster Kaliber in die Fassade des riesigen Gebäudes, in dem sich der Feind verbarrikadiert hat.

Aus dem Haus der Sowjets hämmern zudem unablässig die Maschinengewehre und sogar eingebaute Pak- und Flakgeschütze auf die Deutschen.

In Schritttempo rollen nun einige Panzer IV über den Platz, dicht darauf folgen Gruppen von Landsern, einige tragen unförmige Behälter auf dem Rücken, andere halten schwere Hohlladungen in den Fäusten.

Plötzlich wird einer der Panzer IV getroffen. Er bleibt ruckartig stehen und Sekunden später schießen Feuersäulen aus den Luken des Turms und der Wanne empor. Keiner der Panzermänner kann ausbooten.

Dann wird uns der Panzer ein ehernes Grab, kommt es Adomeit bei diesem Anblick in den Sinn.

Hinter einem anderen Kampfwagen wird einer der Soldaten mit dem unförmigen Behälter auf dem Rücken getroffen. Es handelt sich dabei um einen Flammenwerfer. Noch ehe er zu Boden sackt, sprühen Funken über seinen Tank. Der Flammenwerferbehälter platzt in einer grellen Stichflamme auseinander und verteilt seinen brennenden Inhalt über den unglücklichen Träger, aber auch über die umstehenden Soldaten, welche als brennende Fackeln, schreiend und mit den Armen rudernd, umherlaufen, bis sie stürzen und als lohendes Häuflein verenden.

Diese grausame Episode aber ändert nichts an der Tatsache, dass sich die deutschen Sturmtruppen unaufhaltsam an das Haus der Sowjets heranarbeiten – das letzte Widerstandsnest des Gegners in diesem Stadtteil.

Die Panzer IV setzen sich wieder etwas ab, dann fallen zwei von ihnen kurz hintereinander durch Paktreffer aus. Einer platzt in einer mächtigen Detonation auseinander, dem zweiten wird die Kette zerschossen. Die Panzersoldaten müssen ausbooten, doch dabei wird der Fahrer von einer MG-Garbe erfasst und sackt über seiner Luke zusammen. Dafür erscheinen im Hintergrund nun schwere deutsche Tiger-Panzer zwischen den Häuserzeilen, die den Moskauer Platz umgrenzen. Ein furchtloser Kommandant blickt aus dem Turmluk und weist seine Besatzung an, zu halten und auf erkannte Ziele zu feuern. Die Einschläge der Sprenggranaten aus den mächtigen 8,8-Zentimeter-Kampfwagenkanonen erschüttern das Haus der Sowjets.

Einer der Landser mit den Hohlladungen befestigt diese an der Außenwand des Gebäudes. Schnell gehen die übrigen Soldaten in Deckung. Ein ohrenbetäubender Donner wälzt sich über das Gelände und Trümmerstücke wirbeln umher. Nachdem sich der Rauch und Staub gelegt haben, klafft in der Wand ein gewaltiges Loch.

»Los! Ran!«, erklingt wieder die Stimme des Feldwebels und schon fliegen Handgranaten durch den Durchbruch und die nun verwaisten Schießscharten.

Die Landser warten nicht, bis die Detonationen der Stielhandgranaten verhallt sind, sondern stürmen sogleich ins Innere. Das

Rattern von Maschinenpistolen und das kurze, scharfe Knallen der Karabiner klingen ihnen in den Ohren.

Hunderte Meter weiter ertönt erneut eine dieser mächtigen Detonationen einer Hohlladung.

Immer mehr Möglichkeiten zum Eindringen ergeben sich für die deutschen Soldaten und nach und nach stürmen die Landser ins Gebäude. Das markerschütternde Echo von Menschen, die im Todeskampf miteinander verwickelt sind, erschallt durch sämtliche Räume. Adomeit vernimmt das widerliche Zischen eines Flammenwerfers und kurz darauf ein beinahe unmenschliches, vielkehliges Kreischen. Raum um Raum kämpfen sich die Landser durch das Haus der Sowjets. Beinahe jedes Zimmer ist zu einer kleinen Festung ausgebaut. Adomeit und seine Gruppe, angeführt von Unteroffizier Erich Kemp, stürmen ein weiteres Zimmer, das einst als ausladendes Büro oder Versammlungsraum gedient haben könnte. Kaum sind die ersten beiden Landser drin, werden sie von der Seite bereits von mehreren Rotarmisten angesprungen. Kemp bekommt einen schweren Schlag mit einem Gewehrkolben gegen den Kopf und sackt augenblicklich in sich zusammen. Die Spitze eines Bajonetts bohrt sich zeitgleich in den Hals des Soldaten Joachim Müller. Unter gurgelnden Lauten geht er zuerst in die Knie, um schließlich blutend auf die Dielen zu sinken. Adomeit derweil hat Glück. Er erkennt die drohende Gefahr, kann sich unter einem Schlag mit dem Gewehrkolben wegducken und gelangt mit einem Hechtsprung ins Zimmer. Er dreht sich um, reißt seinen Karabiner hoch und drückt ab. Die Kugel trifft einen Rotarmisten exakt in die Wirbelsäule, denn als ob ihm jemand die Beine weggezogen hätte, bricht er zusammen und rudert verzweifelt mit den Armen. Doch Adomeit bleibt keine Zeit, um dem Getroffenen seine Aufmerksamkeit zu schenken, denn schon ist ein weiterer Rotarmist an ihn heran und will den jungen Ostpreußen mit dem Bajonett abstechen. Mitten in der Bewegung wird er jedoch vom Feldspaten des Gefreiten Klaus Weber getroffen. Die angeschärfte Kante des Spatenblatts dringt dem Sowjetsoldaten in dessen Oberkörper. Paul Adomeit kann förmlich hören, wie der Spaten durch Haut, Fleisch und Rippen schneidet. Mit einem lauten Aufschrei fällt der Rotarmist zu Boden, doch nur wenige Augenblicke später schlägt Weber ein zweites Mal mit dem blutigen Spatenblatt zu und trifft den Mann im Gesicht, welches durch den

Hieb regelrecht zerteilt wird. Blut, Knochen und Gehirnmasse spritzen umher und verteilen sich auf den Dielen.

Damit ist auch dieser Raum gesichert.

Während Paul Adomeit den verwundeten Kemp in eine Raumecke zerrt, um ihm den Helm abzunehmen und ihn notdürftig mit einem Verbandspäckchen zu verarzten, marschiert Weber schnurstracks zur gegenüberliegenden Seite des Zimmers, strafft sich und erbricht sich dann mit einer Gewalt, die seinen Magen binnen Sekunden entleert.

Der Kommandeur des IR 30 (mot.) erkennt sehr schnell, dass seine Männer auch mit der Unterstützung des Pionier-Bataillons 18 (mot.) nicht in der Lage sein werden, das Haus der Sowjets Raum für Raum zu erobern. Zu viele verbissen kämpfende Rotarmisten haben sich im Gebäude verschanzt. Jedes Zimmer muss ihnen unter hohen Verlusten mühsam abgerungen werden.

»Mindestens noch ein Bataillon«, meldet er seinem Divisionskommandeur.

21. März 1943

Bauer, Schirmer und Thalheimer fliegen rechts neben Leutnant Krüger an der Spitze der Einheit.

Sie sehen, wie eine Maschine der anderen Staffel plötzlich aus leichter Überhöhung nach unten wegdrückt. Die Kanone jagt Geschosse hinaus, die zur Eisfläche und den darauf fahrenden Lastkraftwagen züngeln. Der ersten Maschine folgen in schneller Reihenfolge die übrigen. Sie feuern ebenfalls aus allen Rohren.

Kurz darauf erreichen Krüger und die restlichen Staffeln den Ort des Geschehens.

Panjewagen, Pferdefuhrwerke, PKWs und Lastkraftwagen bewegen sich in langen Ketten über den Ladogasee. Auch Infanterieformationen stapfen über den vereisten See.

Die andere Staffel setzt weiter westlich wieder zum Angriff an. Dort befindet sich ebenfalls eine Marschkolonne der Roten Armee, die sich aus dem Raum Leningrad zurückzieht. Während die ersten Maschinen angreifen, gibt der Staffelführer einen Bericht über die genaue Situation an den Gefechtsstand durch.

»Sofort angreifen!«, knarzt der Befehl aus den Hörmuscheln der Fliegerkappen.

»Wir bleiben so lange am Feind, bis die Munition verschossen ist!«

»Los, los, los!«, drängt Leutnant Krüger.

Bauer zieht nun seine Maschine herum, gleitet zur Seite und fliegt zusammen mit den anderen hinter die sowjetische Marschkolonne. Die Bordwaffen sind schussbereit. Dicht nebeneinander jagen sie im Tiefflug auf die Rotarmisten zu, die immer noch nicht reagieren.

Bauer nimmt einen Lastkraftwagen aufs Korn, der in der Schlussreihe der Kolonne rollt. Als der LKW das Reflexvisier fast ausfüllt, drückt er auf den Knopf. Die Bordkanone tuckert, die Maschinengewehre rattern. Die Henschel zittert und bebt. Der Feuerstoß rast genau in das Heck des Lastkraftwagens, durchschlägt mühelos die dünne Plane und fährt in die Blechteile ein.

Thalheimer und Schirmer sind auf Befehl Leutnant Krügers auf Höhe gegangen und den anderen vorausgeflogen. Sie stürzen sich kurz darauf auf die an der Spitze fahrenden Lastkraftwagen herunter. Die drei übrigen Maschinen der Staffel schwenken befehlsgemäß aus, um die Kolonne von der Flanke her zu packen.

Unteroffizier Bauer stürzt sich nun wieder auf ein Ziel und betätigt die Auslöseknöpfe seiner Bordwaffen. Wieder verlässt ein Feuerstoß seine Bordkanone und die MGs.

»Dich krieg ich!«, ruft er aufgeregt in das Gewirr des Funkverkehrs. Aus dem Augenwinkel erkennt er Leutnant Krügers Henschel, wie auch diese sich auf die Kolonne stürzt. Längst haben sich die Karawanen der Flüchtigen in wilder Panik in Wohlgefallen aufgelöst. Hin und wieder peitschen einzelne Schüsse zu den deutschen Schlachtflugzeugen herauf, doch diese verzweifelten Versuche werden nicht von Erfolg gekrönt.

Konzentriert und angestrengt blickt der blonde Unteroffizier durch das leuchtende Visier und er sieht, wie die tödlichen Geschosse sich in den ungepanzerten Lastwagen bohren. Sekunden später steht das Fahrzeug in hellen Flammen. Durch die Lohen der zerstörten Fahrzeuge schmilzt unwillkürlich die Eisdecke des Sees an dieser Stelle und die Wracks versinken bald in ihrem eisigen Grab. Durch den Beschuss mit den panzerbrechenden 3-

Zentimeter-Granaten wird die Eisfläche ebenfalls arg in Mitleidenschaft gezogen und so manches unbeschädigte Fahrzeug bricht ebenfalls ein. Andere Schlachtflugzeuge, aber auch Stukas vom Typ Ju 87 zerstückeln mit 250-Kliogramm-Bomben zusätzlich die Eisdecke.

Die Rote Armee erleidet durch den unentwegten Einsatz deutscher Schlachtflieger gewaltige Verluste auf ihrem Rückzug aus Leningrad.

Sondermeldung! Das Oberkommando der Wehrmacht gibt bekannt

Die wochenlange Schlacht um Leningrad ist beendet! Am 22. März streckten die letzten Verteidiger der Stadt die Waffen vor den überlegenen Verbänden der 18. und 9. Armee. Die Verluste der Roten Armee können noch nicht genau beziffert werden, doch zum jetzigen Zeitpunkt sprechen die verantwortlichen Stellen von einem Verlust von mindestens 250 Panzerfahrzeugen sowie hunderten Artillerie-, Panzerabwehr- und Flugabwehrgeschützen. Es konnten allein an Gefangenen circa 115.000 Mann eingebracht werden.

An Flugzeugen verlor die Luftwaffe der Bolschewisten 300 Stück an der Zahl. Zudem wurde die Baltische Flotte vollends vernichtet. Die verantwortlichen Wehrmachtsstellen werden in wenigen Wochen ihren vollständigen Abschlussbericht vorlegen.

Die Sowjetunion hat am heutigen Tage, dem 23. März 1943, der Französischen Republik den Krieg erklärt. Der Kriegszustand zwischen beiden Ländern gilt ab dem 24. März 1943 um 00:00 Uhr mitteleuropäischer Zeit.

ENDE

Die Veröffentlichung von Imperium Germanicum Band 5 ist für Herbst 2024 geplant.

Ihre Zufriedenheit ist unser Ziel!

Liebe Leser, liebe Leserinnen,

hat Ihnen unser Buch gefallen? Haben Sie Anmerkungen für uns? Kritik? Bitte zögern Sie nicht, uns zu schreiben. Wir werden jede Nachricht persönlich lesen und beantworten.

Schreiben Sie uns: info@ek2-publishing.com

Wussten Sie schon, dass Sie uns dabei unterstützen können, deutsche Militärliteratur sichtbarer zu machen? Bitte nehmen Sie sich einen Moment Zeit und bewerten Sie dieses Buch auf Amazon. Viele positive Rezensionen führen dazu, dass das Buch mehr Menschen angezeigt wird.

Sie können somit mit wenigen Minuten Zeitaufwand unserem kleinen Familienunternehmen einen großen Gefallen tun. Vielen Dank für Ihre Unterstützung!

PS: In seltenen Fällen kommt ein Buch beschädigt beim Kunden an. Bitte zögern Sie in diesem Fall nicht, uns zu kontaktieren. Selbstverständlich ersetzen wir Ihnen das Buch kostenlos.

Und so bahnt sich im Frontbogen von Kursk **die größte Panzerschlacht in der Geschichte der Menschheit** an … Können die deutschen Truppen durch einen vorgezogenen Angriff die sowjetischen Abwehrlinien überwinden?

Im Mittelpunkt dieser historisch detaillierten Alternativwelt-Serie stehen die lebendigen Figuren: Der Panzeroffizier Josef Engelmann, der Agent der Abwehr Thomas Taylor, der Infanterist Franz Berning. Über 12 Bände hinweg machen sie lebensverändernde Entwicklungen durch, während Deutschland, die Sowjetunion und die Westalliierten über die Vorherrschaft Europas ringen. Und über allem schwebt die spannende Frage: *Was wäre, wenn …?*

Deutschlands Rückkehr – Alternativweltgeschichte vom Feinsten: Die Weimarer Republik im Zweiten Weltkrieg!

Eine Veröffentlichung der EK-2 Publishing GmbH

Friedensstraße 12
47228 Duisburg
Registergericht: Duisburg
Handelsregisternummer: HRB 30321
Geschäftsführerin: Monika Münstermann

E-Mail: info@ek2-publishing.com
Website: www.ek2-publishing.com

Cover/Umschlag: Kayla Pelgrim
Autor: Hermann Weinhauer
Lektorat & Buchsatz: Jill Marc Münstermann

1. Auflage, März 2024